स्टोरीमिरर प्रस्तुति

कहानियाँ हम सब की

STORYMIRROR
Stories that reflect you

सर्वाधिकार © 2023 स्टोरीमिरर

यह काल्पनिक कृति है। नाम, पात्र, व्यवसाय, स्थान और घटनाएं या तो लेखक/लेखिका की कल्पना का उत्पाद हैं या काल्पनिक तरीके से उपयोग किया गया हैं। वास्तविक व्यक्तियों, जीवित या मृत, या वास्तविक घटनाओं से कोई भी समानता विशुद्ध रूप से संयोग है।

प्रथम संस्करण: जून 2023
भारत में मुद्रित

टाइप : कोकिला

ISBN: 978-81-963752-4-9

आवरण रचना: देवव्रत साहू

STORYMIRROR
Stories that reflect you

प्रकाशक : स्टोरीमिरर इंफोटेक प्राईवेट लिमिटेड,
7वीं मंजिल, एल तारा बिल्डिंग,
डेल्फी बिल्डिंग के पीछे, हीरानंदानी गार्डन,
पवई, मुंबई, महाराष्ट्र - 400076, भारत

Web: storymirror. com
Facebook: @storymirror
Instagram: @storymirror
Twitter: @story_mirror
Contact Us: marketing@storymirror. com

इस प्रकाशन का कोई भी हिस्सा, इलेक्ट्रोनिक, मैकेनिकल, फोटोकॉपी, रिकॉर्डिंग या अन्यथा द्वारा, के रूप में या किसी भी तरह, प्रकाशक की पूर्व अनुमति के बिना, पुनरूत्पादित, हस्तांतरित, या किसी भी पुनर्प्राप्ति प्रणाली में संग्रहीत नहीं किया जाना चाहिए।

अनुक्रम

1. काया – मनप्रीत कौर 7
2. भगवान तो ऐ बन्दे ... – रवि सौंदरराजन 13
3. रीढ़-विहीन भारत – डॉ. हिमांशु शर्मा 17
4. एक लड़की भीगी भागी सी – ज्वलंत देसाई 21
5. त्याग और तपस्या – धन पति सिंह कुशवाहा 27
6. अपकर्म – नंदलाल मणि त्रिपाठी 33
7. दिल की बात.... – हेमा चोपड़ा 43
8. ऊपरवाले की आवाज़ – श्रीदेविमुरालीकृष्ण 49
9. नन्हे आकाश की उड़ान – अलफिया आगरवाला 53
10. कस्तूरी – डॉ. अंदलीब ज़हेरा 59
11. पालीवालों का त्याग और राखी – डॉ. ऋषिदत्त पालीवाल 63
12. अफसर माँ की बिटिया – निशान्त "स्नेहाकांक्षी" 67
13. गाँव का घाट – गौरीशंकर आर्य (सागर) 71
14. आम और कोयल – राजशेखर सी:एच:वी 81
15. खेत में बंदर – अमित वर्मा 85
16. मन की आँखें – पियूष पटैरिया 89
17. केटरिना दी लिप्पी – करन कोविंद 99

18. आत्म विश्वास – बी के हेमा 103

19. सरप्राइज़ – मनीषा जोबन देसाई 109

20. बूढ़े माँ बाप का दर्द – रीतू सिंह 113

21. एक अद्भुत संत कपल....!! – महेन्द्र चावड़ा 117

22. बड़े नाम के छोटे मुखौटे – डॉ. सुशीला पाल 121

23. जीवनी: संभाजी लोंढे – श्रावणी सुळ 139

लेखिका के बारे में

मनप्रीत कौर नवी मुंबई से एक पब्लिश्ड ऑथर हैं। उन्होंने अगस्त २०१६ में एक किताब 'द वैल्यू ऑफ़ क्रिएटिविटी' लिखी थी, जो की अमेरिका के पार्ट्रिज पब्लिकेशन में पब्लिश हुई थी। उनकी दूसरी किताब जुलाई २०२२ में 'द शाइनिंग मिलेस्तोनेस' नोशन प्रेस पब्लिकेशन से पब्लिश हुई है। उन्होंने बहुत सी लघु कहानियां स्टोरीमिरर पर लिखी हैं। उन्हें स्टोरीमिरर द्वारा लिटरेरी कप्तान का खिताब भी मिला है।

काया

– मनप्रीत कौर

असम जैसी जगह उन लोगों के लिए ठीक है जिनको भूत-प्रेत में दिलचस्पी हो। असम को भारत का काला जादू की राजधानी का खिताब भी मिला है। ऐसा कहा जाता है की, बहुत पहले दूर-दूर से लोग यहाँ काला जादू सीखने आते थे। असम में यह भी माना जाता है, की अगर किसी ने काला जादू और मंत्र शक्ति में महारथ हासिल कर ली, तो वो इंसान को जानवर में बदल सकता है।

असम में नागाँव (Nagaon) नाम का एक छोटा सा गाँव है। इस गावों में काले जादू की कोई सीमा नहीं। यहाँ जानवरों और पंछियों की बलि दी जाती है। सबसे जयादा हर अमावस की रात में, शाम 6 से ९ बजे के बीच पंछियों की बलि दी जाती है। रातको तो जैसे इन मरे हुए पंछियों की बारिश होती है। बहादुर से बहादुर इंसान भी यह दृश्य देखकर डर जाए। वैज्ञानिक भी कभी इन चीज़ों का पता नहीं लगा पाए।

यह वारदात कुछ १० साल पहले की है। नागाँव में अपने परिवार के साथ काया नामक लड़की रहती थी। वो १६ साल की स्कूल पड़ने वाली युवती, जिसके बचपन से ही आकर्षित रूप की चर्चा गाँवभर में थी। गाँव के कई मर्द, काया की सुंदरता को देख मोहित हो जाते। उसका जवान हुस्न, नीली आँखें और गोरा रंग देखकर, मर्दों की बुरी नज़र अक्सर उसपर रहती।

एक दिन जब काया स्कूल से घर को लौट रही थी, तब गाँव के ४ आदमियों ने उसे अगवा कर लिया। अक्सर काया के आने-जाने का समय उनको पता होता। वो ४ आदमी काया को एक छोटे से घर में ले गए और वहाँ ४ दिनों तक लगातार उसका रेप किया। ४ दिनों तक उन चारों ने काया को बहुत नोचा और उसपर अत्याचार भी किये। पांचवे दिन, तड़पते हुए काया ने दम तोड़ दिया। उन ४ आदमियों ने काया की लाश को उसी घर में जला दिया और उस घर को बंद कर दिया। गाँव में किसीको पता भी नहीं चला इस दुर्घटना का। काया की लाश जलकर राख हो गयी।

अगले दिन, काया की आत्मा एक भयानक रूप लेकर अपने कातिलों से बदला लेने गाँव में आकर, अपने उन ४ कातिलों को मार डालती है। इतने पर भी काया की

आत्मा नहीं रूकती। वो गाँववालों को भी अपनी मौत का ज़िम्मेदार समझती थी, क्यूंकि गाँव में किसीने भी उसके गुमशुदा होने पर कुछ नहीं किया। आधी रातको जैसे जोरसे रोना और हसना, बम्बू की लकड़ियों का कट कर गिरना, पायल की आवाज़ और घरों की छतों पर पत्थर फेकना, यह सब काया की आत्मा का आतंक था।

गाँव वालों ने तांत्रिक को बुलाया और तांत्रिक ने उसी घर में जहाँ काया की मौत हुई थी, वहाँ जाकर मंत्र-तंत्र फुके और काया की आत्मा को वश में किया। तांत्रिक ने एक अभिमंत्रित कील उस घर की एक दीवार पर ठोक दिया, जिससे काया की आत्मा उस घर में कैद हो गयी। तांत्रिक ने गाँव में सबको इस शापित घर से दूर रहने की चेतावनी दी। काफी सालों तक काया के आतंक से गाँव मुक्त रहा।

फिर एक दिन, दो सैनिक फैसल और किशन, अपनी आर्मी की ट्रेनिंग ख़तम करके अपने घर वापस जा रहे थे। रास्ते में नागाँव से गुजरते हुए उनकी जीप अचानक उसी शापित घर के बहार बदकिस्मती से बंद पड़ जाती है। फैसल ने किशन से कहा "रात बहुत हो चुकी है और दूर-दूर तक कोई गाँववाला नहीं दिखाई दे रहा।" किशन ने जवाब दिया "हाँ यार फैसल, इतनी रात को कौन हमारी मदत करने आएगा?" वो दोनों बात कर ही रहे थे की एक बुढ्ढा आदमी हाथ में लाठी लेकर उनके सामने से गुजर रहा था। वो अपनी ही धुन्न में चला जा रहा था। किशन ने उस बूढ़े आदमी को रोका और कहा "अरे चाचा, यहाँ कोई कार मैकेनिक मिलेगा?" बूढ़े की नज़र उस घर पर पड़ती है और डरते हुए बोला "यहाँ से जाओ जल्दी, इस घर के सामने मत खड़े रहो।" यह कह कर बूढ़ा तेज़ी से चलने लगा। फैसल और किशन यह देख हैरान हुए। किशन ने कहा "अरे इनको क्या हो गया? मैकेनिक का तो बताया नहीं और ऐसे ही चले गए।"

फैसल की नज़र उस शापित घर पर पड़ती है और बोला "चल यार किशन, आज की रात इसी घर में गुजारते हैं और कल सुबह जल्दी निकल जायेंगे।" किशन मान जाता है और दोनों उस शापित घर में चले जाते हैं। वो दोनों सेना के सिपाही थे, तो ऐसी बंद जगहों से कहाँ डरने वाले थे। जो देश की रक्षा करते हैं उन्हें ऐसी जगह से कोई फरक नहीं पड़ता। उनका मोबाइल नेटवर्क ना चलने से वो दोनों अपने घरवालों को खबर नहीं दे सके। फैसल अपना सामान का बैग गलती से उसी कील पर टांग देता है। जो तांत्रिक ने सालों पहले घर के अंदर ठोका था। बैग का वजन भारी था तो कील और फैसल का बैग दोनों ही ज़मीन पे गिर जाते हैं। फैसल इसको नज़र अंदाज़ कर, कील को एक तरफ फेकता है और अपना भारी बैग एक जगह रख देता है।

दोनों सो गए और एक घंटे बाद, एक लड़की की ज़ोर से रोने की आवाज़ें आने लगी। किशन की नींद खुली और उसने देखा की एक लड़की बहुत डरावने भूतिया रूप में उसके सामने खड़ी थी। फैसल की गलती से काया की आत्मा आज़ाद हो गयी और अब वो किशन के सामने खड़ी थी। काया ने गुस्से से बोला "चले जाओ, वार्ना तुम भी मरोगे।" किशन, एक आर्मी सैनिक होने के नाते, नहीं डरा। काया की आत्मा ने सोते हुए फैसल को हवा में ऊपर उठा लिया और कहा "तेरे दोस्त को मार डालूंगी, चले जाओ तुम दोनों।" काया ने फैसल को निचे ज़मीन पर पटक दिया और फैसल की नींद खुली। फैसल को सर पर चोट लग गयी और उसने भी काया की आत्मा को देखा और बोला "किशन, चल यहाँ से भाग चलें। वो बूढ़ा आदमी भी इस घर की तरफ इशारा कर, चले जाने को बोल रहा था, पर हमने ही उसकी बात पर ध्यान नहीं दिया।"

किशन और फैसल अपना सामान लिए उस शापित घर को छोड़कर भागने लगते हैं। रास्ते में उन्हें एक गाँव दिखा और वहाँ स्तिथ एक शिव मंदिर भी। किशन ने कहा "फैसल, आज रात इस मंदिर के बहार गुजार लेते हैं। यहीं एक सुरक्षित जगह है।" फैसल किशन की बात मान गया और दोनों वहीं मंदिर के बाहर आसरा लेते हैं।

कुछ देर बाद, एक सिद्ध साधु वहाँ से गुजरे और उनकी नज़र किशन और फैसल पर पड़ी। साधु ने उन दोनों को तस्सल्ली देते हुए कहा "हम्म, यह एक सुरक्षित जगह है। उस लड़की की आत्मा से तुम्हारी रक्षा होगी।" किशन और फैसल आश्चर्य चकित होकर खड़े हुए और किशन ने कहा "साधु महाराज, आपको कैसे पता हमारी हालत के बारे में?" साधु ने हसकर जवाब दिया "इस गाँव के हर कोने से में वाकिफ हूँ। तुम दोनों की यह दुर्दशा की और क्या वजह हो सकती है?"

किशन और फैसल अनजान थे की कुछ दिन पहले ही एक सिद्ध साधु नागाँव के शिव मंदिर में आए। काले जादू से पीड़ित लोगों की मदत और अपनी सिद्धियों से वो अतृप्त आत्मा को मुक्ति दिलाते थे। इसलिए उन दोनों की हालत साधु देखते ही पहचान गए। किशन और फैसल ने अपने साथ हुई भूतिया घटना के बारे में साधु को सब बताया। साधु ने सब सुनकर कहा "हम्म, तुम दोनों इस नागाँव के भूतिया किस्सों से अनजान हो। तुम्हारा भूत-प्रेतों से कभी सामना नहीं हुआ इसलिए उस घर में चले गए। तुम दोनों अभी मेरे साथ उस घर में चलो, क्यूंकि ऐसी आत्माएं इतनी आसानी से पीछा नहीं छोड़ती।"

फैसल, किशन और साधु उस घर में जाते हैं। घर के अंदर जाते ही, साधु की नज़र ज़मीन पे गिरे उस कील पर गयी। उस कील को हाथ में लेकर, साधु ने अपने दिव्य दृष्टि

से, कील और उस आत्मा का रहस्य पता लगाया। फैसल ने कहा "अरे, यह तो वही कील है जिसपर मैंने अपने भारी बैग टांगा था और वजन के कारण ही कील और बैग ज़मीन पर गिर गए।" साधु ने कहा " यहीं तो गलत हुआ और वो आत्मा आज़ाद हो गयी। इस कील ने उसे इस घर में बाँध रखा था। यह एक शापित घर है और इस शापित घर में कैद आत्मा का नाम है काया।"

साधु ने उस शापित घर और काया की दर्दनाक कहानी किशन और फैसल को सुनाई। किशन और फैसल सुनकर बहुत दुखी हुए। किशन ने साधु से पूछा "तो अब क्या किया जाये साधु महाराज?" साधु ने जवाब दिया "एक उपाय है।" फैसल ने कहा "आप जो कहो साधु महाराज, अब तोह हम भी उस लड़की की आत्मा को मुक्ति दिलाना चाहते हैं।" साधु ने कहा "जब किसी इंसान के मरने के बाद, अगर उसके अंतिम विधि या श्राद्ध के पुरे नियम ना किये हों तोह उसकी आत्मा भटकती है और यह तो नाबालिक लड़की की आत्मा है। इससे पहले की काया आतंक मचाये, उसके शरीर की रख और हाड़ियाँ इसी घर में है, उसे ढूंढो और इस खाली कलश में डाल्दो और यह गंगा जल भी उसकी रख पर छिटककर बंद कर देना।" साधु ने खाली कलश किशन को दिया और गंगाजलवाला कलश फैसल को।

किशन और फैसल अपने मोबाइल की टोर्च लाइट चालू कर, काया की रख ढूंढ़ने लगे और दूसरी तरफ काया की आत्मा गाँव में फिर से तबाही शुरू कर देती है। कुछ देर बाद उन दोनों को एक कोने में काया की रख और हड्डियां मिली। किशन ने काया की रख को खाली कलश में डाल दिया और फैसल ने उसपर गंगाजल छिड़क दिया। इस काम को करते-करते पूरी रात निकल गयी और दिन भी चड़ गया। दोनों उस कलश को साधु के पास ले गए। साधु ने कहा "अब हमें इन अस्थियों को जल में विसर्जित करना होगा। तभी काया की आत्मा को मुक्ति मिलेगी।" साधु, किशन और फैसल, गाँव के शिव मंदिर में काया की आत्मा शांति के लिए हवन करते हैं, फिर मंदिर के पीछे की नदी में काया की अस्थि विसर्जन कर देते हैं।

काया की आत्मा उस वक़्त अपने इंसानी रूप में आकर किशन और फैसल से कहती है "आप दोनों का बहुत धन्यवाद, दुनिया में मेरी जैसी बहुत लड़कियां हैं, जिनको इन्साफ नहीं मिलता और सालों तक भटकती हैं।" यह कहकर काया की आत्मा गायब हो जाती है इस प्रकार काया की आत्मा हमेशा के लिए मुक्त हो जाती है।

लेखक के बारे में

रवि सौंदरराजन ६५ वर्ष के हैं और पत्नी अनीता के साथ मुंबई में रहते हैं। इन्हें बचपन से ही कहानी पढने, सुनने और लिखने का शौक रहा पर केवल टाइम पास के लिए। ६० साल की आयु में इन्हें "किंडल डायरेक्ट पब्लिशिंग" के बारे में पता चला। इनकी पहली पुस्तक अंग्रेजी में किंडल के माध्यम से ही छपी। किताब का नाम "Adventures of a simpleton" है। इनकी दूसरी किताब "To the Point" संक्षिप्त कहानियों का संग्रह है। रवि की कई कहानियाँ और लेख स्टोरीमिरर पर भी उपलब्ध हैं। रवि का जन्म चेन्नई में हुआ, पर वे दिल्ली शहर में पले-बड़े हुए। दिल्ली यूनिवर्सिटी से इन्होंने बी.कॉम. और एल.एल.बी. किया।

भगवान तो ऐ बन्दे ...
– रवि सौंदरराजन

पता नहीं क्यों? आज ज़्यादातर बच्चे लोग भगवान को मानना नहीं चाहते! मेरे ही बच्चों को देख लो! मंदिरों से दूर भागते हैं, पूजा-पाठ में बैठते नहीं और धरम के बारे में तो ज़ीरो ज्ञान है। मुझे गिलटी फील होता था कि मैं ही उन्हें ठीक से समझा नहीं पा रही हूँ, उन्हें ठीक संस्कार दे नहीं पा रही हूँ। भगवान के प्रति उनकी उदासीनता मुझे कछोटी थी। मेरे वो भी परेशान रहते थे और कहते थे की पाश्चात्य परंपरा, इंटरनेट, और सोशल मीडिया से बच्चे बिगड़ रहे हैं।

हम ग़लत थे। हमारी सोच विकृत थी और हम अपने ही बच्चों को और बदलते समय को समझ नहीं पा रहे थे। हम पूर्वजों की तरह सोचते थे कि भगवान को पाने के लिए उनका पूजा-पाठ करना और मंदिरों में जाना ज़रूरी ही नहीं, बल्कि अनिवार्य रास्ता है। सुबह उठते ही भगवान की तस्वीर के सामने हाथ जोड़ने से दिन का शुभारम्भ होता है, ऐसा मैं सोचती हूँ। देने-वाला और लेने-वाला ईश्वर ही है, ऐसा मैं मानती हूँ। क्यों? मैंने कभी ना तो सोचा और ना ही किसी से पूछा। सब ऐसा ही मानते हैं, मैं क्यों सोचूँ?

एक दिन तंग आकर मैंने अपने बेटे से पूछ ही लिया।

"अरविन्द बेटे, क्या तुम नास्तिक हो गए हो? भगवान को बिलकुल ही नहीं मानते?"

"अम्मा, आप क्यों पूछ रहे हो?"

"बेटा, तुम न तो जनेऊ पहनते हो, ना ही पूजा में बैठते हो और मंदिर तो बिलकुल नहीं जाते। मुझे तो डर है कहीं तुम नास्तिक ना बन जाओ।"

"अम्मा, मुझे नहीं पता आपको डर क्यों लग रहा है। मैं तो भगवान को मानता हूँ और बिलकुल भी नास्तिक नहीं हूँ।"

"फिर तुम ऐसे क्यों बिहेव करते हो?"

"अम्मा, आप भी अप्पा की तरह बात करते हो। जनेऊ ना पहने से अगर कोई नास्तिक हो जाता है तो फिर आप क्यों नहीं पहनते?"

"चुप रहो! हमेशा ऐसी उलटी बातें करते हो।"

"अम्मा, आज जनेऊ केवल ब्राह्मण पहनते हैं। पहले क्षत्रिय और वैश भी पहनते थे। जनेऊ धारी को द्विज कहते थे क्योंकि शिक्षा से वे दूसरा जन्म लेते थे। आज सभी शिक्षा प्राप्त करते हैं। तो सभी द्विज हुए ना। रही बात भगवान की। अम्मा, तुम ही बोलती हो कि भगवान हर जगह है, सिर्फ़ मंदिरों या मूर्तियों में नहीं। मैं मानता हूँ कि कोई शक्ति है इंसानी शक्ति से परे, जो सृष्टि को संचालित करती है। ये मैं इसलिए जानता हूँ क्योंकि मुझे ये दीखता है कि धरती, सूरज, चंद्रमा, तारे, हवा, पानी, सब एक नियम के तहत चलते हैं जिसे किसी इंसान ने नहीं बनाया। मैं उस शक्ति को मानता हूँ। भगवान वही है। मंदिर और मूर्ति को तो हमने बनाया और उनके लिए नियम भी हमने ही बनाया। ज़्यादातर लोगों को यही रास्ता आसान लगता है, मुझे इससे परेज़ नहीं। पर ये कहना कि इस रास्ते पर जो नहीं चलता वह पापी या नास्तिक है, ग़लत है।"

मैं शॉक हो गयी। ये मेरा ही बच्च्चा है या मेरा बाप? हमारे बच्च्चे ऐसा भी सोचते हैं? मुझे तो लगा कि ये फेसबुक, वाट्सएप्प और इंस्टाग्राम का युग है। इनकी दुनिया में धरम और देवता होते नहीं। पर ये लोग कैसे मानते हैं इस शक्ति को? हमने तो चलो मंदिर, मूर्तियाँ, भजन, मंत्र बना लिये और इसमें संतुष्ट हैं। भगवान को पाने के या मोक्ष पाने के यही रास्ते हैं।

"अम्मा, क्या सोच रही हो?"

"मैं सोच रही थी कि अगर तुम उस शक्ति को ही मानते हो तो उसकी पूजा कैसे करते हो? मतलब, कैसे मानते हो?"

अरविन्द हंस पड़ा। पता नहीं क्यों? क्या मैंने कोई बेवकूफी का सवाल पूछ लिया?

"अम्मा, तुम भगवान को क्यों मानती हो? मतलब, वो क्या हैं तुम्हारे लिए?"

"मेरे लिए? वह तो सब के लिए हैं?"

"पर क्या? क्या करता है तुम्हारा भगवान कि तुम उसके लिए इतना सब करती हो?"

"क्या करता है? अरे उसी के वजह से तो सब कुछ है?"

" अम्मा, मुझे तो ये लगता है कि ज़्यादातर लोग भगवान से डरते हैं। लोगों को लगता है कि उनकी शक्ति इतनी है कि वह बनता काम बिगाड़ सकता है और ज़िंदगी

बर्बाद कर सकता है। इंसान तो ग़लतियाँ करता ही है, ग़लत निर्णय, ग़लत बात, गलत व्यवहार... कोई भी परफेक्ट नहीं है। हमें बचपन से ही बताया जाता है कि हमारे बुरे कर्मों की सज़ा भगवान देगा, इस जन्म में या किसी दूसरे में। आपको मालूम है इसाई धर्म में कॉन्फेशन के ज़रिये पापों का प्रायश्चित कर सकते हैं? सिन, रिपेंट, रिपीट। हमारे धर्म में ऐसा नहीं है, हाँ गंगा में नहाओ तो पाप धुल जाते हैं। बुरा वक्त हो तो हवन कर लो, या ज्योत्षी से गृह पड़वा लो और उपाय करो। हर धर्म में लोग भगवान से डरते हैं और उपचार के लिए पूजा पाठ, हवन, भजन-कीर्तन, अभिषेक जैसे उपाय बताये जाते हैं। पर क्या ये सब नियमित रूप से करो तो प्रोब्लेम्स नहीं होंगे? होते हैं और होते ही रहेंगे। भगवान कोई जादुई छड़ी नहीं जिसे प्रसन्न करो और कोई भी प्रॉब्लम सॉल्व करा लो या पाप धुलवालो।

मैं ज़िंदगी को सरल रूप से देखना चाहता हूँ। शक्तियाँ हमारे भले के लिए हैं, हमारा बुरा कभी नहीं चाह सकते क्योंकि अच्छे-बुरे का नियम इंसान ने बनाया, भगवान ने नहीं। मैं भगवान के डर से उनको मानना नहीं चाहता हूँ। इसलिए मुझे मंदिर या मूर्ति की ज़रुरत महसूस नहीं होती। मैं भगवान को अपने अंदर और हर शय में महसूस करना चाहता हूँ।

क्या गाना है? 'वो खेत में मिलेगा, खलिहान में मिलेगा, भगवान तो ऐ बन्दे, इंसान में मिलेगा।' अम्मा, हर इंसान में शक्ति है, बस पहचाने के तरीके अलग हैं। तुम पूजा करो और पहचानो, मुझे कोई प्रॉब्लम नहीं। मैं किसी अलग तरीके से उसे जानने की कोशिश कर रहा हूँ, फिर तुम्हें क्यों प्रॉब्लम होनी चाहिए? और इसमें तुम्हारा क्या कसूर?"

देखा, बच्चे कितने सयाने हैं? और हम लोग खामखां परेशान रहते हैं। एक्चुअली, अगर इनको समझने की कोशिश करो तो शायद हम भी कुछ सीख सकते हैं इनसे।

लेखक के बारे में

डॉ. हिमांशु शर्मा पेशे से सहायक आचार्य हैं जो कि आईआईटीआरए एम नामक शिक्षण के जानपद अभियांत्रिकी (सिविल इंजीनियरिंग) में कार्यरत हैं। इनके पास बीई, एम् टेक एवं पीएचड़ी की डिग्रियाँ हैं जिनमें से एम् टेक एवं पीएचड़ी इन्होनें आईआईटी-रूडकी जैसी प्रतिष्ठित संस्थान से प्राप्त की हैं। डॉ हिमांशु ने अब तक दो व्यंग्य संकलन प्रकाशित किये हैं और शौकिया तौर पर काव्य एवं व्यंग्य लेखन करते हैं।

रीढ़-विहीन भारत
– डॉ. हिमांशु शर्मा

मैं इक दिन रास्ते से कहीं चला जा रहा था कि देखा इक आदमी पड़ा हुआ है वहाँ जो किसी वाहन से टकरा गया था! इक सभ्य नागरिक होने के कारण एक बार तो मैं पुलिस के डर से उसे वहीं अधमरा छोड़ आगे बढ़ गया! परन्तु कहीं मन में इंसान और इंसानियत का अस्तित्व बाकी था कि मैं पलट-कर वापिस उसके पास आया और पूछने लगा,

मैं: "भाई! कैसे हुआ ये एक्सीडेंट? हुआ क्या तुम्हें? ठीक तो हो न!"

घायल (कहराते हुए): "आहहह! भाई, अमरीका सेटल हुआ, मेरा ग्रेजुएशन का दोस्त मुझे अचानक सड़क के उस पार दिख पड़ा, सड़क खाली देख मैं उस पार जा ही रहा था कि अचानक कहीं से इक ट्रक दनदनाता हुआ आया और मुझे टक्कर मार, भाग गया!"

मैं: "और वो तुम्हारा अमरीका रिटर्न दोस्त?"

घायल: "आहहह! मुझे बर्बाद हुआ देख, वो फ़ितरतन, मुझे मेरे हाल पे छोड़ गया"

मैं: "ओह्ह! वैसे तुम्हारा नाम क्या है?"

घायल: "मेरा नाम भारत है!"

मैं (घायल भारत की तरफ़ देखते हुए): "तुम्हें कहाँ चोट लगी है?"

भारत: "मेरी रीढ़ टूट चुकी है और किसी सभ्य नागरिक, जिसमें इंसान बाकी था, ने एम्ब्युलेंस को कॉल किया था क़रीबन घंटे भर पहले, अब तलक तो वो आई नहीं है, इंतज़ार कर रहा हूँ! आहहह!"

मैं: "एम्ब्युलेंस अभी आती ही होगी, आप इंतज़ार करें, मैं आपके लिए रीढ़ का इंतज़ाम करता हूँ! भारत ने कहराते हुए हामी में सिर हिलाया!"

मैं रीढ़ का इंतज़ाम की उधेड़बुन में था कि अचानक मुझे याद आया कि हमारे विधायक जी ने एक भाषण में कहा था कि भारत पे जब भी आक्रमण होगा या कोई उस

पे प्रतिघात करेगा तो वो महात्मा दधीचि की तरह अपना देह, हाड, माँस, सर्वस्व भारत को अर्पित कर देंगे! मैं उनके सरकारी आवास पे पहुँचा और बाहर उनके सुरक्षाकर्मियों ने मुझे रोका! हमारी बहस को सुन, बाहर बगीचे में बैठे विधायक साहब ने मुझे सुरक्षाकर्मी से बहस करते देखा तो उन्होनें सुरक्षा कर्मी को आवाज़ देकर मुझे भीतर भेजने का निर्देश दिया! मैंने विधायक जी को नमस्कार किया और उन्होनें नमस्कार का प्रत्युत्तर नमस्कार से देते हुए, मुझे बैठने का निर्देश दिया और फिर वार्तालाप प्रारम्भ हुआ:

मैं: "नेता जी, सर्वप्रथम आशा करता हूँ इस महामारी के दौर में आप और आपका परिवार स्वस्थ होंगे और दूसरा कि मुझे आपकी रीढ़ चाहिए थी!" मेरी रीढ़-दान की बात पर नेता जी चौंकते हुए बोले, "क्या चाहिए आपको? रीढ़?"

मैं: "जी हाँ नेता जी! आपकी रीढ़ चाहिए!"

नेता जी: "क्यों भाई क्यों चाहिए आपको मेरी रीढ़?"

मैं: "आप ही ने तो कहा था कि जब भी भारत पे प्रतिघात होगा आप अपनी देह, हाड़ का दान कर देंगे!"

नेता जी: "अच्छा भारत पे प्रतिघात हुआ है क्या! एक काम कीजिये आप, कल मेरी रैली में आ जाइये, आपके लिए एक स्यूटेबल केंडिडेट का हम ऐलान उस रैली में करेंगे, नहीं तो फिर आप थ्रू प्रॉपर चैनल आईये!"

नेता जी ऐसा कह कर दिवास्वप्न में खो गए जो कि शायद इस महादान से प्राप्त वोटों से निर्णायक विजय से सम्बंधित था, ऐसा उनके चेहरे के हाव-भाव से मैंने अंदाजा लगाया था! मुझे अंदाजा हो गया था कि नेता जी में इतनी रीढ़ नहीं है कि वो ऐसा महादान कर सके, मैं उन्हें उसी सम्मोहित आवस्था में छोड़ पतली गली से निकल लिया! मैं अभी भी परेशान था कि भारत अभी भी रीढ़-विहीन घायलावस्था में सड़क पे पड़ा हुआ है और उसके लिए रीढ़ का कोई इंतज़ाम नहीं हो पाया है! चिन्तितावस्था में मैं आगे बढ़ा जा रहा था कि मैंने देखा कि इक कारख़ाने से सैंकड़ों कर्मचारी निकल रहे हैं और सब के सब पीठ झुकाकर निकल रहे हैं! उनमें से एक को रोक मैंने उससे पूछ-ताछ प्रारम्भ की:

मैं: "ये आप सभी की पीठ झुकी हुई क्यों है!"

कर्मचारी: "जी! हम लोग नौकरी-पेशा लोग हैं और सैंकड़ों ज़िम्मेदारियों का बोझ है हमारे सिर पे"

... मैं (उसकी बात बीच में काटते हुए): "परन्तु बोझ तो सिर पे है फिर पीठ क्यों झुकी है?"

कर्मचारी: "साहब! हम लोग विरोध न कर पायें, लचीले रहे, इसीलिए हमारी रीढ़ हमारे मालिक ने हमसे छीन ली है!"

ये सुनकर मैं तुरंत उनके मालिक के दफ़्तर पहुँच गया और उनसे वार्तालाप आरम्भ की:

मैं: "साहब! सुना है, सभी कर्मचारियों की रीढ़ आपके पास है?"

मालिक: "हाँ भाईसाहब!

मैं: साहब इक रीढ़ की अत्यंत आवश्यकता है, आपके पास कितनी सारी है मेरा एक मित्र जो घायलावस्था में है, उसे रीढ़ की शीघ्रातिशीघ्र आवश्यकता है!"

मालिक: "साहब आजकल जैसा बाज़ार का रुख़ है कई बार इसने मेरी कमर तोड़ी है और इस प्रतिस्पर्धा के युग में सीधी कमर रखना बहुत ज़रूरी है, इसलिए चाहकर भी मैं आपको नहीं दे सकता!"

मैं अपना सा मुँह लेकर आगे बढ़ चला और रास्ते में मिलते हर आदमी से उनकी रीढ़ की माँग करने लगा, फिर अचानक याद आया कि ये और मैं आम जनता हैं, हमारे ख़ुद के पास रीढ़ नहीं है तभी तो चंद गुंडे हमारे सिर चढ़कर राजनीति में पहुँच हम पर विधिक रूप से शासन करते हैं! निराशा से भरा हुआ मैं भारत के पास पहुँचा तो देखा कि रीढ़विहीन भारत मरणासन्न हो चला है और कहीं दूर से एम्ब्युलेंस के पीं-पीं की आवाज़ गुंजायमान थी!

लेखक के बारे में

ज्वलंत देसाई फार्मा उद्योग में कार्यरत है और शौकिया लेखन करते है। उनकी कहानियां स्टोरीमिरर और कई अन्य वेब पोर्टल्स पर प्रकाशित होती रहती है।

उनको पहली सफलता मिली वर्ष २०२० में जब उनका प्रथम उपन्यास सुपरस्टार प्रतिलिपि द्वारा आयोजित स्पर्धा 30 K चैलेंज में विजेता घोषित हुआ और अंततः पुस्तकाकार में प्रकाशित हुआ। उस के पश्चात उनके और दो गुजराती उपन्यास विस्मृति और हॉन्टेड पेलेस भी सुपर राइटर और सुपर राइटर 2 में विजेता घोषित की गई थी। इसके अलावा उनका एक और गुजराती उपन्यास महोरू भी समुद्रमंथन स्पर्धा में विजेता रहा।

वे गुजराती, हिंदी और अंग्रेजी में लेखन करते है। उनकी एक अंग्रेजी हास्य रचना Business As Usual ने Laugh Out Loudly स्पर्धा में द्वितीय स्थान प्राप्त किया था। लेखक का निवास वडोदरा, गुजरात में है।

एक लड़की भीगी भागी सी
– ज्वलंत देसाई

एक लड़की भीगी भागी सी... "पता नहीं क्यों समीर सुबह से यह गाना गुनगुना रहा था। शायद यह मौसम का असर था। सुबह से ही आकाश पर काले बादल मंडरा रहे थे। ऐसा लग रहा था जैसे कभी भी बरसात हो सकती है। लेकिन कभी-कभी जो सोचा जाता है वो होता नहीं है। पूरा आकाश काले बादलों से भरा होने के बावजूद मौसम की पहली बारिश अभी भी लोगों को तरसा रही थी। लेकिन बिना बारिश के ही मौसम बहुत ख़ुशगवार हो गया था। और इस कुछ दिन और मौसम का मजा लेते हुए समीर आज अपनी बाइक निकालने की जगह पैदल ही अपने ऑफिस की ओर चल पड़ा था। वैसे भी समीर की ऑफिस उसके घर से कुछ खास दूर नहीं थी।

"एक लड़की भीगी भागी सी..." गुनगुनाते हुए समीर ने ऑफिस में कदम रखा।

"वाह भाई! अभी बारिश हुई नहीं और तुम भीगी भागी लड़की भी देख आए? कहाँ देखी?" यह त्रिवेदी था।

"वो और होंगे जिनको भीगी भागी लड़कियां दिखती होंगी। मैं तो जब भी बारिश में निकलता हूँ मुझे भीगी गाय भैंस ही दिखती है!" समीर बोला।

"अपनी अपनी किस्मत है भाई!" कहकर त्रिवेदी चला गया।

समीर अपने डेस्क पर बैठा। पर पता नहीं क्यों आज उसका काम में मन नहीं लग रहा था। और काम में मन ना लगने का कारण वह भली भांति जानता था। वह कारण था काव्या! काव्या उसी के ऑफिस में काम करती थी और समीर की एक बहुत अच्छी मित्र भी थी। पर समीर तो अपने मन में कुछ और ही भावनाएं पाले बैठा था। मन ही मन समीर काव्या से प्यार करने लगा था लेकिन आज तक ये बात उससे कहने की को हिम्मत नहीं कर पाया था।

लेकिन आज का मौसम समीर के मन में उत्साह जगा रहा था।

"आज तो बता ही दूंगा।" उसने मन ही मन सोचा।

उसने चोर नजरों से काव्या की ओर देखा। कितनी सुंदर लग रही थी वह! कितनी भोली भाली थी! कितनी नाज़ुक सी और छुई मुई सी लगती थी!

"बॉस बुला रहे हैं" चपरासी का यह संदेश है सुनकर समीर बड़ी अनिच्छा से अपने सपनों की दुनिया से बाहर आया।

"आता हूँ भाई।" बोलकर वो बॉस की केबिन की ओर बढ़ चला।

"समीर कल मैनेजमेंट के साथ मीटिंग है। तुम पिछले 3 सालों के सेल्स का प्रेजेंटेशन बनाना है। यह प्रेजेंटेशन मुझे आज ही चाहिए ताकि मैं आज उसे देख कर सुधार कर सकूं।"

"पर यह तो बहुत बड़ा काम है। 1 दिन में कैसे होगा?"

"देखो करने को आज ही है। चाहो तो काव्या की मदद ले लो"बॉस ने फरमान जारी कर दिया। समीर को तो जैसे मन मांगी मुराद मिल गई थी। तुरंत वह काव्या की ओर गया और उसे काम समझाया। काम करते-करते शाम हो गई। फिर भी अभी काम थोड़ा बाकी था। एक-एक करके ऑफिस के कर्मचारी जाने लगे लेकिन समीर और काव्या नहीं जा पाए। पर इस चक्कर में समीर अपने दिल की बात भी नहीं कर पाया। अंत में एक ऐसा समय आया जब ऑफिस में उन दोनों के अलावा सिर्फ बॉस था। काम खत्म करते-करते रात के 9:00 बज चुके थे।

"अरे समीर देर काफी हो चुकी है। तुम एक काम करो काव्या को उसके घर छोड़ आओ।" बॉस ने कहा।

"ठीक है।" समीर को तो यही चाहिए था!

दोनों ऑफिस कॉन्प्लेक्स से बाहर निकले, तो बाहर का नजारा देखकर स्तब्ध रह गए। बाहर मूसलाधार बारिश हो रही थी। सड़क पर सन्नाटा छाया हुआ था।

"क्या करें?" समीर ने पूछा।

"देर बहुत हो चुकी है। अभी और रुकना संभव नहीं। चलो बारिश में ही चलते हैं।" काव्या ने कहा। और दोनों ने बारिश में कदम रख दिया। एक पल में ही बारिश ने दोनों को भिगो दिया।

"एक लड़की भीगी भागी सी..." समीर फिर गुनगुनाने लगा।

“ये क्या गाना गा रहे हो समीर!” काव्या ने ऐतराज जताया।

“अरे! ये गाना तो सवेरे से मेरी ज़ुबान पर आ रहा है जाने क्यों...वैसे भीगने के बाद तुम भी कमाल लग रही हो!”

“अच्छा! फ्लर्टिंग कर रहे हो!” काव्या ने लताड़ा, पर उसकी आवाज़ में गुस्सा नहीं था। बारिश अब थम चुकी थी। लगता था ये दोनों को भिगोने का कुदरत का कोई षड्यंत्र था!

“अब तो बोल ही दे बेटा, अब नहीं बोला तो कभी नहीं बोल पाएगा!” समीर ने मन ही मन सोचा।

“मुझे तुमसे कुछ कहना था काव्या!” वह बोला।

“अभी रास्ते में खड़े खड़े कहोगे क्या? जो कहना है कल ऑफिस में कह देना।” काव्या ने आंखें नाचा कर कहा। समझ तो वह चुकी थी कि समीर क्या कहना चाहता है लेकिन वह समीर को सताना चाहती थी।

“नहीं वह क्या है कि... मैं कुछ... बात यह है कि....” समीर बोलते हुए हकला गया।

“अरे इससे कुछ नहीं होगा। जो सुनना है हमसे सुनो जानेमन!!” अंधेरे में से एक आवाज आई। उन्होंने चौक कर उसको अंधेरे कोने की तरफ देखा। कहाँ है आदमी खड़े थे तो शक्ल से ही गुंडे नजर आ रहे थे। समीर सतर्क हो गया। उसे हालत सही नहीं नजर आ रहे थे।

“चलो यहाँ से” उसने धीरे से कहा।

“क्यों? तुम कुछ कहना चाहते थे ना? कह दो ना!” काव्या ने साफ इंकार कर दिया!

“तुम समझ नहीं रही हो! यहाँ खतरा है, ये लोग..” अभी समीर बोल ही रहा था कि वह तीनों एकदम नजदीक आ गए। समीर ने तीनों गुंडों की ओर देखा। जरूरत पड़ने पर क्या वो इन तीनों का मुकाबला कर सकता था? उसे इस बात की संभावना कम ही नजर आई। एक गुंडा होता तो वो भीड़ भी जाता, लेकिन एक साथ तीन, यह कोई फिल्म थोड़ी चल रही थी! और काव्या! वह तो कुछ समझने को तैयार ही नहीं थी!

खुद आगे बढ़ कर गुंडों से पूछ रही थी,” तो आप क्या सुनना चाहते थे भाई साहब?”

"भाई!" एक गुंडे ने ठहाका लगाया। "भाई बोलती है! अभी तेरी यह गलतफहमी दूर कर देते हैं!"

दूसरे गुंडे ने आगे बढ़कर काव्या का हाथ पकड़ लिया। तभी जैसे बिजली कौंधी।

क्या हुआ यह तो समीर के भी समझ में नहीं आया। पर काव्या ने उछल कर एक गुंडे के मुह पर लात मारी और दूसरे गुंडे की गर्दन पर वार किया। एक क्षण में दोनों गुंडे धराशाई होकर सड़क पर पड़े थे। तीसरा गुंडा फटी-फटी आंखों से यह दृश्य देख रहा था।

"आ तू भी आ!" काव्या ने उसे ललकारा। लेकिन वो बिना पीछे देखे सिर पर पैर रखकर भाग खड़ा हुआ! समीर अचंभित दृष्टि से काव्या को देख रहा था।

काव्या मुस्कुराई, "कराटे सीखने के अपने फायदे है! अच्छा तुम कुछ कह रहे थे!"

"मैं...." आगे समीर कुछ बोल नहीं पाया।

काव्या ने एक गहरी सांस ली। फिर कहा, "ठीक है। लगता है मुझे ही कहना पड़ेगा। समीर मैं तुमसे प्यार करती हूँ। क्या तुम भी मुझसे प्यार करते हो? और देखो, मना मत करना वरना तुम जानते हो मैं क्या कर सकती हूँ!"

समीर मुस्कुराया, "अब अपनी किस्मत से कौन लड़ सकता है!" कहकर उसने अपनी बाहें फैला दी। और वो भीगी भागी लड़की उसकी बाहों में आ गई!

लेखक के बारे में

बहुमुखी प्रतिभा के धनी **'धन पति सिंह कुशवाहा'** का जन्म लखनऊ में किंतु नाना-नानी के संरक्षण में पालन-पोषण उ.प्र. के शाहजहांपुर जिले के ग्रामीण क्षेत्र में हुआ। धार्मिक व शैक्षणिक पारिवारिक परिवेश में आपकी पठन-पाठन में रुचि बचपन से ही रही। पत्र-पत्रिकाओं से शुरू साहित्यिक यात्रा में एक साझा कविता-संग्रह ('इंद्रधनुष के सात रंग'), दो साझा कहानी-संग्रह ('क्षितिज अपना-अपना' व 'कथा कहो मन') प्रकाशित हो चुके हैं। विश्व विख्यात साहित्यिक मंच 'स्टोरीमिरर' पर विगत कई वर्षों से पठन-पाठन के साथ-साथ कहानी, कविता और उद्धरण लेखन सतत् जारी है। स्टोरीमिरर द्वारा प्रकाशित साझा कहानी संग्रह 'पोटली किस्सों की' और 'कुछ कहानियां मन की' में आपकी कहानी सम्मिलित हो चुकी है। आपके कर-कमलों शोभायमान हो रहे स्टोरीमिरर के इस साझा कहानी संग्रह 'कहानियां हम सबकी' में भी आपकी कहानी 'त्याग और तपस्या' आप सभी सुधी पाठकों की सेवा में समर्पित है। शिक्षण-कार्य हेतु समर्पित कुशवाहा जी ने दिल्ली सरकार के शिक्षा विभाग में मेंटोर टीचर के रुप में शिक्षा के उन्नयन हेतु देश-विदेश यात्राएं की हैं। व्यक्तिगत जीवन में अवसर निकालकर विविध सामाजिक कार्यों में आप बड़े मनोयोग से भागीदारी निभाते हैं। एक प्रेरक वक्ता, कवि और लेखक रूप में आपकी रचनाएं सहयोग, नैतिकता, अनुशासन आदि जीवन मूल्यों के लिए प्रेरित करती हैं।

त्याग और तपस्या
– धन पति सिंह कुशवाहा

"मैडम, मेरी माँ कहती हैं कि उनके माता-पिता उनकी बजाय उनके भाइयों पर ज्यादा ध्यान देते थे। मेरी माँ को कभी स्कूल नहीं भेजा गया। उन्होंने तो अपने भाइयों और उनकी किताबों की मदद से पढ़ना सीखा क्योंकि पढ़ने में उनकी बड़ी रुचि थी।"-आकांक्षा अपनी कक्षा की अध्यापिका नीतू मैडम के वक्तव्य से प्रेरित होकर "त्याग और तपस्या" विषय पर कक्षा में अपने विचार रख रही थी।

नीतू मैडम ने अपनी कक्षा की मॉनीटर आकांक्षा की मम्मी की शिक्षा के प्रति जागरूकता की सराहना करते हुए पूरी कक्षा से पूछा- "तुम में से कोई भी बच्चा पूरी तरह ईमानदारी के साथ यह बताएगा कि अभी तक हर महीने होने वाली अभिभावक शिक्षक संगोष्ठी अर्थात मासिक पी.टी.एम. में आकांक्षा की माँ आती रही हैं तो उनके व्यवहार और उनके बातचीत करने के ढंग से तुम लोग उनकी अपने विद्यालय समय में कक्षा में एक विद्यार्थी के रूप उनकी स्थिति के बारे में क्या अनुमान लगाते हो?"

कई बच्चों ने अपने विचार रखने के लिए अपने हाथ उठाए थे लेकिन नीतू मैडम का संकेत मिलने पर विशाल बोला- "हम सभी बच्चे काफी समय तक यही समझते रहे हैं कि आकांक्षा की मम्मी भी आकांक्षा की तरह अपने स्कूल में अपनी कक्षा की मॉनीटर रहती होंगी। मैं, रहमान, राबर्ट और मनमीत लम्बे समय से रोज शाम आकांक्षा की मम्मी के साथ बैठ कर स्कूल का काम करते हैं और इनकी मम्मी हमेशा एक बहुत ही अच्छे टीचर की तरह हमारी पढ़ाई करवाती रही हैं। वे तो हमारे घर के आसपास की बहुत सी औरतों को पढ़ना-लिखना भी सिखाती रहती हैं। कभी कोई सपने में भी नहीं सोच सकता कि वे बचपन से स्कूल नहीं गई होंगी। आज कोई भी अजनबी व्यक्ति उनके आचरण-व्यवहार के आधार शत-प्रतिशत यही अनुमान लगाएगा कि उन्होंने अपना विद्यार्थी जीवन एक अच्छे विद्यार्थी के रूप में विधिवत अध्ययन करते हुए गुजारा होगा।

"क्या तुम सब बच्चों को ऐसा ही लगता है?" - नीतू मैडम ने सभी बच्चों के चेहरों पर हर्ष मिश्रित भावों को पढ़ते हुए पूछा।

"हाँ, जी मैडम!" - सब बच्चे एक स्वर में बोले।

विशाल को बैठने का इशारा करते हुए मैडम ने कहा- "जीवन में सीखने और अपने लक्ष्य को प्राप्त करने की दृढ़ इच्छाशक्ति हमें सदैव प्रेरित करती रहती है। हमें जब भी अवसर मिले उसका सदुपयोग करते हुए समय के अनुसार लक्ष्य की ओर लगातार बढ़ते रहना चाहिए। किन्ही परिस्थितियों के कारण हमारे मार्ग में यदि कोई बाधा आ भी गई हो तो भी हमें उचित अवसर और तरीके की प्रतीक्षा करनी चाहिए। समय कभी भी एक सा नहीं रहता है क्योंकि इस संसार में परिस्थितियों में परिवर्तन लगातार होता रहता है। यह परिवर्तन चाहे हमारी आर्थिक, सामाजिक, भौगोलिक या किन्हीं दूसरी परिस्थितियों के कारण ही क्यों न हो। हमारा दृढ़ संकल्प, धैर्य, संयम, अनुशासन, उचित अवसर को पहचानने की क्षमता आदि वे गुण हैं जो हमें हमारी मंज़िल की ओर उत्तरोत्तर बढ़ाते हैं। हमें अंततः देर-सवेर मंज़िल अवश्य मिलती है। कहा गया है न, जहां चाह-वहाँ राह। धैर्यपूर्वक डटे रहें कभी संयम न खोएं। जब अवसर मिले तो उसे गंवाएं नहीं। जब जागो -तभी सवेरा।"

नीतू मैडम के संकेत पर आकांक्षा ने पुनः अपनी बात को आगे बढ़ाते हुए कहा- "मेरी माँ के दो भाई हैं एक माँ से दो साल बड़े और दूसरे माँ से एक साल छोटे। मेरे बड़े मामाजी को अच्छी तरह से पढ़ाने-लिखाने की नानाजी-नानीजी ने बहुत कोशिश की। उनकी पढ़ाई-लिखाई में कोई कमी न रह जाए इसके लिए नानाजी अपनी ड्यूटी के बाद भी ओवर टाइम में काम करते थे। नानीजी घर के काम निपटाकर कुछ छोटे-मोटे काम भी कर लेती थीं कि कुछ अतिरिक्त आमदनी हो जाये। आर्थिक अभाव के कारण नानाजी -नानीजी ने मेरी माताजी को विद्यालय नहीं भेजा था। एक साथ तीन बच्चों की पढ़ाई का खर्च पूरा करना संभव नहीं था और माताजी के द्वारा घरेलू काम करने पर ही नानीजी पारिवारिक आमदनी बढ़ाने के लिए कुछ अन्य काम कर सकती थीं। उनका लक्ष्य था कि घर के बेटे भलीभांति पढ़ लिख जाएं। पर बड़े मामाजी का मन खेलने-कूदने और घूमने में ज्यादा लगता था। मेरे छोटे मामाजी पढ़ने-लिखने और खेलने-कूदने में तो रुचि रखते ही थे साथ ही वे घर के कामों में नानाजी और नानीजी का हाथ भी बंटाते थे। मेरी माँ की पढ़ने-लिखने में बहुत रूचि थी पर पारिवारिक परिस्थितियों के कारण वे स्कूल न जा सकीं। वे घर के सारे कामों में काफी छोटी उम्र में ही दक्ष हो गई थीं। उनकी पढ़ाई के प्रति ललक बाल्यकाल से ही रही थी। हम सब माँ की पढ़ाई के प्रति दिलचस्पी का अनुमान इस प्रकार लगा सकते हैं कि बिना विद्यालय जाए ही वे मामाजी साथ-साथ बैठकर नियमित रूप से पढ़ाई किया करती थीं। छोटे मामाजी माँ के साथ पढ़ाई बड़े मनोयोग से करते और करवाते थे। सवेरे नानीजी स्कूल जाने के लिए सबको उठाती थीं तो छोटे

मामाजी आसानी से उठ जाते थे, पर बड़े मामाजी को उठाना नानीजी के लिए टेढ़ी खीर थी। जब वे झुंझलाती तो नानाजी अपने तीनों बच्चों को समझाते थे कि आज तपस्या कर लोगे तो कल सुकून मिलेगा। मेरी माँ की प्रशंसा करते हुए वे कहते कि बिना स्कूल गये पढ़ाई में कितनी होशियार हैं? जब नानाजी डाँट लगाते तब बड़े मामाजी बड़े अनमने ढंग से अपना बिस्तर छोड़ते थे। नानाजी को बड़े मामाजी की पढ़ाई को लेकर सदा ही ज्यादा चिंता रही पर वे अच्छे से पढ़ाई नहीं कर पाए। छोटे मामाजी को पढ़ाने-लिखाने के मामले कभी टोकना नहीं पड़ा। वे समय से अपने आप उठते और पढ़ाई-लिखाई के साथ घरेलू कामों को भी निपटाते। मेरी माताजी ने विधिवत औपचारिक पढ़ाई नहीं की। यह तो उनका अपना व्यक्तिगत प्रयास रहा है जिसके कारण कोई यह अनुमान कदापि लगा ही नहीं सकता है कि औपचारिक रूप से उनकी पढ़ाई नहीं हुई होगी।"

विशाल से नहीं रहा गया। उठ खड़ा हुआ और हाथ जोड़कर बोला- "मैडम! मैं भी घर पर पापाजी के काम में तो मदद करता ही हूँ। शाम को मम्मी की रसोईघर में भी मदद करता हूँ।" यह कहते हुए वह अपनी सीट पर तुरन्त बैठ गया।

नीतू मैडम ने जब आकांक्षा से उसके दोनों मामाजी के वर्तमान समय में व्यवसाय के बारे में जानना चाहा तो आकांक्षा ने बताया- "बड़े मामाजी नानाजी-नानीजी की इच्छा के अनुरूप ठीक ढंग से पढ़ लिख नहीं पाए इस समय वे इसी शहर में एक वकील के सहायक का काम करते हैं और छोटे मामाजी बंगलोर में एक प्रतिष्ठित कम्पनी में कंम्प्यूटर साफ्टवेयर इंजीनियर हैं। वे अभी भी नई चीजों को सीखने में बहुत मेहनत करते हैं।"

अब नीतू मैडम ने पूरी कक्षा को संबोधित करते हुए कहा- "आकांक्षा के नानाजी और नानीजी ने इनके दोनों मामाजी को उनके भविष्य को उज्ज्वल बनाने के लिए अपने सुखों का त्याग किया। उनका त्याग इनके छोटे मामाजी की तुलना में बड़े मामाजी के लिए अधिक था। इनके छोटे मामाजी की कार्यशैली अर्थात तपस्या बड़े मामाजी की तुलना में उत्कृष्ट कोटि की थी। जिसका प्रतिफल उनके बेहतर करियर के रूप में मिला है और उनकी तपस्या जारी है। आकांक्षा की मम्मी उन परिस्थितियों में औपचारिक रूप से शिक्षा प्राप्त नहीं कर पाई पर उनकी अनवरत सीखने की ज्ञान-पिपासा और तपस्या के परिणाम के साक्षी आकांक्षा और तुम सब हो। वे अपनी तपस्या से आसपास की महिलाओं के बीच ज्ञान गंगा प्रवाहित कर माँ सरस्वती की पुजारिन का काम कर रही हैं। आकांक्षा के नानाजी-नानीजी यदि थोड़ा और कष्ट उठाकर इनकी की मम्मी के लिए

थोड़ा और त्याग कर देते। इनके बड़े मामाजी थोड़ा कष्ट उठाकर थोड़ी कठिन तपस्या कर लेते। तो सम्भवतः इनकी मम्मी और मामाजी की स्थिति बेहतर होती। हमें सदा यह सोच अधिकाधिक लोगों तक पहुंचानी चाहिए कि उत्कृष्ट परिणाम के लिए त्याग और तपस्या का उचित समन्यव परमावश्यक है।आप लोगों में बहुत से बच्चों के पापा-मम्मी जी-तोड़ मेहनत करते हुए अपनी बहुत सी इच्छाओं को मन में ही दबाकर आपको यथासंभव सर्वश्रेष्ठ सुविधाएं उपलब्ध कराने का भरसक प्रयास करते हैं ताकि आपका बेहतरीन ढंग से विकास हो सके। वे अपने इस त्याग के साथ सवेरे सबसे पहले स्वयं उठकर तुम्हें समय से उठाकर, नाश्ता करवाकर-टिफिन देकर, समय-समय पर कई निर्देश याद दिलाकर तपस्या भी लगातार करते हैं क्योंकि वे अब तक यह भली-भांति जान चुके हैं कि बाल्यकाल जीवन का प्रभात और सबसे महत्त्वपूर्ण भाग है। माता-पिता का त्याग और उनकी तपस्या तभी फलीभूत होंगी जब तुम्हारी तपस्या और त्याग की समान रूप से भागीदारी हो। कुछ माता-पिता भी शिक्षा के प्रति जागरूक नहीं हैं। शिक्षा पर जो धन लगाया जाता है वह व्यय नहीं बल्कि एक निवेश है जो भविष्य में उच्च प्रतिफल देगा। ऐसे माता-पिता जो शिक्षा के महत्त्व को लेकर जागरूक नहीं हैं उन सभी को भी अपने त्याग और तपस्या का और अधिक योगदान करने की आवश्यकता है। तभी तो देश का हर बच्चा जो आज विद्यालय में शिक्षा के माध्यम से अपने भविष्य के निर्माण में संलग्न है। आज के यह बच्चे कल के भारत के भावी कर्णधार हैं। हर बच्चा एक सशक्त और सुयोग्य नागरिक बनकर देश को विकास की ऊंचाइयों पर ले जाएगा।"

लेखक के बारे में

नंदलाल मणि त्रिपाठी पीताम्बर, गोरखपुर, उत्तर प्रदेश सेवा निवृत्त प्राचार्य, कवि, गीतकार, ग़ज़लकार, कहानीकार, उपन्यासकार के रूप में हिंदी साहित्य के बिभन्न आयामो से जुड़े है। सौ से अधिक पुस्तकों का लेखन कर चुके हैं, पांच प्रकाशित एवं अन्य प्रकाशन के स्तर पर हैं। पंद्रह शोध पत्र प्रकाशित हो चुके हैं। 10 अंतरराष्ट्रीय सम्मान व दो सौ से अधिक राष्ट्रीय सम्मानों से सम्मानित हैं। आधुनिक ज्योतिष विज्ञान एवं भारतीय ज्योतिष विज्ञान के ज्ञाता, प्रेरक वक्ता एवं भारतीय धर्म दर्शन के व्याख्याता और भविष्य वक्ता के रूप में प्रसिद्धि प्राप्त है।

अपकर्म
– नंदलाल मणि त्रिपाठी

भारत के महत्पूर्ण नगरी काशी वाराणसी को सांस्कृतिक शैक्षिक प्रवृति से विधिवत परिचित हूँ। अपने पंद्रह वर्षों के प्रवास में बहुत से मित्र एवं शत्रुओं को बनाया। सिर्फ वाराणसी ही नहीं वाराणसी के आस-पास जनपद जौनपुर, संत रविदास नगर, सोनभद्र, मिर्ज़ापुर आदि जनपदों में भी मित्रो का अच्छा खासा स्नेह सम्मान मिलता रहता है।

अपने पंद्रह वर्षों के प्रवास के दौरान अनेक शुख-दुख के अवसरों पर उपस्थिति रहने एवं भागीदारी का अवसर प्राप्त हुआ है।

वाराणसी वर्ष 2008 में मेरे एक मित्र के पिता जी कि मृत्यु हो गई जिनके अंतिम संस्कार में सम्मिलित होने का अवसर मुझे प्राप्त हुआ। मै हरिश्चंद घाट पर पहुंचा, जहां मेरे मित्र अपने पिता जी के अंतिम संस्कार के लिए लेकर गए थे।

शमशान घाटों में मर्णकर्निका का ही धार्मिक महत्व है लेकिन साथ ही साथ यह भी कहावत मशहूर है कि मोक्ष के लिए लोग काशी आते है और शायद विश्व में काशी वाराणसी बनारस इकलौता शहर है जहा मोमुक्षु भवन जीवित लोगों जो मृत्यु कि प्रतीक्षा कर रहे होते है उनके लिए बना है।

यह कुछ अजीब नहीं लगता विश्व में चिल्ड्रेन हाऊस, ओल्डेन हाऊस मिलेंगे लेकिन डेथ होम नहीं मिलेगा।

मान्यता है कि अंतिम समय में काशी में शरीर त्याग करने वाले को मोक्ष मिलता है। यह बात दीगर है कि काशी में जन्मे महान सूफी संत कबीर दास जी जान बुझ कर अपने जीवन के अंतिम समय में काशी त्याग दिया। इस मिथक को तोड़ने के लिए कि काशी में ही मरने वालो को मोक्ष मिलता है और उन्होंने मगहर में आकर शरीर का त्याग किया। कहावत यह भी प्रचलित है कि मगहर में शरीर त्यागने वाले को भूनकर नरक कि यतना से गुजरना पड़ता है और आत्मा जन्मों तक मोक्ष के लिए भटकती रहती है।

खैर बात काशी के शमशान हरिश्चन्द्र घाट कि कर रहा हूँ, जहाँ मेरे मित्र अपने स्वर्गीय पिता के शव को लेकर अंतिम संस्कार के लिए आए थे। मेरे मित्र पिता के अंतिम संस्कार कि तैयारी ही कर रहे थे कि चार पांच या अधिक से अधिक दस लोग एक शव को लेकर आए। आए हुए लोगों में चार मरने वाले के पुत्र थे चारों को देखने से लगता है कि भारत के किसी रजवाड़े या किसी बड़े आद्योगिक घराने से है और मृतक उनका बाप हैं।

हरिश्चंद घाट का अजीब नज़ारा था। मै अपने मित्र के पिता के अंतिम संस्कार में ही व्यस्त था लेकिन नज़ारा कुछ ऐसा था की ध्यान खींचना स्वाभाविक था। मृतक के चारो बेटों प्रत्येक के शरीर पर इतने महंगे आभूषण थे, जितना किसी आम भारतीय कि कुल जीवन कि कमाई या सम्पत्ति नहीं होती। चारो में मृत पिता के अंतिम संस्कार के लिए तू-तू, मै-मै चल रही थी।

चारो बेटे पहले मृतक पिता को लेकर मर्णकर्णीका ही गए थे, लेकिन वहाँ डोम राजा द्वारा मृतक के पुत्रों के नक्शे एवं पहनावे को देखकर लाखों रुपए कि मांग की गई, जिसके कारण चारो बेटे मरहूम पिता कि अर्थी लेकर हरिश्न्द्र घाट चले आए। यहाँ आलम और भी वीभत्स था। चारो आपस में भिड़ गए कि पिता के अंतिम संस्कार में होने वाला व्यय कौन करेगा। चारो एक दूसरे से कहते, तुम्हारे लिए पिता जी ने बहुत कुछ किया, मेरे लिए कुछ नहीं किया। मृतक पिता अर्थी पर भयंकर धूप में अपने भौतिक शरीर कि मुक्ति का तमाशा देख रहे थे।

भीड़ लग गई और भी अर्थियो के साथ आए लोगों ने अपने अपने दुखो को भुलाकर मृतक के चारो बेटों को समझाने कि भरपूर कोशिश किया मगर मजाल क्या कोई किसी कि बात सुन तक ले, मानना तो बहुत बड़ी बात है।

खैर मामले को बहुत बिगड़ता देख छोटे-छोटे बच्चे डोम परिवारों के जिनका एक मात्र कार्य शवों को जलाना ही है और बची लकड़ी, कफन आदि बाज़ार मे इकट्ठा कर बेचना है डोम परिवार के बच्चों के साथ मल्लाहों के बच्चे भी शव जलाने का कार्य करते है एवं आर्थियो कि बची सामग्रियों को बाज़ार में बेचते है। यह अच्छा खासा कारोबार है जो जाने कितने परिवारों को दो वक़्त कि रोटी देता है और सरकार पर बोझ कुछ कम करता है। एक बात का विशेष ख्याल रखिए, वाराणसी में यदि भुट्टे या मूंगफली खाने का शौख रखते है तो कोशिश करे वाराणसी प्रवास के दौरान ये शौख त्याग दे क्योंकि भुट्टा एवं मूंगफली या अन्य कोई भी भूजी जाने वाली सामग्री शमशान के बचे कोयले से भूनी

जाती है। यदि आप सनातन धर्म के वाम मार्गिय है तो कोई बात नहीं।

खैर बच्चो ने एकत्र होकर पिता के अंतिम संस्कार के लिए लड़ते भाईयों को कहा बाबूजी आप लोग आपस में क्यो लड़ते हैं, जो भी खर्च करना हो लकड़ी आदि मंगा दीजिए हम लोग मुफ्त में इनका अंतिम संस्कार कर देंगे। किसी तरह चारो भाइयों ने आपस में मिलकर कुछ मन लकड़ियां एवं बेमन से अंतिम संस्कार का सामान खरीदा। सामान इतना ही था कि मृतक का सिर्फ एक पैर ही जल सकता था। जल्दी-जल्दी बच्चो ने चिता सजाए। चारो में से एक ने मुखाग्नि दी और अपनी-अपनी गाड़ियों में बैठे और चल दिए।

जाते-जाते मरहूम पिता कि अर्थी जलाने के लिए पांच लीटर मिट्टी के तेल का डिब्बा दे गए।

बच्चो ने अर्थी को वैसे ही निष्ठा से जलाया जैसे वे किसी भी अर्थी को जलाते। आस-पास के चिताओ कि बची लकड़ी एवं अन्य सामान मांग कर उस बदनसीब बाप के शव को उन बच्चो ने सम्मान के साथ अंतिम संस्कार किया जिनका उससे दूर-दूर तक कोई संबंध नहीं था।

मेरे साथ आए मित्र के पिता के अंतिम संस्कार में लोग अंतिम संस्कार के बाद घरो को लौटने लगे। मेरे दिमाग में एक यक्ष प्रश्न बार-बार उठता परेशान कर रहा था कि आखिर इस व्यक्ति ने ऐसा क्या कर दिया हैं?

बेटे बाप कि अर्थी को लावारिस कि तरह छोड़ कर चले गए। मै शाम को लगभग छःबजे घर लौटा मगर हरिश्चंद घाट का वह दृश्य बार-बार मुझे परेशान कर रहा था। सोने कि कोशिश करता रहा मगर नीद जैसे कहीं खो गई हो।

शमशान कि खास बात यह है कि वहाँ जाने के बाद भले कुछ न करना पड़े थकान बहुत लगती है। मुझे सिर्फ यही चिंता सता रही थी कि क्यो बेटों द्वारा मृत्यु के बाद भी अपमानित होता रहा बाप?

लेकिन मेरे प्रश्न या जिज्ञासा का कोई अंत नज़र नहीं आ रहा था क्योंकि मै या कोई भी मरने वाले एवं उसके बेटों के बारे में नहीं जानता था कि कहाँ से आए हैं, कौन है?

मेरे मन में बार-बार यही सवाल उठ रहे थे जो हमें परेशान कर रहे थे, जिसका कोई उत्तर मिलने के कोई आसार नज़र नहीं आ रहे थे।

तभी हमारे बहुत पुराने मित्र कमल नयन जी आए। रात लगभग बारह बजे अवतरित हुए जब कि प्रति दिन वह मेरे सोने के साथ आते है और दो घंटे साथ रहते हुए देश विदेश कि तमाम घटनाओं बातो पर अपने अनुभवों विचारों को बता कर चले जाते है और मै पुनः घोर निद्रा में सो जाता हूँ।

मैंने एक बार कमल नयन जी से सवाल किया महोदय मैं ही आपको भरत भारत कि एक सौ तीस करोड़ कि आबादी में सबसे बड़ा सियाप मिला। आपका भरा पूरा परिवार है जो आपके अवतरण एवं परिनिर्माण को संवेदन शीलता के साथ मनाते हैं, कमल नयन बोले। मिस्टर त्रिपाठी रिश्ते नाते स्थूल शरीर के होते है। स्थूल शरीर कि जीवन परछाई ही उसके सगे संबंधियों के लिए महत्वपूर्ण होता है। मै परछाई नहीं हूँ, मै सत्य हू। मैंने कहा, मिस्टर आपके कारण लोग मुझे पागल कहते थे। मुझे विशेषज्ञ चिकित्सको से परामर्श लेना पड़ा। कभी-कभी मुझे खुद लगता कि वास्तव में मै पागल तो नहीं हो गया हू मगर चिकित्सको द्वारा क्लीन चीट दिए जाने के बाद मुझे कुछ संतोष हुआ और ब्रेन मैपिंग एवं नार्को टेस्ट नहीं कराना पड़ा।

फिर भी मेरी जिंदगी का अनिवार्य हिस्सा कमल नयन जी का प्रतिदिन सानिध्य किसी आश्चर्य से कम नहीं है। जबकि मै भूत प्रेत में बिल्कुल विश्वास नहीं करता तब भी कमल नयन जी का सानिध्य मेरे लिए प्रेरणा उत्साह प्रदान करता है। अब मेरे जीवन कि शैली में कमल नयन शामिल है और मै कुछ भी प्रयास कर लू अब यह साथ छूटना ना मुमकिन है।

जब कमल नयन आए, बोले मिस्टर त्रिपाठी आप परेशान हो शमशान के घटना से क्यो?

यह दुनिया है मतलब कि बाकी औपचारिकताओं कि बची खुची दौलत अभिमान अहंकार एवं दैहिक इन्द्रिय तृप्ति कि इसके अलावा कुछ नहीं।

कमल नयन ने बताना शुरू किया मेरा भाई बहुत उत्साही एवं आक्रमक स्वभाव का इंसान हवा में ही शरीर त्यागना उसकी विवशता बन गई। मै अपने स्थूल शरीर से हवा में उड़ता था। माँ के मरने के साथ ही न चाहते हुए भी मुझे पारिवारिक विरासत संभालनी पड़ी।

भरत भारत कि प्रतिष्ठा को चार चांद लगाने के लिए त्रेता कि स्वर्ण नगरी में अपनी शक्ति कि सेना भेजी। माल द्वीप जैसे छोटे से राष्ट्र कि अक्षुण्ण सत्ता के लिए अपनी शक्ति

भेजी। बहुत ऐसे कार्य किए जिससे राष्ट्र समाज आज गौरवशाली और मजबूत हुआ मगर दखिए शांति का दूत बनकर त्रेता कि स्वर्ण नगरी गया था, वहीं के उग्र संवेदनाओं के खतरनाक इरादों ने मुझे ही बारूद से उड़ा दिया। मैंने ईश्वर अल्ला जीजस गुरु कि सत्य ईश्वरीय सत्ता का सम्मान किया। मुझे परिपक्व स्वीकार करने में कोताही हुई। क्या कहूँ षडयंत्र या प्रारब्ध, तो मिस्टर त्रिपाठी जिस के लिए आप परेशान और जानना चाहते है तो सुने।

चारो बेटे मरने वाले के ना तो प्रारब्ध थे ना ही समय काल परिस्थितियों कि देंन, सिर्फ क्षुद्र मानसिकता के स्वार्थ तुष्टि के पुतलों, जो मृतक के पुत्र थे उनका स्वाभाविक जीवन मूल्य आचरण था।

परेशान होने की कोई बात नहीं। मै जब स्थूल शरीर से दुनिया में था तब इतनी व्यस्तताएं थी कि कुछ भी जानने-सुनने का समय नहीं मिलता था। स्थूल शरीर के छुटने के बाद ब्रह्माण्ड में विचरण करता हूँ। अतः मरने वाले एवं उसके पुत्रो को भली भांति जानता हूँ।

बड़ी विनम्रता पूर्वक कमल नयन जी से अनुरोध किया कि आप मृतक एवं उसके परिवार एवं शमशान पर उसके पुत्रो के आचरण बताने कि कृपा करे।

बहुत अनुनय विनय करने के बाद कमल नयन जी ने बताना स्वीकार किया और बताना शुरू किया।

कमल नयन ने बताया कि जिस मृतक के विषय में चितित हूँ वह बिहार का रहने वाला है एवं उसके पिता धीरेन्द्र सिंह बहुत गरीब थे और अपने जमाने में किसी तरह परिवार के गुजारे के लिए छोटे मोटे कार्य किया करते थे।

उन दिनों देश अंग्रेजो का गुलाम था और स्वतंत्रता आंदोलन का जोर गाँव-गाँव तक फैला था। बड़ा बुजुर्ग नौजवान हर भारतीय स्वतंत्रता आंदोलन कि लड़ाई लड़ रहा था उस दौर में धीरेंद्र सिंह (काल्पनिक नाम) ब्रिटिश हुकूमत कि मुखबिरी करता था। जिसके कारण उसे कुछ पैसा मिल जाता था मगर स्वतंत्रता आंदोलन के आंदोलन कारियो को धीरेन्द्र सिंह ने अपनी मुखबिरी से पकड़वाया जिससे आंदोलनकारियों को बहुत प्रताड़ना झेलनी पड़ी। देश जब आज़ाद हुआ जाते-जाते अंग्रेजो ने धीरेन्द्र सिंह को बहुत बड़ा फार्म हाउस मुफ्त में दे दिया।

धीरेन्द्र सिंह ने अंग्रेजो के जाने के बाद मीले फार्म हाउस के बदौलत इलाके का बड़ा

रसूखदार व्यक्ति बन गया और उसने अपने परिवार को समाज एवं क्षेत्र में प्रतिष्ठा दिलाने हेतु कुछ नेक कार्य भी किए गए लेकिन उसकी पीढ़ी के लोग उसे देश द्रोही के रूप में ही देखते थे। धीरेन्द्र का परिवार बहुत फला-फुला लेकिन उसके वर्तमान एवं समाज ने उसे कभी स्वीकार नहीं किया। उसका एक ही बेटा था हुकुम सिंह (काल्पनिक नाम) उसके चार बेटे हिम्मत सिंह, हरमन सिंह, हौसला सिंह एवं हिमांशु सिंह जो (काल्पनिक नाम) उसे लेकर शमशान तक आए थे जीवन काल में हुकुम सिंह ने बेटों को उच्च शिक्षा दिया और सभी के भविष्य कि बेहतरी के लिए अलग-अलग व्यवसाय कराए हुकुम सिंह का परिवार दो-चार जिले में प्रतिष्ठित एवं रसूखदार परिवार मात्र दो पीढ़ी धीरेन्द्र सिंह एवं हुकुम सिंह तक बन गया। कहते है, धन दौलत तो मिल सकता है मगर संस्कार खून से ही मिलता है जो धीरेन्द्र सिंह के कुनबे के साथ सत्य प्रतीत हो रहा था।

शिक्षित बेटों ने अपने-अपने व्यवसायों में बहुत प्रगति कि। धीरेन्द्र सिंह के पोतो ने उनके जीवन कि दरिद्रता के नामो-निशान मिटा दिया लेकिन दौलत का यह महल धीरेन्द्र सिंह कि देशद्रोह एवं देश भक्तों कि आह कि बुनियाद पर खड़ी थी तो बाप हुकुम सिंह के क्रूर एवं अमानवीय अहंकार के अरमानों पर बनी थी।

धीरेन्द्र सिंह अंग्रेजो कि दलाली करता देश भक्तों को प्रताड़ित करवाता तो हुकुम सिंह स्वतंत्र देश के विकसित हो रहे समाज पर जुल्म कि सारे हदे तोड़ देता। देश कि आजादी के बाद एवं अंग्रेजो से मिले फार्म हाउस एवं दौलत कि बुनियाद पर हुकुम सिंह को जन्म के साथ ही दौलत का दरबार मिला हुआ था जिसके सिंघासन पर बैठकर वह अपने नापाक मंसूबों को अंजाम देता रहता। जब हुकुम सिंह जवान हुआ और उसका बाप धीरेन्द्र सिंह जीवित था तब हुकुम का व्यवहार समाज लोगों के प्रति बेहद बहसियाना हुआ करता। किसी भी नवयौवना पर उसकी नज़र पड़ने भर कि देर थी वह ऐंन-केन प्रकारेन हासिल करता धीरेन्द्र सिंह के पास शिकायत आने पर कुछ मामलों में ले-देकर समझौता कर लेता तो कुछ मामलों में दबंगई से दबा देता।

धीरेन्द्र सिंह के मरने के बाद हुकुम सिंह का जब जमाना कायम हुआ तब उसने लगभग दस कोस के आस-पास के सभी गाँवों में लौड़ी या यूं कहे कि बिना काम के दासी पाल रखा था। जिसका काम था गाँव में जवान कुंवारी कन्याओं के बारे में जानकारी देना एवं हुकुम सिंह के लिए उसे प्रस्तुत करना। अपने इस विशेष शौख के लिए हुकुम सिंह ने घर से अलग कुछ दूरी पर एक डेरा गोठा बनवा रखा था जहां वह अपने शौख को अंजाम देता। उसके इस शौक के कारण कितनी ही लड़कियों ने दम तोड दिया जिनके शवों को

हुकुम सिंह के बेटे ठिकाने लगाते थे। पुलिस कोई कार्यवाही नहीं करती क्योंकि हुकुम सिंह का कद बहुत ऊंचा था। मरने वाली लड़कियों के माँ-बाप को हुकुम सिंह कुछ नगद दे देता। कुछ दिन कि वेदना के बाद माँ-बाप को सब भूलना पड़ता।

मैंने कमल नयन जी से यह पूछना उचित नहीं समझा कि क्या स्वतंत्र राष्ट्र में भी ऐसी क्रूरता का तांडव संभव हैं क्योंकि मैंने स्वयं अपने गाँव में हुकुम सिंह के हज़ारांश व्यक्ति का आचरण भी हुकुम सिंह कि ही तरह था। वह भी ईश्वर द्वारा दिए समय काल कि शक्ति का अपने शौख के लिए सदुपयोग करता था। तब भी पूरा गाँव जानता था लेकिन कुछ नहीं बोलता इसीलिए कमल नयन कि किसी भी बात पर मुझे कत्तई आश्चर्य नहीं हुआ बल्कि भारत में जीवित नर-भक्षी इंसानों के एक बड़े समाज कि वास्तविकता के सत्यार्थ से परिचित करवाया।

हुकुम सिंह के चारो बेटे अपने पिता कि कार गुजारियों से परिचित थे बल्कि सहयोगी थे। अतः हुकुम सिंह के जीवित रहते ही बेटों का आचरण बिल्कुल बेटों कि तरह न होकर पट्टीदार भाईयों कि तरह हो गया। जो बूढ़े होने पर हुकुम सिंह को बहुत अंखरता। लेकिन उसके कर्मों के परिणाम का दर्पण उसकी खुद कि संताने ही थी। जब हुकुम सिंह शरीर से कमजोर हो गया एवं पारिवारिक मामलों में उसकी पकड़ कमजोर हो गई तब बच्चे ही उसे प्रताड़ित करते। पीटते। वह यह सब बर्दास्त करने को विवश था क्योंकि उसने अपने जीवन काल में यही बोया था जो विष वाण कि फसल बन उसके जीवन में ही उसके कर्मों को धीरे-धीरे लौटा रही थी।

कमल नयन जी ने बताया कि हुकुम सिंह के चारो बेटे इसे गाँव के गड़ही के किनारे ही जलाने वाले थे। वो तो हुकुम के पुरोहित पण्डित चतुरान मिश्र (काल्पनिक नाम) ने समझाया कि यदि बाप कि अर्थी को लेकर चारो बेटे काशी के पावन परिक्षेत्र में लेकर चले गए और वहा दाह हुआ तो पिता के कुकर्मों कि छाया बेटों पर नहीं पड़ेगी या कम हो जाएगी। पण्डित चतुरान एक तो अपने यजमान हुकुम सिंह के प्रति अपने पुरोहित धर्म के दायित्व को निभाने के लिए एवं हुकुम कि सद्गति के लिए उसके चारो बेटों को हुकुम कि अर्थी को काशी ले जाने का सुझाव दिया। साथ ही साथ उनको यह तथ्य भी मालूम था कि हुकुम सिंह कि जो संताने उसे जीवित रहते पिटती थी प्रताड़ित करती थी। वह उसके शव को काशी तक लेकर एक साथ पहुंच पाएंगी। संदेह है यदि एक साथ पहुंच भी गई तो शव दाह तक एक साथ नहीं रह पाएंगी और आपस में लड़-झगड़ कर हुकुम के अंतिम संस्कार को ही उसके पापों के प्रश्चित का प्रमाण बना कर दुनियां के सामने प्रस्तुत

कर देंगे।

वैसा ही हुआ हुकुम सिंह के चारो बेटे हुकुम कि अर्थी लेकर पहले मर्ण कर्णिका लेकर गए। वहाँ डोम राजा के यहाँ बवाल काटा। फिर हरिश्चन्द्र घाट पर भयंकर धूप में हुकुम सिंह के शव को भूनने के लिए रख आपस मै लड़ते रहे। दुनियां तमाशा देखती यही अंदाज़ा लगाती रही कि इतने बड़े आदमी कि मृत्यु के बाद इतनी दुर्गति क्यो। अपने बेटे ही उसके साथ पल भर नहीं ठहरना चाहते।

कहावत है कि जीवन के कुकृत्यो एवं पापो का हिसाब व्याज के साथ बढ़ता रहता है। यदि कोई ईश्वर को मानता है या नहीं मानता है दोनों ही स्थिति में कर्मो का हिसाब तो किसी ना किसी रूप में चुकाना होता है। ठीक उसी प्रकार जिस प्रकार पठान का कर्ज़ा यदि किसी ने पठान से सूध पर कर्ज ले लिया और जीवित रहते वापस नहीं कर सका तो मरने के बाद पठान आता है और घर वालो से मृतक द्वारा लिए कर्जे कि मांग करता है। कर्ज़ा अदा हो जाने पर चला जाता है। कर्ज़ा अदा न हो होने कि स्थिति में मृतक कर्जदार के परिजनों के सामने मृतक के मुँह में पेशाब कर यह कहते हुए चला जाता है कि कर्ज अदा हो गया। यही इसी सत्य का साक्षी था मृतक हुकुम सिंह का शव एवं दाह। चिंतित मत हो मिस्टर त्रिपाठी यह दुनिया हैं।

कमल नयन का खूबसूरत अंदाज, मुस्कुराता चेहरा, जिंदा दिल अंदाज। बोले टूमारो अगैन मिस्टर त्रिपाठी और प्रतिदिन कि तरह स्नेह-नेह की बारिश की घोर निद्रा का चादर ओढ़ा गए।

लेखिका के बारे में

हेमा का जन्म एवम शिक्षा राष्ट्रीय राजधानी नई दिल्ली में हुई। विवाह पंजाब लुधियाना में हुआ और तब से लुधियाना में ही रह रही हैं। लेखन का शौंक बचपन से ही था, जो माता पिता के प्रोत्साहन से बढ़ता रहा। शादी के बाद पारिवारिक जिम्मेवारियां पूरी करते हुए पढ़ाई और लेखन कार्य चलता रहा। पर कभी रचनाओं के प्रकाशन के बारे में नहीं सोचा। स्टोरीमिरर के प्लेटफार्म पर लेखन कार्य को पहचान मिली। पिछले 15 साल से एक गारमेंट मैन्युफैक्चरिंग फर्म में कार्यरत हैं और अभी एक एनजीओ के लिए भी कार्य कर रही हैं। हेमा, नीर के नाम से कविताएं, गजलें और कहानियां लिखती हैं। नीर एक भावुक, संवेदनशील एवं सृजनात्मक लेखिका और कवियत्री हैं।

दिल की बात....

– हेमा चोपड़ा

जब भी मुझे जरूरत होती है, कभी फोन नहीं उठाती। पता नहीं कहाँ है। अब किसको फोन करूं, किससे मदद मांगूँ। पापा को फोन किया तो बहुत डांट पड़ेगी। पापा ने पहले ही कहा था की ये एक्टिवा ठीक से नहीं चल रहा। पहले सर्विसिंग के लिए दे दो, ऐसा ना हों रास्ते में रुक जाए। माँ से कहा तो वो सीधा पापा को ही फोन करेंगी, बात घूम फिर कर वहीं आ जाएगी। ये मेरी ही लापरवाही का नतीजा है मुझे पहले ही एक्टिवा सर्विस के लिए दे देनी चाहिए थी। पर अब क्या करूं। निशा भी फोन नहीं उठा रही। अंधेरा भी बढ़ता जा रहा है।

सुमी को खुद पर ही गुस्सा आ रहा था। राह चलते किसी से मदद नहीं मांग सकती। आस पास कोई रिपेयर शॉप भी नहीं दिख रही। और ये सड़क तो बड़ी जल्दी ही सुनसान सी हो जाती है। डर के मारे सुमी का बुरा हाल हो रहा था। सब लोग चले जा रहे थे। एक दो ने अपनी बाइक रोक कर पूछा, की कोई मदद चाहिए? पर सुमी उनकी शक्लें देख कर ही डर गई और नहीं कह दिया। कुछ हंसते हुए आगे बढ़ गए तो कुछ ने फबती कसी की लगता है किसी और का इंतजार है। डर और अंधेरा बढ़ता जा रहा था। सुमी लगातार फोन किए जा रही थी। पर निशा न जाने कहाँ थी। तभी सुमी के पास एक एक्टिवा आकर रुका। उस पर दो लड़के थे। आते ही बिना कुछ कहे अपने एक्टिवा से उतर कर सुमी के सामने खड़े हो गए। क्या हुआ, इतनी देर से यहाँ क्यों खड़ी हो?सुमी ने नजरें उठा कर देखा तो, वो दोनों उसी की क्लास के थे, रवि और नमन। शुरू शुरू में रवि ने सुमी से दोस्ती करने की बहुत कोशिश की पर सुमी ने कभी कोई रुचि नहीं दिखाई। बल्कि दो एक बार तो सुमी ने भरी क्लास में रवि की बेइज्जती भी की थी। Annual day, पर प्ले में सिर्फ इसलिए सुमी ने part नहीं लिया क्योंकि इस प्ले में रवि भी था। तभी रवि की आवाज से वो अपनी तंद्रा से जागी। क्या हुआ, एक्टिवा खराब हो गया है क्या? सुमी को लगा की अब रवि अपनी बेइज्जती का बदला लेगा। सुमी डर के मारे बस इतना ही कह सकी। पता नहीं क्या हुआ, अचानक एक्टिवा रुक गया। निशा भी फोन नहीं उठा रही। तभी नमन बोला, थोड़ी देर पहले हम यहाँ से निकले तो तुम यहाँ खड़ी थी। देख कर थोड़ा अटपटा लगा। अब रवि ही दोबारा यहाँ जान बुझ कर ले कर आया है की तुम यहाँ पर अभी भी

हो या चली गई हो। कहीं किसी मुसीबत में तो नहीं हो, यही देखने आए थे।

तुम एक काम करो रवि तुम्हें घर छोड़ देता है। और तुम्हारा एक्टिवा मैं किसी रिपेयर शॉप पर दिखा दूंगा। कल कॉलेज में Activa ले लेना। सुमी किसी अच्छे बच्चे की तरह गर्दन हिला रही थी। नमन को सुमी के Activa के पास छोड़ कर रवि सुमी को घर छोड़ने चल पड़ा। उसने नमन को कहा मैं सुमी को छोड़ कर किसी मेकैनिक को लेकर आता हूँ।

सुमी को जब रवि के ड्रॉप किया तो, सुमी को अपनी सोच पर बड़ी शर्म आ रही थी। रवि ने जब सुमी को बाय कहा तो सुमी ने थैंक यूं के साथ सॉरी भी बोला। जिसे सुन कर रवि बिना कुछ कहे वहाँ से चला गया।

सुमी अपराधबोध से ग्रस्त हो रही थी। तभी निशा का फोन आ गया। क्या हुआ इतनी कॉल्स, सब ठीक तो है। इतना सुनना था की सुमी की रुलाई फूट गई। और उसने सब हाल कह सुनाया। निशा ने कहा, अरे मैं मार्केट गई थी, मम्मा के साथ, फोन में चार्जिंग नहीं थी तो साइलेंट कर के चार्जिंग पर लगा कर घर में ही छोड़ गई थी। मुझे क्या पता था की तूं इतनी मुसीबत में पड़ जाएगी।

अगले दिन नमन ने एक्टिवा की चाबी सुमी को दी और कहा की पार्किंग में है तुम्हारा एक्टिवा। रवि कहीं नजर नहीं आया। शायद कॉलेज नहीं आया था। उसके बाद ही रोज वो रवि को नोटिस करने लगी। कभी कभी कोशिश भी की उससे बात करने की मगर रवि ने एक दूरी बना ली थी उससे। निशा ने भी सुमी ने कहा की रवि को तूने कुछ बुरा भला तो नहीं कहा उस दिन। सुमी ने कहा उस दिन तो कोई बात ही नहीं हुई।

कभी-कभी सुमी ने नोटिस किया की जैसे रवि उसकी तरफ देख रहा है। पर सुमी के देखते ही वो नजरें झुका लेता था। इसी तरह साल गुजार गया। फेयरवेल वाले दिन रवि सुमी के पास आया और बस इतना कहा की तुम बहुत खूबसूरत लग रही हो। सुमी बस थैंक यू ही कह सकी और वो चला गया। फेयरवेल में रवि और नमन ने बहुत ही अच्छा डांस किया। दोनों की परफॉर्मेंस बेस्ट थी पूरे फंक्शन में। उसके बाद सब बिछड़ गए। कॉलेज खतम, सब वही खतम हो गया। सुमी और निशा ने B.Ed करके स्कूल में अध्यापिका की job ज्वाइन कर ली। और सुमी ने पत्रआचार से आगे की पढ़ाई जारी रखी। समय बड़ी तेजी से गुजर रहा था। इसी बीच निशा की शादी तय हो गई। रजत गुड़गाँव में एक कंपनी में अच्छे पोस्ट पर था। शादी से एक दिन पहले सगाई का कार्यक्रम था। सुमी को खास तौर पर बुलाया गया था। और उसको निशा के साथ रहनें की हिदायत

दी गई थी। क्योंकि निशा की कोई बहन नहीं थी और दोनो पक्की सहेलियां थी तो दोनो ये ही चाहती थी की अब जितना भी टाइम है दोनो साथ रहें। बाद में तो अलग ही हो जाना है।

सगाई वाले दिन भी सुमी, निशा के साथ ही थी। सभी मेहमानों के बीच सुमी को रवि नजर आया। अरे ये यहाँ कैसे? सुमी सोचने लगी। बाद में पता चला की रवि, रजत की मौसी का बेटा है। सगाई और शादी में भी रवि की आंख मिचौली चलती रही। सुमी सोचने लगी सामने नहीं आता। बात भी नहीं करता। सुमी नर्वस सी हो रही थी। उसने निशा को बताया की क्या चल रहा है। रवि बस छुप कर सुमी को देख रहा होता है। जयमाला के बाद सब फेरों की तयारी करने लगे। सुमी भी कपड़े बदलने होटल के अपने कमरे में जा रही थी। तभी रवि आ गया और सुमी के साथ-साथ चलने लगा। सुमी को गुस्सा तो था ही, बोली चाहते क्या हो, क्यों दो दिनों से मुझे घूर रहे हो। दिमाग ठीक है तुम्हारा।

रवि हल्का सा मुस्कुरा कर बोला इसे घूरना नहीं निहारना कहते हैं। और रही बात चाहत की तो कल भी तुम्हें चाहता था, आज भी तुम्हें ही चाहता हूँ। अगर तुम्हें मंजूर हो तो निशा भाभी से कह कर बात आगे बढ़ाएं। तुमसे पहले इसलिए पूछ रहा हूँ क्योंकि तुम्हारे मन में क्या है मुझे नहीं पता। अगर तुम्हारी ना है तो आज के बाद ये बंदा तुम्हें नजर भी नहीं आएगा।

और अपने बारे में बता दूं, एक अच्छी कंपनी में एक अच्छी सैलरी पर काम कर रहा हूँ। मुंबई में रहता हूँ। अगर तुम्हारी हां है तो मेरे मम्मा पापा रजत की शादी के बाद तुम्हारे घर रिश्ते की बात करने आएंगे। सुमी एकटक रवि की तरफ देख कर उसकी बात सुन रही थी। फिर रवि ने कहा मैडम इसको घूरना कहते है। सुमी ने शरमा कर नजरें नीचे कर ली। दो मिनट खामोशी छाई रही। सुमी को समझ नहीं आ रहा था क्या कहे, ये ही तो वो चाहती थी। और आज जब रवि ने वो ही सब खुद कह दिया तो, हां कहना कितना मुश्किल लग रहा है।

तभी रवि बोला, सुमी मैं तुम्हारे जवाब का इंतजार कर रहा हूँ। अगर तुम्हारी तरफ से ना है तो भी कोई बात नही।

सुमी जोर-जोर से रोने लगी। अरे सुमी, i am sorry, baba! गलती हो गई। मुझे तुमसे नहीं कहना चाहिये था ये सब ! sorry! मैं जा रहा हूँ। Ok, fine! मैं समझ गया।

तुम मुझे नहीं चाहती। ठीक है। अब रोना बंद करो। बाय मैं जा रहा हूँ। और रवि मुड़ कर जाने लगा तभी सुमी बोली, पहले नहीं कह सकते थे, कितना इंतजार कराया। अगर मेरी शादी हो गई होती तो...... ये सुन कर रवि के पैर ठिठक गए और वो मुड़ कर सुमी को देखने लगा। सुमी आंखों में आंसू लिए मुस्कुरा रही थी। रवि ने अपनी दोनों बाहे फैला दी और सुमी आकर रवि के गले से लग गई। I love you! I love you too, सुमी ने कहा।।

लेखिका के बारे में

श्रीदेविमुरालीकृष्ण एक साधारण गृहिणी हैं। भूतपूर्व में ये शिक्षिका रही हैं। लेकिन पुराने तरीके में सिखाना अभी दुर्लभ है। इसलिए वो काम छोड़कर, जिंदगी की हर सफर पर टिप्पणियां करते-करते लेखन की ओर रुचि बढ़ायी।

इन्होंने हिंदी साहित्य में एम ए किया है। अपनी मातृभाषा तेलुगु के साथ-साथ अंग्रेजी, हिंदी भी बोलती हैं। इनके कहानियों की कथा वस्तु गाँव की वातावरण से ज्यादा जुड़ी रहती हैं। प्रस्तुत कहानी में थोड़ा से गाँव के नजारे के साथ, ग्रामीण जीवन के भोलेपन का भी खूब चरित्र चित्रण किया है। ये मानती हैं की प्रकृति हमको जीने का तरीका सिखाती है। स्टोरीमिरर में कुछ कॉम्पीटीशन में भाग लिया है। छोटे पुरस्कार से जिंदगी इनकी शुरू हुई और भरोसा है कि जीत जाएंगी कभी।

ऊपरवाले की आवाज़

– श्रीदेविमुरालीकृष्ण

आवाज़ चाहे किसी का भी हो अगर ओ गुमराह करनेवाली तो बिल्कुल मनमें गस्ती नही थी। ध्यान देनेवाली बात तो दिमाग में घंटी बजती थी! रुख के सुन लो तो सही बोलकर।

ऐसी बहुत सारे हैं मेरे जिंदगी में।

जब मैं गाव के स्कूल में दूसरी कक्षा में पढ़ती थी एक लड़का मुझ पर छोटी-छोटी पत्थर फेंकता था। सुबह-शाम विराम के समय पर पाठशाला के आगे बरामदे में बैठके मेरा इंतज़ार करता था। मैं दो-तीन बार देखने के बाद सबसे पीछे घर जाती थी। बस दो घर के स्कूल हैं मेरे। मा, पापा, भैया, दीदी लोग सबसे कही की एक लड़का पत्थर से मारता हैं मुझे। सब हँसे ओर छोड़ दिए। मुझे लगा उसको सबक सिखाना हैं।

एक बार ओ लड़का पाम पेड़ पर चढ़ा। चंचल में तो ओ चढ़ गया, लेकिन नीचे आना बहुत मुश्किल था। ओ सही भी था बहुत लम्बी होती हैं ये पेड़, साईकल टायर के इस्तेमाल करके चढ़ते हैं। मुझे तब लगा इसको साँप-साँप कहके थोड़ी सी ओर डराऊ तो नीचे गिर जाएगा। उस समय मेरा इतना सोच था कि पत्थर की चोट से छुटकारा मिलेगा। बाद में पापा ओर कामवाला सभी के बातोंसे पता लगा की अगर वह से थोड़ा सा भी हिलता तो गिरके मर जाएगा। गाव के सब इकट्टा हो गये ऊपर झांख रहे थे कि जैसे विमान को चलते देख रहे हैं।

मुझमे जो इच्छा हो गयी साँप करके पुकारने की ठीक तभी एक आवाज सुनाई दी। पहले बडों को बुलाओ। में ओर साथीगण गाव के अंदर गए और सबको पुकारे। तो सब आये उनके साथ एक बड़ी मछली पकडनेवाली जाल भी ले आये। नीचे करीब बीस लोग बड़ी रूस्त पकड़े ओर बोले कि गिर जाओ। ओ वहाँ से रो रहा था हिम्मत नहीं थीं कुदने की। तो में जोर से बोली भैया! कुद जाओ मेरे सुर में सुर मिलाय सब बच्चे भैया कूदो,।भैया कूदो। उसको शायद लगा होगा कोई खेल हैं तुरंत छलांग मारा तो सीधे जाल में गिर गए। उसकी माँ बहुत रोई। सब अच्छा हैं तो रो क्यो रही हैं पता नही चला।

एक हफ्ताह बाद से ओ स्कूल आने लगा। मुझे फिर से डर शुरू हो गई। रोज की तरह सब के पीछे आ रही थी। वो वही बैठा था बस कुछ फेंका नही। बाद में बोला कि उसकी माँ कही उनकी करतूत पहले से पता हैं। छोटे हैं तो कुछ बोल नही पाए। तू जिसको रुलाई आज तुम्हारे हसी का कारण बन गई।

तबसे ओ मुझे बहन करके बुलाता था। आखिर शादी के वक़्त वही पेड़ के पत्तोंसे बड़ी चँदवा बनाया था। उस दिन मन की बात ना मानके उसको डराती तो सोच ही डरावनी लगती हैं।

ये सब ऊपरवाले की आवाज़ की महत्व बिना कुछ नहीं। इसलिए तो कहते हैं दिल की बात सुनो।

लेखिका के बारे में

अलफिया पेशे से एक आर्टिस्ट और होममैकर हैं। अलफिया लिखने के साथ-साथ पेटिंग, कुकिंग, संगीत, आर्ट एडं क्राफ्ट मे माहिर हैं। उन्हे अंग्रेजी, गुजराती और हिन्दी भाषाओं का ज्ञान है। वो अच्छी इंटीरियर डिजाइनर भी है। उनके पास मास्टर्स की डिग्री है।

नन्हे आकाश की उड़ान

– अलफिया आगरवाला

ये कहानी एक आकाश नाम के बच्चे की है जो बहुत ही प्यारा बच्चा था। बड़ा सुंदर। आकाश के माँ बाप दोनों ही एक मल्टीनेशनल कंपनी में काम करते थे। आकाश उनको शादी के पांच साल बाद हुआ। थोड़ा टाइम तो, आकाश की माँ ने जॉब से ब्रेक लिया। और एक साल का होने तक उसने काम न करने का फैसला किया। अब आकाश एक साल का हो गया था।

एक साल के बाद माँ को रहा नहीं गया।

और उसने फिर से जॉब करने का सोचा। इतनी बड़ी सैलरी कैसे छोड़ सकती है। आकाश के लिए माँ-बाप ने फैसला किया के अब हमें आकाश के लिए फुल टाईम मेड रख लेनी चाहिए या आया रख लेनी चाहिए। जो उसकी देख-रेख कर सके उसका ध्यान रखें दिन भर। और तय हुआ और उन्होंने एक आया को रख लिया। आया लोकल सिटी की ही थी। अधेड़ उम्र की औरत थी और वो पहले भी बहुत जगह काम कर चुकी थी।

वैसे तो बहुत शरीफ थी क्योंकि उसके घर में भी उसके पोता पोती थी। पूरा दिन आकाश को संभालने मे लगीं रहतीं थी। और माँ और पापा दोनों सुबह काम पर निकल जाते। आकाश को प्यार करके। धीरे-धीरे आकाश बड़ा हो रहा था, समझने लगा था।

उसकी ज़रूरतें बढ़ने लगी। दो साल का हुआ जब वो कुछ रोता, तो शनिवार इतवार को माँ -पापा घुमाने ले जाते थे। जो जिद करता वो दिला देते। आकाश बहुत ही संवेदनशील बच्चा था वो औरो की तरह बच्चा नहीं था। के माँ-बाप ने खिलौने दिला दिए हैं तो उसको लेकर खुश हो जायें। यह घुमाने ले जाए तो अब आकाश को कुछ टाइम बाद, उसको उसकी माँ की दिन भर घर में कमी लगती वो इतना ज़्यादा अंदर ही अंदर सोचने लगा जो प्यार उसको अपनी माँ से चाहिए था, वो आया माँ देने लगी लेकिन उसको कहीं न कहीं उस, प्यार की उसको कमी लगती जब पेरेंट्स टीचर्स मीटिंग होती थी। जब बच्चों का स्पोर्ट डे होता था।

अब आकाश बड़ा हो गया था, स्कूल जाने लगा था। सबके पैरेंट्स आते थे पर उसके पैरेंट्स कम ही आ पाते थे। और कभी आकाश की मम्मी बहुत सारी तो पैरेंट्स टीचर मीटिंग अटेंड ही नहीं कर पाती थी। बिकॉज़ ऑफ़ उनका जॉब ऐसा था।

कभी पापा आते थे या कभी मम्मा आती थी वो भी बहुत साल में एक या दो बार शायद अटेंड करी हो उन्होंने। आकाश को बहुत दुख होता था अंदर से। तो क्या मैं साधारण परिवार की तरह नहीं हो सकता। जैसे मेरे दोस्त दूसरे दोस्तों की फैमिली है। मेरे दूसरे दोस्त है उनकी तरह नहीं हो सकता, क्या ? बस यही सोचता रहता था। एक दिन आकाश को बीमारी हो गयी वो इतना सोचने लगा कि उसको सांस लेने में प्रॉब्लम होने लगी।

ये बात उसकी आया को पता चली। आया ने कितनी बार उसकी माँ को कहा, मेम साहब बाबा को शाम को सांस लेने में प्रॉब्लम होती है वो जब खेलने जाता है तो उसको प्रॉब्लम होती है पर उसकी माँ ने उसको ध्यान नहीं दिया। वो एसे ही बहाने बनाता है। अटेंशन सीकर हो गया है। लेकिन धीरे-धीरे वो परेशानी बढ़ती जा रही थी, अब आकाश स्कूल की कोई भी एक्टिविटी में हिस्सा नहीं लेता, आकाश को स्कूल में किसी भी चीज़ में नहीं लिया जाता। क्योंकि उसको बहुत ज्यादा साँस चलने की बीमारी हो गयी थी।

आकाश ये बात अपनी मम्मी से शेयर करना चाहता था, लेकिन जब तक उसकी पैरेंट्स घर में आते है तब तक आकाश खाना खा के और सो जाता था। अब स्कूल में उसका परफॉर्मेंस भी अच्छा नहीं हो रहा था। आकाश ये बातें किससे शेयर करें, आया भी इतनी पढ़ी लिखी नहीं, थी और इस तरह की चीजें वो शेयर कर नहीं पा रहा था।

एक दिन आकाश बहुत ही टूटा सा स्कूल से वापस आया। गहरी सोच मे बड़ा उदास सा। उसकी रिपोर्ट कार्ड, उसका परफॉर्मेंस बहुत ही खराब रहा।

उसने डरते-डरते रात को जब पैरेंट्स ऑफिस से आये तो अपना रिपोर्ट कार्ड दिखाया क्योंकि उसमें उनके साइन भी चाहिए थे। जब उन्होंने आकाश का रिपोर्ट कार्ड देखा तो आम माता-पिता की तरह उन्होंने भी उसको डाँटना शुरू कर दिया, उसकी बात ही नहीं सुनी।

बहुत डाटा, क्या अब तुम्हें हम बोर्डिंग में पहुंचा देंगे। ये सुन के, आकाश और टूट गया। थोडा तो मैं शाम को मम्मी-पापा को देख लेता हूँ। अगर मैं, बोर्डिंग स्कूल चला गया तो मैं तो उनसे बहुत दूर हो जाऊँगा। वो बच्चा अंदर ही अंदर घुट रहा था। दम तोड़

रही थी उसकी थोड़ी बहुत आशाएँ भी, ये बात सुनकर। वो बता नहीं पा रहा था कि माँ-पापा मुझे बहुत एलर्जी है मेरे को बहुत सांस चलती है। स्कूल में जब मैं हार जाता हूँ तो मेरे दोस्त मुझे बहुत चिढ़ाते हैं, मेरा दम फूलता है। रेस लगाने में में भाग नहीं पाता लेकिन उसके मां-बाप बात सुनना ही कहा चाहते थे।

उन्हें तो लग रहा था कि ये पड़ता लिखता नहीं है। क्योंकि हम ऑफिस चले जाते हैं और ये सारा दिन टीवी या कंप्यूटर या मोबाइल में लगा रहता है। उसको उसके फ्रेंड चिढ़ाते थे। तु हर खेल में हार जाता है। तेरे मम्मी-पापा मीटिंग में भी नहीं आते तो हर चीज में हार जाता है। तू सब में पीछे है तू पढ़ाई मैं भी। आकाश को बहुत घुटन होने लगी। क्योंकि अब वो समझने लगा था। अब वो 12 साल का हो गया था। और उसके माँ-बाप ये बात समझ नहीं रहे थे। उसका जबरदस्ती उन्होंने बहुत दूर एक बोर्डिंग स्कूल में उसका एडमिशन कराने का तय किया। बोर्डिंग के लिए उसका एडमिशन हुआ ही था। और दो दिन तक वहाँ उसके रेगुलर स्कूल गया। एक दिन स्कूल से खबर आई कि आकाश स्कूल में बेहोश हो गया है। उसके माँ को फ़ोन लगाया, ऑफिस में उसके पिताजी को फोन लगाया। दोनों भागते हुए आये और उसको हॉस्पिटल ले गये।

स्कूल से वहाँ पता चला कि आकाश को अस्थमा हैं और ये अभी का नहीं है बहोत पुरानी प्रॉब्लम है और वो बहुत ही सेंसिटिव बच्चा है, इसी की वजह से स्कूल मे पूरे टाइम सुस्त रहता है। ना पढाई मैं उसका दिल लगता है और ना ही खेल में। उन्होंने सबसे बात की। स्कूल में भी उसके सभी टीचर्स ने कहा कि वो शायद आपको ये बात कितनी बार बताना चाहता था।

लेकिन आप लोगो ने उसकी बात नहीं सुनी, ये सुनकर उसके माता पिता बहुत शर्मिंदा हुए अपने आप को कोसने लगे कि काश हम उस वक़्त हमारे बेटे की बात सुन लेते। एक दिन ऐसा आ गया, आकाश इतना ज्यादा उसको परेशानी हो गयी वो बिल्कुल भी नॉर्मल बच्चो की तरह न रहा ये सब बात सुनके उसके माता पिता को अंदर ही अंदर बहुत ज्यादा अपने ऊपर गुस्सा भी आया और शर्म भी आई और उन्होंने तय किया कि हम आकाश को बोर्डिंग नहीं भेजेंगे और उसकी माँ ने उस टाइम उससे माफ़ी मांगी और कहाँ के बेटा मुझे माफ कर दो मैं अपने काम को इतना ज्यादा इम्पोर्टेन्ट देने लगी कि मैं तुम को भूल गयी। मेरी सबसे कीमती चीज़ तो तुम हो और उसी वक्त उसने अपने पोस्ट से रिजाइन कर दिया इस्तीफ़ा दे दिया उसकी माँ ने।

और आकाश की बहुत अच्छे से देख-रेख में लग गयी। आकाश अब धीरे-धीरे अच्छा होने लगा। आज एक साधारण बच्चे की तरह स्कूल में हर स्पोर्ट्स में पार्टीसिपेट करने लगा। उसका परफॉरमेंस पढ़ाई से लेके स्पोर्ट्स में अच्छा होने लगा, क्योंकि आकाश जैसे बच्चों को सिर्फ प्यार की ज़रूरत होती है माँ बाप की और उनके स्नेह की। खिलौने, पैसा या महंगी गाड़ियों की जरूरत नहीं होती है। आकाश अपनी उड़ान फिर से उड़ने लगा। आकाश का सपना था कि वो बड़े होकर बहुत बड़ा बेडमिटंन चैंपियन बने और उसने अपने लक्ष्य को पाया भी। स्कूल के सारे गैम में वो प्रथम लेवल तक पहुंचा धीरे-धीरे वो अपनी ऊंचाईयो की उड़ान भरने लगा। और उसकी माँ ने भी उसके बाद कभी जॉब नहीं किया। तो हर माँ बाप को यह समझना चाहिए कि बच्चे ज्यादा कीमती है, उनसे बढ़कर दौलत नहीं है और आकाश जैसे कहीं बच्चे है जो अपनी उड़ान भरना चाहते हैं। आकाश की उड़ान तो पूरी हुई, क्या हर बच्चे की उड़ान पूरी होगी ?

लेखिका के बारे में

डॉ. अंदलीब ज़हेरा पेशे से शिक्षक हैं और पिछले 22 सालों से शिक्षा के क्षेत्र में सक्रिय हैं। इन्होंने जीव विज्ञान के एंटोमोलॉजी से पीएचडी की डिग्री हासिल की है। डॉ. अंदलीब ज़हेरा एक संवेदनशील और भावुक लेखिका है। समाज के प्रति जागरूक, संवेदनशील और समर्पित होने के कारण इनके द्वारा लिखी कहानियां सामाजिक समस्याओं से प्रेरित रहती हैं। शिक्षा और बच्चों से जुड़ी समस्याओं पर वो विशेष कर लिखतीं हैं। वह हर प्रतियोगिता में उत्सुकता से भाग लेती है। स्टोरीमिरर पर हमेशा सक्रिय रहती हैं।

मन की शांति और सकारात्मक ऊर्जा की प्राप्ति के लिए वे अपने खाली समय को लिखने, पढ़ने और पेंटिंग करने में व्यतीत करती हैं। बच्चों की काउंसलिंग करने में उनकी विशेष रुचि है। इन्हें स्टोरीमिरर पर ऑथर ऑफ द ईयर 2021 में नामित किया गया है। इनकी कहानी "मरम्मत जरूरी है", 2022 में स्टोरीमिरर द्वारा प्रकाशित पुस्तक, "कुछ कहानियां मन की" में संग्रहित है।

कस्तूरी

– डॉ. अंदलीब ज़हेरा

पार्क की हरी घास दोपहर की तीखी धूप से नहाई हुई और मखमली लग रही थी। चिड़ियों की चहचहाहट और पार्क के आखिरी छोर पर बहती छोटी नदी के पानी की कल-कल पूरे माहौल में मौसिकी का काम कर रही थी। चारों तरफ फूलों की रंगत और खुशबू से पूरा माहौल मुअत्तर हो रहा था। पार्क में लंबे बड़े पेड़ खड़े पूरे पार्क की खूबसूरती की चौकीदारी मदमस्त हो के कर रहे थे। इसी खूबसूरती में चार चांद लगाती वो लड़की अपने सुनहरे बालों को चेहरे पर से बार-बार हटा रही थी। उसकी आंखों में गहरा काजल उसको और भी दिलकश बना रहा था। एक पेड़ के तने के सहारे अपने आप को टिकाए हुए दूर से सूरज को क्षितिज की तरफ जाते देख रही थी। उसके चेहरे पे पड़ती धूप उसकी खूबसूरती को और निखार रही थी।

लड़की अपने आप में खोई किसी का इंतजार कर रही थी। दूर से पार्क के गेट पर खड़ा लड़का उसकी हर एक अदा को बहोत गौर से देख रहा था और आंखों के ज़रिए उसपे प्यार लूटा रहा था। वो धीरे-धीरे लड़की की तरफ बढ़ने लगा और बिल्कुल उसके नजदीक आ खड़ा हुआ। लड़की ने उसको देखते ही अपनी नजरे झुका लीं। गाल शर्म से लाल हो गए। लड़के ने उसे बड़ी मोहब्बत से देखा और उसकी झुकी हुई नजरों को अपनी तरफ किया। दोनो की आंखें एक दूसरे से बातें करने लगी। तभी लड़के ने उसे अपनी बाहों के घेरे में समेटते हुए अपनी आगोश में ले लिया। लड़की ने अपने आस-पास नजरें घुमाई और महसूस किया की सारी कायनात उनके इस प्यार भरे लम्हे की गवाही दे रही है। लड़के ने लड़की की पेशानी को चूमा, लड़की ने अपनी आंखे बंद कर ली। लेकिन जब आंखें खोली तो वहाँ कोई नहीं था। उसकी आंखों में आंसू भर आए। और तभी कानों में घड़ी का अलार्म ज़ोर से बजने लगा और ज़िया चौंक के उठ गई।

उफ़! ये कैसा ख्वाब था? ज़िया ख्वाब के बारे में सोचने लगी क्योंकि उसमे जो लड़की थी वो ज़िया थी और वो लड़का ? वो तो जुनैद था, उसका दोस्त जिसे वो दिलों जां से चाहती थी। ज़िया और जुनैद दोनो एक ही कॉलेज में पढ़ते थे। एक सड़क हादसे ने जुनैद को ज़िया से छीन लिया था कुछ अरसा पहले। जुनैद और उसका दोस्त ताबिश

एक ही साथ थे जब ये हादसा गुज़रा। ताबिश उसमे बच गया लेकिन जुनैद दुनिया को अलविदा कह गया।

आज जुनैद को गुज़रे तकरीबन आठ महीने हो गए थे। ज़िया के मां-बाप ने उसकी शादी ताबिश से तै कर दी। उनकी नज़र में ताबिश एक सुलझा हुआ लड़का था और जुनैद के जाने के बाद से उसने ही तो ज़िया का ख्याल रखा था और आज भी उसकी फिक्र करता है। इससे बेहतर ज़िया के लिए कोई और नहीं हो सकता। लेकिन अब भी ज़िया के दिल के किसी कोने में जुनैद का ही बसेरा था। अपने दिल के उजड़े पड़े घरौंदे में आज भी जुनैद के साथ बिताए लम्हों की यादों की शमा जलाए हुए रो पड़ती थी।

ताबिश ज़िया से मिलने उसके घर आता है तो उसे उसी उदासी और मायूसियों के सायों में घिरा हुआ पाता है और परेशान हो उठता है। वो उसके करीब आके उसे समझाता है और कहता है "ज़िया, कब तक यूं अपनी जिंदगी मायूसियों के अंधेरों में गुज़ारोगी? मैं तो समझा था कि ज़ख्म है अपने वक्त से भर ही जाएगा। क्या ख़बर थी की तुम इसे अपने रगो जान में बसा लोगी। अगले हफ्ते हमारा निकाह है अगर तुम नहीं चाहती तो मैं इनकार कर देता हुं।"

ज़िया अपने आप को संभालते हुए कहती है, "ताबिश मुझे डर है कि मैं तुम्हे वो खुशियां नहीं दे पाऊंगी जो तुम्हें मिलनी चााहिए क्योंकि मेरे दिल में जुनैद की यादों की कस्तूरी आज भी महकती है। मैं उसे दिल से कैसे निकाल दूं ?" ताबिश कहता है "मुझे तुमसे कब प्यार हो गया पता ही नहीं चला और जिसे आप प्यार करते हैं उसे तकलीफ में नहीं देख सकते, लिहाज़ा मैं भी तुम्हे तकलीफ में नहीं देख सकता। और किसने कहा तुम मुझे खुशियां नहीं दे सकती, तुम्हारी मुस्कुराहट है जो मुझे जीने की ताकत देती है। अगर मेरी मोहब्बत सच्ची होगी तो एक दिन मेरे प्यार की कस्तूरी तुम्हारी रूह को मेहकाएगी और तुम खुद ब खुद मेरी मोहब्ब्त की गिरफ्त में आ जाओगी।" तुम मुझे चाहो न चाहो मैं तुम्हे तमाम उम्र प्यार करता रहूँगा।" ताबिश की आंखों में ज़िया ने अपने लिए बेइंतहा प्यार देखा। वो हैरान थी ताबिश का ये रूप देख के।

आज ताबिश और ज़िया का निकाह हो गया। दुल्हन बनी ज़िया बला की खूबसूरत लग रही थी। ताबिश कमरे में दाखिल हुआ और एक निगाह ज़िया पर डाली और उसके पास आके बैठ गया। उसका हाथ अपने हाथों में लेकर उससे एक वादा किया "ज़िया मैं शौहर से पहले तुम्हारा दोस्त हूँ, तुम मुझे हमेशा अपने साथ खड़ा पाओगी, दोस्त से

शौहर तक का सफर जब भी तय हो, उसकी मुझे कोई परवाह नहीं, ख़ुशी तो इस बात की है कि अब मैं तुम्हारा खयाल पूरे हक़ से रख सकता हूँ।"

ज़िया ने उसे एक रूखी नजर से देखा और आंखें नीचे कर लीं। ताबिश सोफे पे सोने चला गया। ज़िया उसे ताज्जुब से एक टक देखती रही और सोचने लगी ये वही ताबिश है जिसके बारे में वो हमेशा यही सोचती थी की वो एक गैरजिम्मेदार शक्स है, वो किसी से प्यार नही कर सकता। उसका ये रूप देखकर वो फिर हैरान रह गई।

जिंदगी का कारवां आगे बढ़ता रहा। ताबिश की ज़िया के लिए मोहब्बत बढ़ती ही गई। ज़िया के दिल में भी ताबिश के लिए जज़्बात पैदा होने लगे लेकिन फिर भी ज़िया खुद को ताबिश के नज़दीक नहीं ला पा रही थी।

एक दिन ज़िया के मोबाइल पे कॉल आई की ताबिश का एक्सीडेंट हो गया है वो हॉस्पिटल में है। ज़िया का दिल बैठ गया। उसे अजीब बेचैनी महसूस हुई, और फौरन हॉस्पिटल पहुंच गई और जाते ही ताबिश के सीने से लग गई और कहा "तुमने कस्तूरी महका दी !"

लेखक के बारे में

डॉ. ऋषिदत्त पालीवाल पैशे से न्याय विभाग में अधीक्षक के पद पर जिला एवं सेशन न्यायालय जैसलमेर में कार्यरत होकर पिछले 25 साल से सामाजिक, आध्यात्मिक और सार्वजनिक जीवन में निस्वार्थ भाव से कार्य कर रहे है। विशेष रूप से 1600 साल के पालीवाल जाति के इतिहास को आम जनता के सामने लाने, मरुस्थल में पालीवाल जाति द्वारा परम्परागत जल संरक्षण व ख़डीन पद्धति से साझेदारी खेती के प्रयासों को विभिन्न समाचार पत्रों और न्यूज़ चैनल्स के माध्यम से विश्व पटल पर लाने में अहम् योगदान दिया। जिसके लिए आपको सनराइज विश्वविद्यालय अलवर द्वारा पीएचडी (डॉक्टरेट) की मानद उपाधि से सम्मानित किया गया है। आपको पालीवाल समाज द्वारा पालीवाल समाज गौरव, समाज रत्न के रूप में विशेष सामाजिक कार्यों के लिए सम्मानित किया गया है। इनके आर्टिकल राजस्थान पत्रिका, दैनिक भास्कर, अन्य पत्र-पत्रिकाओं में राज्य व राष्ट्रीय स्तर पर प्रकाशित होते रहते है। आपको कविताएं, लेख आदि लिखने का बचपन से शौक रहा है। इनकी लिखी तीन पुस्तकें प्रकाशित हो चुकी है। काव्य गीत पर डीवीडी भी बनी हुई है। राजस्थान पत्रिका के गेस्ट राइटर भी है।

पालीवालों का त्याग और राखी

– डॉ. ऋषिदत्त पालीवाल

भाई-बहन के प्रगाढ स्नेह का प्रतीक रक्षाबंधन का त्यौहार हिन्दू धर्म में सभी समाज और वर्ग द्वारा उत्साह के साथ बड़े उत्सव के रूप में मनाया जाता है। परन्तु हिन्दू धर्म का एक वर्ग श्री आदि गौड़ वंशीय पालीवाल ब्राह्मण आज भी यह त्यौहार पिछले 730 साल से नहीं मनाते हैं। भाई-बहन के स्नेह के इस पावन पर्व को नहीं मनाने के पीछे भी बहुत ही दर्दनाक घटना होना बताया जाता है।

राजस्थान के पाली मारवाड में पालीवाल छठी सदी से रह रहे थे। पाली नगर में करीब एक लाख के लगभग ब्राह्मणों की आबादी थी। यहाँ रहने वाले ब्राह्मण पाली में आने वाले प्रत्येक ब्राह्मण को एक ईंट व एक रूपए का सहयोग कर उसे भी संपन्न बनाते थे। यहाँ रहने वाले पालीवाल ब्राह्मणों की खुशहाली व सम्पन्नता के चर्चे पूरे भारत में थे। पाली के आसपास उस समय के आदिवासी लुटेरे उनको लूटते रहते थे। तब पालीवाल समाज के मुखिया ने राठौड़ वंश के राजा सीहा को पाली नगर का शासन संभालने और उनकी रक्षा के लिए प्रार्थना की, तब सीहा राठौड़ ने पाली नगर के पालीवालों की रक्षा का दायित्व अपने ऊपर लिया।

तत्कालीन खिलजी वंश का शासक आक्रांता जलालुदीन खिलजी जो शमशुद्दीन को मारकर फिरोजशाह द्वितीय के नाम से दिल्ली का शासक बना था, उसने पाली की समृद्धि के चर्चे सुने थे और मारवाड़ में आकमण के दौरान उसने विक्रम संवत 1348 ईस्वी सन 1291-92 के लगभग अपनी सेना के साथ पाली को लूटने के लिए आक्रमण कर दिया। तब राठोड वंश के शासक सीहा युद्ध के दौरान वीरगति को प्राप्त हुए। उनके पुत्र आस्थान ने भी खिलजी सेना से युद्ध किया, वह भी वीरगति को प्राप्त हुए। उसके बाद खिलजी की सेना ने पाली नगर पर चारों ओर से आक्रमण कर दिया। लोगों पर अत्याचार किये। पीने के पानी के एकमात्र तालाब में गौवंश को मारकर डाल दिया, जिससे पानी अपवित्र हो गया। तत्कालीन समय में पानी के सीमित संसाधन ही थे। पालीवाल ब्राह्मणों ने भी जातीय स्वाभिमान की रक्षा के लिए अपने आपको युद्ध में झोंक दिया।

युद्ध के दौरान हजारों पालीवाल ब्राह्मण शहीद हुए। रक्षाबंधन श्रावणी पूर्णिमा के दिन ही कई ब्राह्मण तालाब पर पूर्वजों के तर्पण व श्रावणी उपाकर्म के लिए गये हुए

थे, जिनको भी सेना ने मार डाला। श्रावणी पूर्णिमा रक्षाबंधन के दिन युद्ध करते हुए ही हजारों ब्राह्मण शहीद हुए। पूरी पाली रक्त रंजित हो गयी। मातायें-बहने बहुताधिक संख्या में विधवा हो गयी। कहा जाता है कि युद्ध के दौरान शहीद हुए ब्राह्मणों की करीब 9 मन जनेउ व विधवा माताओं के हाथी दांत का करीब 84 मन चूडा उतरा, जिसको अपवित्र होने से बचाने के लिए वर्तमान पाली शहर स्थित धोला चौतरा नामक कुए में डालकर उसे बंद कर दिया गया।

तत्पश्चात जो पालीवाल ब्राह्मण जीवित बचे, उन्होंने रक्षाबंधन के दिन ही अपने जातीय स्वाभिमान, धर्म रक्षार्थ पाली नगर को छोड़ना उचित समझा। श्रावणी पूर्णिमा की रात को सभी बचे हुए ब्राह्मणों ने संकल्प कर पाली नगर का एकसाथ परित्याग कर दिया और पूरे भारत में फेल गए। उसी दिन से पाली के रहने वाले ब्राह्मण पालीवाल ब्राह्मण कहलाये। पालीवालों के साथ जो भी अन्य जातियां जैन, महाजन, नाई, दर्जी, कुम्हार आदि पाली रहते थे उन सबने भी पाली छोड़ दी और अलग-अलग जगह बस गये।

हजारों पालीवाल ब्राह्मणों के 12 गौत्रों में से 4 गौत्र गुजरात की तरफ चले गये और 8 गौत्र पश्चिमी राजस्थान के जैसलमेर में आकर बस गये जो, आज पूरे भारत में लाखों की संख्या में है। पाली नगर के श्री आदि गौड़ वंशीय ब्राह्मण जो वर्तमान में पालीवाल ब्राह्मण जाति से जाने जाते है वह रक्षाबंधन के दिन हुए अपने पूर्वजों के बलिदान को याद करते हुए आज भी पूरे भारत में रक्षाबंधन का त्यौहार नहीं मनाते।

वर्तमान में पालीवाल ब्राह्मण रक्षाबंधन के दिन को **पालीवाल एकता दिवस** के रूप में मनाते है और पालीवाल दिवस को चिरस्थायी बनाने के लिए वर्तमान में पाली शहर के पास बड़े स्तर पर "पालीवाल धाम" को विकसित किया जा रहा है, ताकि वर्तमान पीढ़ी पूर्वजों के बलिदान को हमेशा याद रख सके और पालीवाल ब्राह्मण समाज के स्वाभिमानी इतिहास पर गर्व कर सके। पालीवाल ब्राह्मण समाज द्वारा पाली नगर के पुराने बाजार स्थित धौला चौतरा" को भी विकसित किया गया है।

लेखक के बारे में

युवा लेखनी की आवाज **निशांत राय** पेशे से एक प्रतिष्ठित सरकारी बैंक में सूचना प्रौद्योगिकी प्रबंधक के रूप में कार्यरत हैं। बचपन से ही श्री निशांत का विशेष रूझान हिन्दी भाषा की विभिन्न विधाओं जैसे कि कविता, लघुकथाओं, संस्मरण आदि में लेखन के प्रति रहा है। निशांत, "स्नेहाकांक्षी" के लेखन नाम से 'स्टोरीमिरर' इत्यादि समेत अनेक ऑनलाइन मंचों पर एक सक्रिय युवा लेखक हैं। स्टोरीमिरर द्वारा वर्ष 2020 के "ऑथर ऑफ़ द ईयर" सम्मान हेतु नामांकित लेखक हैं। स्टोरीमिरर मंच पर निशांत की लगभग 100+ कविताओं और लघु कथाएं प्रकाशित हैं। निशांत की अधिकांश रचनाएं मूलतः सामाजिक मुद्दों, व्यंग्य, प्रेरणापद और भावात्मक शैली पर आधारित हैं। कहानी संग्रह - "कुछ कहानियाँ मन की" में उनकी कहानी तथा काव्य संग्रह - "काव्य स्मारिका" में उनकी कविता प्रकाशित है।

अफसर माँ की बिटिया

– निशान्त "स्नेहाकांक्षी"

गर्व से ऊंचा सिर, आँखों में अश्रु और आह्लादित हृदय, कुछ ऐसी मनोदशा थी श्रेया की आज। आईएएस परीक्षा में देश में तीसरी रैंक आयी थी उसकी, एक तरफ जहाँ स्वयं को गर्वान्वित महसूस कर रही थी, वहीं दूसरी ओर इस संघर्षयात्रा के अतीत के कुछ पन्नों में खो चुकी थी।

तीन बेटियों के बाद पुत्र की बाट जोहते माता-पिता की चौथी संतान थी श्रेया, मानों पुत्री-जन्म लेकर कोई गुनाह कर दिया, हमेशा पिता के स्नेह को तरसती रही। याद है कैसे देवराज चाचा के समक्ष एक दिन पापा झल्ला उठे "चौथी संतान भी बेटी, हे ईश्वर, इससे अच्छा तो बेऔलाद रखता मुझे!"

पिता की उपेक्षा और माँ के अल्प-स्नेह के बीच श्रेया बचपन से ही होनहार छात्रा रही, बारहवीं की परीक्षा और फिर छात्रवृति प्रतिभा चयन परीक्षा में प्रदेश में अव्वल आयी थी। प्रदेश के श्रेष्ठ आर्ट्स कॉलेज में दाखिले का अवसर मिला, किंतु पिता की उपेक्षा फिर आड़े आयी, "लड़कियां पढ़-लिख कर करेंगी क्या, जाना तो उन्हें पराये घर ही है ?", ऐसे तानों के मध्य जैसे-तैसे दाखिला ले पायी थी कॉलेज में।

मेधावी श्रेया कॉलेज में भी सदैव अव्वल रही। अंतिम वर्ष की पढ़ाई के साथ ही सिविल सेवा परीक्षा की तैयारियों में जुट गई थी, किन्तु परिवार वालों को मानों बोझ प्रतीत हो रही थी इसलिए आनन-फानन में घरवालों ने लेफ़्टिनेंट पद पर कार्यरत मोहित से उसकी शादी तय कर दी। श्रेया के सपनों की उड़ान को मानो विराम लग गया, शादी टालने की उसकी सारी कोशिशें नाकाम गयीं और दुल्हन बनकर ससुराल आ गयी।

मोहित सहयोगी प्रवृत्ति के थे, अतः श्रेया ने एक दिन मौका देखकर सिविल अधिकारी बनने के सपने के बारे में उन्हें बता दिया। फूली ना समायी थी, जब पति ने उसे पूरे सहयोग का आश्वासन दिया। श्रेया के हौसलों को फिर से पंख लग गए, और वो पूरी तल्लीनता से परीक्षा की तैयारियों में जुट गई। पति सीमा पर तैनाती की वजह से बाहर रहते, किन्तु श्रेया के सपने के प्रति उनका योगदान निःस्वार्थ था।

उस दिन जब श्रेया को ये पता चला कि जल्द ही वह मातृत्व-सुख प्राप्त करने वाली है, आनंद से उसके पैर जमीन पर नहीं थम रहे थे, पति को ख़ुशख़बरी देते वक्त शर्म से लाल हो गयी थी, किंतु दूसरी तरफ इस बात की भी चिंता थी कि अब सिविल सेवा परीक्षा का क्या ?

श्रेया की आंखों की पुतली बनकर नन्हीं जाह्नवी उसकी जिंदगी में आई, ममता का आंगन किलकारियों से गूंज उठा। मोहित भी आये थे पुत्री के जन्म पर, तब श्रेया ने मोहित से अपने अंदर दबी सिविल सेवा परीक्षा में भाग लेने की इच्छा पुनः जाहिर की, छः महीने रह गए थे परीक्षा को किन्तु उसे स्वयं पर पूर्ण विश्वास था, और मोहित को उसकी काबिलियत पर। श्रेया पति के सहयोग से पुनः परीक्षा की तैयारियों में जुट गई।

समस्या थी नन्ही जाह्नवी, मोहित के बाहर होने की वजह से जाह्नवी श्रेया की जिम्मेदारी थी, ऐसे में परीक्षा में सम्मिलित हो पाना कहाँ संभव था? एक मास का समय शेष था, तो क्या माँ के कर्तव्यों से बंधी श्रेया परीक्षा से वंचित रह जायेगी?

आखिरकार सरकार द्वारा मातृत्व कल्याण की दिशा में उठाए कुछ कदमों और मोहित के अथक प्रयासों के बाद परीक्षार्थी श्रेया को नवजाता जान्हवी को साथ लेकर परीक्षा दे सकने की अनुमति मिल गयी। मोहित का ये कर्ज़ श्रेया शायद ज़िन्दगी भर ना चुका सके। अंततः एक ऐतिहासिक पल का साक्षी बना देश, जब श्रेया ने देश की ऐसी प्रथम महिला प्रतिभागी के तौर पर सिविल सेवा परीक्षा दी जिसे अपनी नवजता पुत्री के साथ परीक्षा देने की अनुमति मिली।

और आज सुखद परिणाम देख भाव विभोर थी श्रेया। पिता जी का भी कॉल आया था, क्षमा मांगते हुए पापा अपनी अफसर बिटिया के लिए सिर्फ इतना बोल सके थे - "ईश्वर, अगले जन्म क्या, हर एक जन्म मुझे तुझ जैसी ही बिटिया दे!"

आज आशीर्वाद में उठ गए थे वो हाथ, जिन्हें था कभी उसकी पैदाइश पर ऐतराज!

नन्ही जाह्नवी अपने अफसर माँ की गोद में अपने सुनहरे भविष्य की कल्पना कर मंद-मंद मुस्कुरा रही थी।

लेखक के बारे में

गौरीशंकर आर्य (सागर) केंद्रीय विद्यालय संगठन में प्राथमिक शिक्षक (संगीत) के रूप में कार्यरत हैं। वे उत्तराखंड के अल्मोड़ा जिले के रहने वाले हैं और उनका जन्म नैनीताल जिले के मझेड़ा गाँव में हुआ है। उनका एक काव्य संग्रह (कुछ ख़ाली कुछ भरा सागर) और एक लघु उपन्यास (मुझे लड़का चाहिए) पूर्व में छप चुके हैं। इसके अलावा उनके दो म्यूज़िक एल्बम - "जानकीतारा भजनावली" और "मेरे गीत तुम्हारे लिए" - उनके यूट्यूब चैनल "KGMB MUSIC" पर प्रसारित हो चुकें हैं। यूट्यूब पर "नवरस" के नाम से उनका एक और चैनल है जिस पर वो अपनी कविताएं प्रसारित करते हैं। वर्तमान में केंद्रीय विद्यालय जोशीमठ, ज़िला चमोली, उत्तराखंड में कार्यरत हैं।

गाँव का घाट
– गौरीशंकर आर्य (सागर)

एक ऐसी जगह, जहां पर आकर सभी के जीवन का एक सफ़र समाप्त होकर, अपनी दूसरी यात्रा के प्रारंभ की ओर अग्रसर होता है। यहाँ पर आकर सब एक हो जाते हैं। मैं सोचता हूँ, यदि जानवरों का भी अंतिम संस्कार करने का कोई रिवाज़ होता, तो फिर तो मानव और पशु में भी कोई अंतर नही होता, परंतु मैं सर्वथा उचित नहीं सोच रहा हूँ, क्योंकि यदि ऐसा होता तो हम मनुष्यों के बीच बनी दूरी, जो चिरकाल से बनी हुई है और शायद बनी ही रहे, मिट गई होती।

मझेड़ा, एक छोटा सा गाँव है, जो पहाड़ों की गोद में पलकर बड़ा हुआ, परन्तु जितना बड़ा होता जा रहा है, कहीं समाज को कम कर रहा है, कहीं बढ़ा रहा है, परंतु गाँवों में भी अब वो मिठास, अब वो अपनापन नही दिखाई दे रहा है, जो कभी गाँवों की शान हुआ करता था।

एक मंदिर का काम प्रगति पर चल रहा था, जिसे ब्राह्मण वर्ग के लोग बना रहे थे तथा जिसमें निम्न वर्ग (कुछ लोगों के अनुसार) के लोग निर्माण कार्य में लगे हुए थे।

पंडित: रमुवा, नहा के आया है न ?

रमुवा: हां पणज्यू (पंडित जी), घिस-घिस के नहा के आया हूँ। मंदिर का निर्माण जो करना है न।

पंडित: ठीक है ठीक है (पंडित जी बड़बड़ाते हुए घर के अंदर जाते हैं)।

पंत: क्या हुआ पण जी? काम तो ठीक चल रहा है न?

पंडित : काम तो ठीक ही चल रहा है, लेकिन इन सालों से काम कराना पड़ता है, इस बात का बड़ा मलाल लगता है। हमारा कोई आदमी भी तो इस काम को नहीं कर सकता।

पंत: पण जी छोड़ो न, मंदिर बनने के बाद गोमूत्र छिड़का देना, गंगा जल से स्नान करवा देना, सब पवित्र हो जाएगा।

पंडित: ठीक कहते हो पंत ज्यू।

उधर रमुवा और किसना में बात हो रही है।

किसना: क्या रे रमुवा, झूठ क्यों बोलता है! तू तो मुँह भी ठीक से नहीं धोता है और पणज्यू से कह रहा है घिस-घिस के नहा रखा है!

रमुवा: चुप, पणज्यू सुन लेंगे तो नहाने भेज देंगे, बाद में बताऊंगा।

इस तरह रमुवा और किसना को काम करते-करते शाम हो जाती है परन्तु उन्हें खाना तो क्या एक गिलास पानी के लिए भी नहीं पूछा गया। सुबह के खाए दोनों काम करने के बाद बाज़ार की तरफ कुछ सब्जी आदि लेने जाते हैं। सब्ज़ी लेने के बाद:

रमुवा: "यार किसना बहुत थक गया हूँ, शरीर भी दुःख रहा है।"

किसना: "बेटा समझ गया, मंदिर बनाने का एक पैसा तो मिलने का नहीं, तू साले को पैग......."

रमुवा: (बीच में बात काटते हुए) "छोड़ यार मिल जाएंगे, चल, मंदिर चलते हैं, मतलब...".

और दोनों एक छोटे से देहाती रेस्टोरेंट में बैठकर देसी पीते हैं, थोड़ी पीकर ही रमुवा,अब मि. रमेश बन जाता है।

रमुवा: "तू पूछ रहा था न, पंडित से झूठ क्यों बोला?"

किसना :" क्यों ?"

रमुवा: "ये बामण-पंडित ना, हमें छोटा समझते हैं; सोचते हैं हम इनके नौकर हैं, तभी तो मैं वो काम करता हूँ जो ये नहीं चाहते हैं।"

किसना: "छोड़ यार ये तो ऊपर से ही बनकर आया है, हमने सेवा करने के लिए ही तो जनम लिया है।"

रमुवा: "इसलिए कहता था, पढ़ ले-पढ़ ले, पर तू तो रहा अनपढ़ का अनपढ़। अरे कहीं कुछ नहीं लिखा है, सब कुछ स्वार्थी लोगों के बनाए नियम हैं। यार इतना पढ़के नौकरी नहीं मिली, तबी तो ये काम कर रहा हूँ, पर जो पढ़ा है न; वो याद है। पता है कबीर क्या कहते हैं ? तुझ अनपढ़ को क्या पता....... सुन

" पोथी पढ़-पढ़ जग मुआ, पंडित भया न कोय।
ढाई आखर प्रेम का, पढ़े सो पंडित होय।।

........समझा !!

किसना बेचारा मुँह खोलकर उसे देखा रहता है।

रमुवा: "अरे तुझे क्या समझ में आएगा ?"

अबे सीधा सा मतलब है कि जो सबसे प्रेम करता है, सब में भगवान देखता है वहीं असली जानकर या पंडित है, जैसे..... जैसे ये तिल दा कहते हैं..ग्राहक तो भगवान है, चाहे किसी भी जाति या धर्म का हो।"

किसना (लड़खड़ाते हुए उसके पैरों में गिरकर कहता है) "दादा; तू ही मेरा भगवान है क्योंकि मेरी कुछ समझ में नहीं आया है, अब से...... अब से तू मेरा ददा, ददा गुरु।"

रमुवा : "संतों की बातें तेरी समझ में नहीं आएंगी, चल तूने बहुत पी ली है, अच्छा तिल दा अब चलते हैं।"

मंदिर के पास से गुजरते हुए रमुवा चिल्लाता है:

"जै हो पंडित जी की।"

पंडित अंदर से सुनता है कुछ कहता नहीं, बस बड़बड़ाता है।

अगले दिन रमुवा और किसना काम पर आते हैं।

पंडित: "क्यों ये रमुवा; कल बड़ी ज़ोर से चिल्ला रहा था?"

रमुवा : "पणज्यू, मैं तो नमस्कार कर रहा था।"

पंडित : "मैं सब जानता हूँ, रूक जा, तेरे एक दिन का पैसा नहीं दुंगा।"

रमुवा : "पणज्यू ऐसा मत कहो, अब से ऐसा नहीं करुंगा।"

पंडित : "मैंने जो कह दिया वो वेद वाक्य है, तुम लोग इसी लायक हो।
और पंडित अपने जजमानों से बात करने लगता है।"

एक जजमान "क्या हुआ पंडित जी?"

पंडित: "अरे कुछ नहीं, इन लोगों की बुद्धि ऐसे ही ठिकाने आएगी, साले बहुत

आगे बढ़ने की सोचते हैं, थोड़ा पढ़-लिख क्या लेते हैं, हमारी बराबरी करने लगते हैं।"

दूसरा जजमान: "ठीक कहा, इन लोगों से ठीक से बोलना ठीक नहीं है। पैरों की जूती को पैरों में ही रहना चाहिए।"

सब उसकी हां में हां मिलाते हैं, परंतु एक बोलता है: -

"मेरे ख़्याल से आगे बढ़ने का अधिकार सबको है।"

पंडित: "फ़ालतू की बात मत करो जजमान, तुम जैसे लोगो के कारण ही इन लोगों की हिम्मत इतनी बढ़ गई है"।

और सभी के द्वारा पंडित का समर्थन करने पर वह व्यक्ति चुप हो जाता है।

इस तरह गाँव की ज़िंदगी चलती है। किसी का भी काम एक-दूसरे के बिना नहीं चलता है, ख़ासकर ये छोटे-मोटे काम (पंडित के कथनानुसार) निम्न जाति के लोग ही करते हैं, परन्तु न तो उनको मेहनताना मिलता है और न ही उचित सम्मान। दिन ऐसे ही गुजरते जातें हैं, मंदिर का निर्माण कार्य भी पूरा हो जाता है, रमुवा और किसना को वहीं मिलता है जो आज तक उनके पुरखों को मिलता आया, थोड़ा पैसा,वो भी थोड़ा-थोड़ा करके, कुछ गालियां और सदा से मिलने वाला अपमान।पंडित सबको संबोधित करता हुआ :

"भाईयों, आप सबके सहयोग से यह मंदिर बन गया है, हमने अच्छे से इसकी सफ़ाई कर दी है, क्योंकि अभी तक ये अपवित्र है, इसलिए आप सभी अंजलि में गंगाजल ले लें, मैं मंत्र पढ़ता हूँ " ऊं अपवित्रो पवित्रतम"

इस तरह पंडित ने सारे मंदिरों को पवित्र कर मूर्तियां स्थापित कर दी, परन्तु कुछ स्वार्थी और मूर्ख लोग ये क्यों नहीं समझते कि अपने आप को और अपने मन को कब शुद्ध करेंगे ? खैर कहानी और ज़िन्दगी आगे बढ़ती रहती है।

एक दिन किसना, रमुवा और उसका बेटा, बाज़ार से आ रहे होते हैं। रास्ते में वही मंदिर पढ़ता है। रमुवा का बेटा कान्हा रुककर, पूछता है: "बाबू (पिताजी), कितना बढ़िया मंदिर है !"

रमुवा (ख़ुश होकर कहता है) - "तुझे पता है किसने बनाया?"

कान्हा: "किसने ?"

रमुवा: "तेरे बाप और चाचा ने। (मूंछों पर ताव देते हुए)"

कान्हा ये सुनकर बड़ा खुश होता है, रमुवा और किसना अपनी कारीगरी देखकर अहम भाव से भर जाते हैं।

कान्हा: "बाबू चलो, मंदिर में हाथ जोड़कर आते हैं।"

रमुवा और किसना एक-दूसरे का मुँह देखते हैं, तभी पंडित आता है।

पंडित: "क्यों रे रमुवा, अपने लड़के को नही बताया कि यहाँ पर तुम लोगों को आने की मनाही है, चल जा यहाँ से।"

रमुवा: "पणज्यू, बच्चा है उसे क्या पता।"

पंडित: "तो उसे बता, निम्न जाति के लोगों को पूजा-पाठ करने का अधिकार नहीं है।"

कान्हा झट से अपने पिता से पूछता है - "बाबू, ये निम्न जाति क्या होती है?"

रमुवा: "ये तो तुझे विद्वान पणज्यू ही बताएंगे।"

पंडित क्या बताता, वो तो स्वयं ही इस तथ्य से पूरी तरह परिचित नही था, इसलिए कहता है - "अरे छोकरे, तू और तेरा बाप, चाचा, निम्न जाति के ही तो हो।"

बच्चा ये सुनकर थोड़ा असंतुष्ट सा होता है और कहता है - "बाबू, जब मंदिर तुमने बनाया है तो तुमको ही मंदिर में दर्शन करने क्यों नहीं जाने देते?"

पंडित ये सुनकर बौखला जाता है और कहता है - "अरे रमुवा, तूने अपने लड़के को बड़ों से बात करना भी नही सीखाया, किससे, क्या पूछना चाहिए, कुछ नहीं बताया, चल जा यहाँ से, हमारी पूजा का समय हो गया है। न जाने कहाँ-कहाँ से चले आते हैं।"

रमुवा और किसना पंडित का गुस्से से लाल हुआ मुँह देखते हुए मंद-मंद मुस्कान छोड़ते हुए वहाँ से चले जाते हैं।

तीनों चुपचाप अपने घर की ओर बढ़े जा रहे थे, इस ख़ामोशी को तोड़ते हुए किसना पूछता है - "ददा, ये निम्न जाति क्या होती है ? ब्राह्मण, पंडित क्या होता है?"

रमुवा - "वेद-पुराण, शास्त्रों में वर्ग-विभाजन का जो आधार बनाया गया है, वह कर्म के अनुसार है, यदि कोई पूजा-पाठ, धर्म-कर्म में रुचि रखता है तो ब्राह्मणी का कार्य दे दिये जाने का विधान और जो वेद पाठी, चिंतनशील, ज्ञानी और अपने विषय का विद्वान

हो, उसे पंडिताई दे दी गई, इसी तरह जो बलशाली, वीर और निडर हो तो उसे लोगों की सुरक्षा का दायित्व देकर क्षत्रिय का कार्य दे दिया तथा जो लेन-देना, कारोबारी के कार्य में कुशल होता तो उसे वैश्य का पद दे दिया जाता था।"

कान्हा: "बाबू, हमारे जैसा काम करने वाले निम्न जाति के कहलाएंगे?"

रमुवा: "नहीं बेटा, काम कोई निम्न नहीं होता, उसके पीछे की सोच, उसे करने का आशय निम्न होता है और कुछ लोगों की तो दृष्टि ही निम्न होती है, जो किसी काम को निम्न और उसे करने वाले को निम्न जाति का समझते हैं।"

किसना: "ददा, तेरी बात मेरी समझ में नहीं आयी, तू भी तो इतना पढ़ा-लिखा है, तुझे भी इतना कुछ पता है, पर तू निम्न जाति का! न मेरी समझ में नहीं आयी ये बात।"

रमुवा: "तू ठीक कहता है, लेकिन जब ये वर्ण व्यवस्था, जाति पर आधारित हो गई, तो इसे करने वाले, उनके आगे की पीढ़ी को भी आगे चलकर, उसी जाति का मान लिया गया, चाहे वो ज्ञान और कर्म से कितना ही महान क्यों न हो।"

किसना (आदतानुसार): रमुवा के पैर छूकर, "समझ में आ गई ददा, आ गई। अब से तो मैं तुझे, पणज्यू, न दाज्यू पणज्यू कहुंगा।" (और सभी हंसते हैं, इस प्रकार सब कुछ पीछे छूटता जाता है और इसी तरह ज़िन्दगी आगे बढ़ती जाती है।)

एक दिन किसान अपने घर पूजा रखवाता है, परन्तु पंडित को बुलाने की बात आती है तो बेचारा असंमजस में पड़ जाता है, उसे रमुवा की याद आती है। वो रमुवा के पास जाता है, रमुवा कहता है एक बार पंडित के पास जाकर पूछते हैं।

दोनों पंडित के पास पहुंचते हैं। पंडित दोनों को बाहर रुकने को कहता है, थोड़ी देर बाद पंडित आता है।

पंडित: "आओ-आओ, मैं तुम लोगों को ही याद कर रहा था.... तुम्हारा कुछ पैसा भी बाक़ी था।"

दोनों पैसे की बात सुनकर बड़े ख़ुश होते हैं।

पंडित: "किसना, तू पहले मेरे नीचे वाले खेत की लकड़ियां ले आ और रमुवा, तू मेरी गायों के लिए थोड़ा घास काट ला।"

रमुवा: "पर पणज्यू पहले..."

पंडित: "पर-वर छोड़, पहले काम कर फिर बात करेंगे। अंदर मेहमान बैठें हैं, अब जाओ।"

किसना का काम था पंडित से, इसलिए बेचारा मना करता भी तो कैसे। रमुवा अपने दोस्त की मदद करने के लिए सदा तत्पर रहने वालों में था। दोनों काम निपटाकर पंडित को आवाज़ लगाते हैं, पंडित थोड़ा रुकने को कहता है

पंडित: "क्या है ये? तुम लोगों को चैन नहीं है क्या। बता क्या बात है?"

किसना: "वो पणज्यू......"

पंडित: "अरे वो-वो क्या कर रहा है, बता क्या बात है ?"

रमुवा: "असल में पणज्यू, इसने पूजा का संकल्प लिया था, इसलिए सोच रहा था कि यह शुभ काम आपके शुभ हाथों से होता तो इसका जीवन सफल हो जाता।"

पंडित: "अरे कब है कार्यक्रम?"

किसना: "परसों, मंगलवार को।"

पंडित: "अरे.... उस दिन तो मुझे अंदर आए हुए यजमान के यहाँ जाना है, अगर तुम लोग थोड़ा पहले आ जाते तो, शायद मैं आ भी जाता, लेकिन, अब मुश्किल हो जाएगी। तू परसों आकर पैसे ले जाना हा, अब तुम लोग जाओ मैं बहुत व्यस्त हूँ।"

रमुवा: "पर पणज्यू, हम सोच रहे थे पैसे नहीं लेंगे, बस आप आ जाओ?"

पंडित: "बहुत मुश्किल है। अच्छा राम-राम।"

किसना: "मुझे पता था यही होना है, मेरी पूजा...."

रमुवा कुछ नहीं कहता और घर की तरफ़ चल पड़ते हैं।

रमुवा अपने घर पर बैठा सोचता है। क्या है ये संसार? यहाँ मानवता नाम की कोई चीज़ है कि नहीं? सब कुछ एक सा, सब कुछ एक, फिर भी भेद! कोई कुछ भी कर ले, कुछ भी पा ले, परन्तु ये भेद, ये भेद कभी नहीं मिट सकता। इतना ही भेद है तो सारे काम अपने आप क्यों नहीं करते? कुछ काम कुछ लोगों के हिस्से ही क्यों! सब स्वार्थी हैं। इन स्वार्थी लोगों का कोई चरित्र नहीं, बस नाम के साथ एक शब्द, भेद उत्पन्न करने के लिए काफी है। कब सुधरेगी ये दशा, आख़िर कब?

तभी रमुवा की बीबी चाय लेकर आती है। उसे गुमसुम देख पूछती है - "क्या हुआ? क्या सोच रहे हो ?"

रमुवा: "कुछ.. कुछ भी तो नहीं।"

रानी: "ठीक है, चाय पी लो, बाहर की बातें बाहर ही रखके आया करो, ये तुम्हें परेशान ही करेंगी, और हमें भी।"

रमुवा: "रानी,(छेड़ते हुए) धन-दौलत की नही, संपत्ति की नही, पर बातों की रानी ज़रूर हो।"

रानी: "हां हां, बात बदलना तो कोई तुमसे सीखें, पता है आज क्या हुआ?"

रमुवा: "क्या हुआ?"

रानी: "पड़ोस के बच्चे बामणो (ब्राह्मणों) के धारे में पानी भरने गये थे, एक बुढ़िया न जाने क्या-क्या बड़बड़ा रही थी, फिर दूसरी औरत पानी भरने लगी, अपना पानी भरने के बाद उस बुढ़िया ने अपने साथ वाली औरत से कहा कि इनके जाने के बाद धारे को धो देना, पता है न क्यों? बच्चे थे, बेचारे क्या समझते? मेरा तो ख़ून खौल उठा, मन किया अभी जाऊं और सिर पर तांडव कर-करके, उसकी जबान बाहर निकाल दूं।"

रमुवा: (एक लम्बी सांस भरकर) "तुम्हें पता है न, इनका कुछ नहीं होना, आज हमारे साथ भी वह घटा कि..". वह रानी को सारी बात बताता है, जिसे सुनकर रानी, रमुवा के कंधे पर ढांढस वाला हाथ रखती है और रमुवा उसके हाथ पर हाथ रखकर, उसे अहसास दिलाता है कि वो ठीक है, फिर कहता है - "असल में, हमारे लोगों में भी एकता नही है, एक-दूसरे की टांग खिंचना, बस और कुछ नही आता है। वो हर्ष पांडे जी कितने समझदार हैं, सुलझे हुए हैं, परन्तु वो अकेले कुछ कर भी नही सकते। उनके इन्हीं विचारों के कारण उनके भाई-बिरादर उनसे अलग हो चुके हैं। (एक लम्बी सांस खींचते हुए) कुछ नही हो सकता, किसी का कुछ भी नही हो सकता।"

इसी तरह का द्वंद रमुवा जैसी मन:स्थिति के लोगों के मन में चलता ही रहता है बस, चलता ही रहता है, कोई निष्कर्ष निकालने के बजाय गुत्थी और उलझती चली जाती है। क्यों मनो से ये द्वेष, क्लेश, घृणा, जात-पात, भेदभाव नही निकल रहा है? शायद, दोनों ओर से कदम उठाने की हिम्मत, कोई नही कर पा रहा है।

एक दिन रमुवा, अपने बेटे और किसना के साथ, गाँव के घाट वाले पुल से गुजरता है, जहां पर कान्हा की निगाह एक बोर्ड पर पड़ती है, जिस पर लिखा होता है 'स्वर्ग द्वार'। कान्हा, अनायास ही नदी किनारे जल रही चिता और उसके पास खड़े लोगों को देखकर, अपने पिता रमुवा से पूछता है - "बाबू, नीचे कुछ लोग आग जलाकर खड़े हैं और यहाँ पर स्वर्ग द्वार लिखा है, क्या यहाँ से स्वर्ग में जाते हैं।"

रमुवा : "बेटा, ये गाँव का घाट है। हर आदमी अपने कर्म को निभाकर, अंत में यहीं पर आता है। हम सबके लिये शुभकामना करते हैं न, इसीलिए यहाँ पर स्वर्ग द्वार लिखा है। किसी व्यक्ति की मौत हुई है न, उसी की चिता जलाई गई है।"

कान्हा: "बाबू, क्या हमारे गाँव का कोई आदमी मरा है ?"

रमुवा: "हां।"

किसना: "न ददा, बामणो में से कोई है। ददा, सुना है मुंबई में बस गए थे, लेकिन देखो, अंत में यहीं, गाँव के घाट पर आने की इच्छा जताई थी।"

रमुवा: "ठीक कहता है तू, अपनी जन्मभूमि से कुछ लोगों को बहुत प्यार होता है। जननी जन्मभूमिश्च, स्वर्गादपि गरीयसी।"

कान्हा: "बाबू, हमारे लोगों को क्या नरक द्वार में लाते हैं ? कहाँ है वह मैं भी देखुंगा?"

रमुवा और किसना उसका मुँह देखते रह जातें हैं। करते भी क्या बेचारे? नन्हीं सी जान ने जानलेवा प्रश्न जो पूछ लिया था।

वास्तव में सोचने वाली बात है, हम कितना ही ऊंच-नीच मान लें, अंत में उसी अग्नि से इस शरीर को जलना है, उसी गंगा के पानी में, कहीं न कहीं, सभी को मिलना है, जहां पर सब भेद मिट जाते हैं। मिट्टी का पुतला, मिट्टी में मिल जाता है, शरीर की राख भी पानी-पानी हो जाती है। किन्तु कुछ लोग फिर भी इस वर्ण-व्यवस्था के मकड़जाल में ही फंसे हुए हैं......... रहन-सहन, खान-पान, जात-पात कुछ भी हो, हम सबने तरना है "गाँव के घाट" पर ही!

लेखक के बारे में

श्री राजशेखर सी.एच.वी पेशे से सूचना-प्रौद्योगिकी में काम करते हैं, लेकिन मन से एक कवि और कथाकार हैं। उन्होंने परिकलक अनुप्रयोग में अधिस्नातक सम्पादित किया है। उन्हें कला में रुचि है। प्राचीन मंदिरों के दर्शन पसंद करते हैं। विभिन्न भाषाओँ में लिखना उन्हें अच्छा लगता है। कहानियों में अपने जीवन के अनुभव से जुड़ी सच्ची घटनाओं को दर्शाने की कोशिश करते हैं। पुरी श्रीजगन्नाथ के प्रति अपार विश्वास रखते हैं और नए नए भक्ति कविताएं ओड़िआ भाषा, तेलुगु और अन्य भाषाओँ में लिखने की चेष्टा करते हैं। स्टोरीमिरर मंच के द्वारा उनका कविताओं में रुचि बढ़ा है। वह विभिन्न कविता और कहानी प्रतियोगिताओं में भाग लेते रहे हैं।

आम और कोयल
– राजशेखर सी:एच:वी

आम ! मीठा आम ! पसंद करे जिसे सारी अवाम !
कुहू कुहू कोयल ! सभी जिसके सुर के हैं कायल !

ऐसा कोई नहीं है जिसे आम की मिठास पसंद न हो और ऐसा कोई नहीं है जो बसंत बेला में कोयल की सुरीली आवाज़ का इंतज़ार न करता हो। तो कोयल और आम के बीच में एक अनोखा रिश्ता है। बसंत के समय, अम्बुआ की डारी पर बैठकर (आम के पेड़ की शाखा से) कोयल की कुहू कुहू स्वर से सुननेवालों के कानों में मधुर अनुभव देती है।

वैसे कोयल क्यों सिर्फ आम की डाली पे जाती है ? इसमें एक अनकही कहानी छुपी हुई है।

बहुत बहुत सालों पहले, कोयल रानी जंगल में रहती थी और उस जंगल में अन्य सभी जानवर रहते थे। किसी भी समय, वह इस पेड़ से उस पेड़ उड़ उड़कर, ख़ुशी ख़ुशी से कुहू कुहू मीठे स्वर से गाना गाती थी। जंगल में सभी जानवरों को कोयल की आवाज़ बहुत पसंद था। और सभी कोयल रानी के गाने की तारीफ करते थे। बसंत की बेला आई। एक दिन ऐसे ही उड़ते उड़ते कोयल रानी जंगल के बाहर आ गई और नज़दीक के नंदन गाँव में पहुँच गई। वहाँ के पेड़ों में भी कुहू कुहू स्वर से चहकने लगी। जंगल में एक दिन बाद सारे जानवर कोयल को खोजने लगे।

नंदन गाँव में गांववालों को यह मधुर आवाज़ बहुत अच्छी लगी। लेकिन कोयल को इंसानों के बीच रहने की आदत नहीं थी। जैसे तैसे वापस जंगल की और जा रही थी। लेकिन अगर कोई गाँव वाले ने देख लिया तो !! इसलिए बार बार हर पेड़ के डालियों में छिप छिपकर गाती थी। अब चन्दन नामक एक गाँव वाले ने कोयल रानी पे निगरानी रखकर, उस पर जाल डालकर उसे धर दबोचा। इस सदमे को कोयल रानी बरदाश्त न कर सकी और इस वजह से उसकी मीठी आवाज़ चली गई। कोयल रानी बहुत मायूस हो गई। सभी ग्राम वासियों ने चन्दन को बहुत डांटा और उसको बहुत बुरा भला कहा। इस बीच

यह बात गाँव का मुखिया राजाराम के पास पहुँच गई। राजाराम बहुत भला आदमी था। और बहुत संवेदनशील भी था।

उसने चन्दन को बहुत डांटा और कहा की किसीके आज़ादी को छीनने का हक़ किसी को भी नहीं है। सभी को दुनिया में जीने का हक़ है। चाहे वह इंसान हो या जानवर या पंछी। चन्दन ने अपनी गलती मानी और कोयल रानी की मीठी आवाज़ वापस लाने की कोशिश करने लगा। कभी कोयल रानी को शहद पिलाता तो कभी मीठा दूध तो कभी गन्ने का रास। कोयल रानी सब कुछ पी लेती।लेकिन उसकी आवाज़ न आती। दिन भर दुःखी रहती। ऐसे दो महीने बीत गए। गर्मियों का मौसम आ गया। मीठे आम का मौसम आ गया। राजाराम को एक नया उपाय सूझा। राजाराम ने चन्दन को सभी प्रकार के मीठे पके हुए आम लाने को कहा। जैसे सुंदरी, बादामी, तोतापुरी, रसपुरी, ईख जैसे स्वादवाले आम। सभी गाँव वालों ने भी चन्दन और राजाराम का साथ दिया। सभी ने अपने अपने बगीचे से चुने हुए मीठे आम चन्दन को दिए।

अब राजाराम ने चन्दन को सभी आमों से मीठा रस निकलने को कहा और एक एक कटोरे में रखने को कहा। चन्दन ने ऐसा ही किया और कोयल के पास रख दिया। शुरू में तो कोयल रानी को पसंद नहीं आया। क्योंकि रस पीले रंग का था और आम रस के बारे में कोयल रानी को पता नहीं था। सभी कटोरों से कोयल-रानी दिन भर बारी बारी से बड़े ख़ुशी से आम रस पीने लगी। कुछ दिन बीत गए। एक चमत्कार हुआ। कोयल की आवाज़ आहिस्ता-आहिस्ता आने लगी और दो हफ़्तों के बाद पहले से ज़्यादा मीठे सुर में गाने लगी।

आम रस के इस अजूबे को देखकर सारे गाँव वाले, राजाराम और चन्दन के इस भले काम की सराहना करने लगे। इस बीच कोयल ने गाँव वालों की भाषा भी सीख चुकी थी। कोयल रानी ने राजाराम और चन्दन को धन्यवाद कहा और गाँव वालों को भी आभार जताया। अब उसे जंगल जाने का वक़्त हो गया था क्योंकि उसके सारे दोस्त वहीँ थे। गांववालों को यह सुनकर बहुत दुःख हुआ। इस पर कोयल रानी ने कहा के बसंत बेला में वह हर साल आएगी और आम की डालियों में बैठकर कुहू कुहू सुनाएगी। उस मौसम में आम के बौरे आते हैं।

कोयल रानी जंगल में चली गई और पहले की तरह हर पेड़ पर बैठकर गाने लगी। सभी जानवरों को उसने अपना अनुभव बताया और आम रस के बारे में भी बताया।

दस महीने लगभग बीत गए। जंगल में आम के पेड़ों पर बौरे आये (आम के फूल)। तब कोयल रानी को याद आया की उसे नंदन गाँव जाना है।

अपने वादे के अनुसार, कोयल रानी नंदन गाँव गई और केवल आम के पेड़ों पर ही गाने लगी। सभी ख़ुशी ख़ुशी सुनने लगे और कोयल रानी की तारीफ़ किए। जैसे ही गर्मियां आईं, कोयल रानी फिर जंगल चली गई और अगले साल आने का वादा कर गई।

तो इस तरह आम और कोयल का अटूट रिश्ता हो गया और हर साल बसंत बेला पर इंसानों के बीच आकर अपने मधुर गान से आनंद देती है।

नीति कथा : हर प्राणी को जीने का अधिकार है और किसी को किसीके आज़ादी पर अधिकार नहीं है। और अगर किसी का नुक्सान हुआ है, तो जैसे भी हो हर तरह से सहायता करनी चाहिए और अपने गलती को भी मान लेनी चाहिए।

लेखक के बारे में

हालांकि, **अमित**, अभी "विद्यार्थी की नाव में सवार से हैं", परंतु जैसा ही समय पाते हैं, समाज की समस्याओं में छिपी संवेदनाओं और भावनाओं को वे अपनी कलम से उतार देते हैं। लखनऊ की तहजीब में रहते हुए, अमित वहाँ की "अवधी मिठास" को अपने शब्दों में पिरोना चाहते हैं। इन्होंने "भैस की विदाई", "आवारा जानवर और किसान", "अधूरा बैडमिंटन का जोड़ा" इत्यादि छोटी कहानियाँ लिखी हैं। अमित को कविताएँ लिखना भी पसंद है, इनकी कविताओं में वीर रस की प्रधानता होती है।

लखनऊ से बीए और एमए की शिक्षा प्राप्त करने के बाद, अब अमित, प्रतियोगी परीक्षा की तैयारी कर रहे हैं।

Email: nickemit5060@gmail.com

खेत में बंदर

– अमित वर्मा

"खेत मा बांदर (बंदर) आएगे हैं, जल्दी जाओ! सब नास किहे डार रहे हैं! (फोन पर यह संदेश मिलता है। यह बात बताने वाला पड़ोस के गाँव में रहता है।)

घर के सभी सदस्य अभी-अभी खेत में, खून निचोड़ कर आए ही थे। वैसे अब खाने का समय भी हो चुका था। पता है आज कढ़ी भी बनी थी साथ में बरा (मट्ठा के बड़ा, दही बड़ा जैसे) भी थे। चूंकि घर में भैंस 6 साल से नहीं थी, इसलिए दूध, दही और मट्ठा के लिए भी सब तरसे हुए थे। बड़ी मुश्किल से 50 रु खर्चा करके मट्ठा आया था। 45°C की गर्मी में पंखे वाली छत के नीचे बैठ कर खाने की सुगंध और मट्ठे की खुशबू कुछ ज्यादा ही महसूस हो रही थी। पंखे को भी मट्ठे की खूशबू घुमाने का मौका भला रोज़-रोज़ कहाँ मिलता था। इसलिए, पंखा खुशबू से कह रहा था "आज जाने की ज़िद न करो"।

खाने की खुशबू तो कमरे में रहने वाली ही थी पर किसी को तो तपती हुई दोपहर में बंदरों से फसल को बचाने के लिए जाना ही पड़ेगा।

खैर, ये लोकतांत्रिक फैंसला तो था ही नहीं, परंतु भावनात्मक प्रबलता में छिपा त्याग की भावना, का फैसला ज़रुर था। घर के सभी लडके आंखे चुराने की कोशिश कर रहे थे, कि काश वो बच जाएं! इस ऊहापोह को 70 वर्ष की दादी जिनकी कुछ दिन पहले ही आंखे खुलवाई गईं थी (गाँव में मोतियाबिंद के आपरेशन को 'आंखे खुलवाना' कहते हैं)। उन बूढ़ी आंखों को हरित क्रांति के पहले का दौर आज भी याद है, जब अनाज की कमी के कारण कई रातें सिर्फ भूखें सपनों में बीती थी। साथ ही साथ जब महामारी अपना प्रकोप दिखाती, तो उन तड़पती लाशों की याद मात्र से ही, दादी के कंपकपाते हाथ और भी ज्यादा कांप उठते थे और आंखों से आंसुओं की धारा सीधी ही होंठों के पास से गुजरना चाहती थी, पर अफसोस उन आंसुओं को चेहरे पर इठलाती झुर्रियों के सहारे, धूमते-झूमते होंठों के पास गुजरना पड़ रहा था, कि तभी एक मुलायम सा हाथ आंसुओं को पोंछ देता है! वो मुलायम सा हांथ 8 साल के पर-पोते का था।

वो दादी से कहता है, दादी, दादी-ओ-दादी काहे रोऊतु है? अबहईने हम जाईत है और बांदरन का खेद के आईत है। तब तक तुम सब जने खाना वाना खाओ।

इतना कहते ही वो छोटा बच्चा दनदनाते हुए, बीच दोपहर में, बंदरों को भगाने के लिए खेत पहुंच जाता है। बंदरों ने खेत को चारों ओर से घेर रखा था। बंदरों को वहाँ से भगाना आसान नहीं लग रहा था, पर वो लड़का दादी से वादा करके आया था जिसे अब उसे पूरा कर दिखाना भी था। खेत में पड़े मिट्टी के ढेलों को उठा कर बंदरों पर वार चालू कर दिया, पर बन्दरों की फूर्ती इतनी ज्यादा थी कि बंदर इस डाल से उस डाल, उस डाल से इस डाल पर इतनी जल्दी छलांग लगा लेते, की ढीले (मिट्टी के) उन को न लगते। लड़के ने अनेक तरह की आवाजें निकालना शुरू कर दिया।

(आईये अब सुनते हैं उन्हीं की जुबानी)

"ऐ जात है जात है जात है जात है जात है जात है... ऐ यहु गवा, ऐ यहौ गवा! ढ़ीला मार ससुरेक! यहु वाला सार ज्यादा कूदत है! जान परत, यहु महंता आए (महंता मतलब बंदरों के समूह का नेता)! ला रे गुर्रा (गुलेल) ला! मार ससुरेक! मार मार मार मार मार! ऐ यहु गवा ये यहु गवा! ऐ चला है चला है चला है चला है! ऐ गवा ऐ गवा! ला नाल (नाल पटाखे दगाने के लिए) ला! उल-हा उल-हा उल-हा!"

बंदरों को खेत से भगा कर बच्चा कूदते फांदते घर पहुंचता है।

दादी:- "खेद आएओ भईया?"

लड़का:- "हाँ खेद आऐन।"

दादी:- "सब जने खाए पी के आराम कर रहे हैं जाऔ तुमहु खा लियो जाय। अच्छा पहिले नहाए लिओ जाए। फिर खाओ मनअई बनिके।"

लड़का:- "ठीक है दादी। मम्मी ते कह दियौ खाना निकारें, हम अब्बै नहाऐक आईत है।"

दादी:- "तुम पहले नहाऊ जाए। बातें न बगारौ (हँसते हुए)।"

(लड़का नहा कर आता है)

लड़का:- "मम्मी खाना लै आऔ। जल्दी लाओ, आंतै कलहरी जाती।"

मम्मी:- "लाईत है बच्चा। तनिक गर्माऐ देई पहले।"

(माता जी जब खाना गर्म करने चौके में जाती है तो वहाँ का हाल देख, दुखी हो जाती हैं!)

लड़का:- "मम्मी लाऔ, भूख लाग है हमका।"

मम्मी:- "लाईत है भईया।"

(मम्मी खाना गर्म करके ले आती हैं।)

लड़का:- "अरे वाह बड़े दिनन के बाद कढ़ी खाऐक मिली है। आजु तौ मज़ा आ जाई। अरे मम्मी बरा (मट्ठे का बड़ा) तो लै आऔ जाए। जनतु नहीं हमका कत्ता पसंद है। माटा थोड़ा ज्यादा लएआयो।"

मम्मी: "(दुखी मन से) अरे भईया बिलरईया (बिल्ली) आई रहै और बरा वाली बटुई पलट दिहिस और खाईबो नहीं भै। माटी सब माठा सौंक गए और बरा सब माटी मा लसलसा रहैं। बिलरईया सब गांजि दिहिस।

"लड़का अपने आंसुओ को नहीं रोक पाता है।

लेखक के बारे में

पियूष पटैरिया, पेशे से लेखक हैं। उन्हें कहानी, कविता व शायरी लिखना पसंद है। लेखन कार्य के अलावा वह रंगमंच में अभिनय भी करते हैं। शिक्षा के क्षेत्र में उन्होंने माखनलाल चतुर्वेदी राष्ट्रीय पत्रकारिता एवं संचार विश्वविद्यालय से मास्टर ऑफ मास कम्युनिकेशन किया है। वे फिल्म निर्माण का भी कार्य करते हैं, जिनमें अब तक उन्होंने कुल 6 शॉर्ट फिल्म और एक गाने में बतौर निदेशक और बॉलीवुड की फिल्म (अनेक) में बतौर कंटेंट राइटर के रूप में कार्य किया है। उनका मानना है कि वे अपने अंदर के कलाकार से यात्रा के दौरान मिले थे, इसलिए यात्रा करना भी उन्हें बहुत पसंद हैं, अब तक वे देश के नौ राज्यों में यात्रा कर चुके हैं।

मन की आँखें

– पियूष पटैरिया

कल गणेश चतुर्थी है। अरे सब जल्दी-जल्दी हाथ चलाओ। अभी मूर्ति सूखने में भी समय लगेगा। आज शाम तक सभी मूर्तियां सूखकर तैयार हो जानी चाहिए।

राजू ने कहा – "सुरेश, बेटा तुम यहां से जाओ, काम करने दो सभी को"

राजू गांव का नामचीन पेंटर और मूर्तिकार है। गणेश चतुर्थी, दुर्गा पूजा और दीपावली के समय ही ज्यादा व्यापार होता है, इसलिए इस समय वो बहुत ही व्यस्त रहता है। कल गणेश चतुर्थी है। उसकी दुकान में ऑर्डर पर दी गई मूर्तियों को आज ही ले जाने वालों का तांता लगा हुआ था। इस कारण वो और ज्यादा परेशान था। अभी तक उसका सिर्फ 70 प्रतिशत काम हुआ था। जिसे देखते हुए खाना बनाने के बाद उसकी पत्नी रीना और चार बेटियाँ सभी साथ में मूर्तियों को रंग लगाने के काम में लग गए थे। सुरेश ने कुछ मूर्तिकारों को मजदूरी पर भी रखा था। वह भी आज छोटी मूर्तियों को बनाने में लगे थे। इन मूर्तियों को घर में पूजा करने वाले लोग हर साल की तरह कल सुबह से दुकान पर आने लगेंगे। इन सब बातों से परेशान राजू बहुत ही चिंतित है और हल्की सी रुकावट आने पर वो झल्ला जाता है।

राजू ने कहा – "सुरेश अंदर जाकर खेलों सुनाई नहीं दिया क्या तुमको"

सुरेश अभी 5 साल का ही है लेकिन बहुत हठी है। उसने गुस्से में कहा "नहीं मैं भी मूर्ति बनाऊंगा।" पर उसकी तोतली बोली सुनकर सभी मुस्कुरा बैठे।

राजू ने कहा – "ठीक है पर सामने के कमरे में जाकर बनाओ, अंगन में सभी काम कर रहें हैं"

सुरेश ने कहा – "तो मैं भी तो ताम तर रहा हूँ"

राजू ने बहुत प्यार से समझाते हुए कहा – "ठीक है, लेकिन आंगन में कोई आया और तुम्हारी मेहनत से बनाई मूर्ति से टकरा गया तो? तुम्हारी मेहनत तो व्यर्थ हो जाएगी ना! इसलिए सामने के कमरे में जाकर बनाओ, ठीक है"

सुरेश ने यह कहकर थोड़ी मिट्टी उठाई और चला गया – "ठीक हैं मैं अंदर जाकल बनाता हूँ"

शाम होते-होते सभी मूर्ति लगभग तैयार हो गईं थीं। सुरेश भी कोशिश में लगा था पर हर बार वो अपने गणपति बनाने में विफल हो जाता।

सुरेश इस बार तो बहुत ही गुस्से में लाल हुआ बैठा कोशिश कर रहा था। राजू की नज़र पड़ी तो पूछने आ गया, "सुरेश बेटा मूर्ति बन गई क्या?"

सुरेश चिल्लाकर बोला – "मुझे पलेथान नहीं तरो अभी, दिखता नहीं ताम तर रहा हूँ"

राजू मुस्कुरात हुआ पास आया और सुरेश की मदद करने लगा और देखते ही देखते मूर्ति बनकर तैयार हो गई।

सुरेश ने खुश होकर कहा – "बना दई! अब तलर तरना है"

राजू ने पंखा चालू किया, जिससे मूर्ति जल्दी सूख जाए। सुरेश भी रंग लेकर तैयार हो गया और देखते-देखते उसने मूर्ति को रंगकर अपना काम पूरा कर लिया।

सारा काम खत्म करने के बाद सभी दिन भर की थकान लिए गहरी नींद में सो गए। राजू को आज नींद नहीं आ रही थी, क्योंकि कल उसकी अच्छी कमाई होने वाली थी यह सोचकर वो दरवाजे के पास ही खटिया बिछाकर लेट गया और आसमान को एकटक देखता रहा।

आसमान में ढेरसारे टिमटिमाते तारों के बीच गोल सुंदर चांद... कितना सुंदर है ना ये! कल ये और भी ज्यादा सुंदर होगा। आसमान की ओर देखते-देखते राजू को नींद लग गई।

सुबह मुर्गे की बांग के साथ नींद भी जल्दी खुल गई। राजू तैयार हो गया। दिन भर भीड़-भाड़, लोगों का तांता लगा रहा एका-एक कर मूर्तियां बिकती गई।

"भईया ये कितने कि है"

"इस रूप में थोड़ा बड़ा आकार नहीं है क्या"

"इसका आकार अच्छा है पर चेहरा बड़ा बना दिया"

ऐसे कई सवालों के साथ राजू ग्राहकों को समझाता रहा और मूर्ति बेचता रहा। शाम ढलते-ढलते सभी मूर्तियां बिक गई। अब सिर्फ दो मूर्तियां बची थीं। उसमें एक सुरेश की भी थी। बहुत मेहनत और पूरे भक्ति भाव से सुरेश ने अपने गणपति बनाए थे।

गांव के बीच एक पुरानी सी हवेली है। इसमें एक बुजुर्ग दादा दादी रहते है। अपने दौर में वो इस गांव के सरपंच हुआ करते थे। उनका एक लड़का है जो शहर में अपना व्यापार करता है। घर में कुछ नौकर भी हैं, जमीन-जायदाद की देख-रेख ज्यादातर नौकर ही करते हैं। दादी ज्यादातर समय पूजा में ही व्यतीत करती हैं। सप्ताह के आखिरी दिन व त्यौहारों में बेटा आता रहता है। उनकी एक बेटी भी है, पिछले साल ही पड़ोस वाले गांव में उसकी शादी हुई थी। वह भी त्यौहारों में कुछ दिनों के लिए अपने माता पिता के पास आती है। दादाजी को भी गणपति लेने जाना था पर आज सभी नौकर छुट्टी लेकर अपने घर गणपति पूजन में लगे हैं।

दादीजी ने शाम की चाय बनायी और दादाजी को ले जाकर दी और कहा- "सुनो, आज गणपति पूजन के लिए गणपति लाना था। एक हफ्ते से बोल रही हूँ, न तो नौकरों ने ध्यान दिया नाही आपने और तो और शाम को आ जाऊंगा कहकर सारे बैल बुद्धि नौकर भाग गये। कल मैं एक-एक की खटिया खड़ी करने वाली हूँ, आप बीच में कुछ न बोलिएगा"

दादा ने कहा- "अरे शाम की बखत क्यों झगड़ रहीं हो। जब भी ये मीठा रसगोरस पिलाने को कहता हूँ, तो इससे ज्यादा तो तुम अपनी कड़वा बातें सामने लाकर रख देती हो। लाओ मैं ही चाय पीकर बाजार से गणपति ले आता हूँ। यह कहकर दादाजी ने चाय की चुस्की ली और अपना खाकी कोट, नेहरू टोपी, दरवाजे के पास रखे जूते और हाथ में छड़ी लेकर बाजार की ओर निकल गए।

बाजार कुछ ही दूरी पर था और वही पर राजू की दुकान भी थी। राजू इंतजार कर रहा था की कोई एक इंसान और आकार एक मूर्ति ले जाए और मैं भी घर निकलूँ।

सुरेश भी आ गया और कहने लगा - "पापा पूजा कब करेंगे, जल्दी चलो मम्मी बुला रही है"।

राजू भी सोचने लगा अब कोई नहीं आने वाला है, चलो सब सामान बंधना शुरु करते हैं।

शाम का बहुत ही खुशनुमा माहौल था, चारों ओर मंत्रउच्चारण की आवाज, तो कहीं शंख की पवित्र ध्वनि सुनी जा सकती थी। दादाजी देख नहीं सकते थे पर महसूस उस समय उन्हें सब हो रहा था।

चौराहे के पास अकार दादाजी किसी इंसान को टटोल रहे थे कि उससे दुकान के बारे में पूछ सकें।

राजू और सुरेश दुकान बंद कर रहे थे पर राजू की नज़र बार-बार रास्ते की ओर ही पड़ी रही थी। उसने दादाजी को देखा और आवाज़ लगाकर कहा- "अरे चाचा किसे ढूंढ रहें हैं?"

दादाजी ने कहा- "बेटा इधर राजू का घर कौन सा है"

राजू ने कहा - "चाचाजी मैं राजू ही हूँ"

दादाजी ने कहा – "राजू तू है, तेरी आवाज तो बदली-बदली लग रही है? बीड़ी पीना बंद नहीं किया क्या तूने ? कैसे अजीब आवाज हो गई है"

राजू ने कहा – "नहीं चाचाजी वो बात नहीं है"

दादाजी अब बात करते करते दुकान के ठीक सामने तक आ पहुंचे थे। उन्होंने कहा, "आज सुबह से तेरे पास आने की सोच रहा था पर कोई नौकर आया ही नहीं। तेरी चाची ने भी शाम से कह-कह कर हालत खराब कर दी, तो मैं अकेला ही चला आया"

राजू ने कहा – "अच्छा किया आप अभी आ गए, हम लोग नहीं तो जाने ही वाले थे"

दादाजी ने कहा – "अच्छा! चलो फिर तो सही रहा मैं अकेला ही आ गया, किसी के आने का इंतज़ार नहीं किया"

इतने में सुरेश ने कहा – "दादाजी कौन से गणपति ले जाएंगे आप? अब सिर्फ दो ही बचे हैं!"

दादाजी ने कहा – "अरे बेटा, सभी प्रभु में कौन से का क्या सवाल! जो तुम्हें ठीक लगे दे दो। बस ये देखने कि जिन्हें मैं आसानी से साथ में ले जा सकूँ, क्योंकि अकेला आया हूँ ना और रास्ता भी खोजते हुए जाना है तो छोटी मूर्ति ही देना"

राजू ने जवाब देते हुए कहा – "हां चाचाजी, अब तो छोटी मूर्तियाँ ही बची हैं"

राजू ने सुरेश की तरफ देखते हुए पूछा – "सुरेश जो तुमने बनाया है वो वाली मूर्ति दादाजी को दे दें"

दादाजी ने कहा – "अरे वाह राजू अपने लड़के को भी काम पर लगा दिया! कितना बड़ा हो गया है तेरा बेटा?"

राजू ने कहा – "अरे चाचाजी ये तो अभी सिर्फ 5 बरस का ही है!"

दादाजी ने कहा – "अरे वह! इतने जल्दी काम सीख गया पर स्कूल भेजता है ना, कि नहीं?"

राजू ने कहा – "जाता है चाचा जी, अभी छुट्टी चल रही है न इसलिए मूर्ति बनाना सीख रहा था"

दादाजी ने सुरेश से कहा – "अच्छा! क्यों बेटा, तुम बताओ तुम्हारे पापा सहीं कह रहे हैं न? मेरे डर से झूठ तो नहीं बोल रहे? बचपन में बिलकुल नहीं पढ़ता था ये बहुत डांट खाकर पढ़ा है इसने, पर तुम ऐसा मत करना। मन लगाकर पढ़ाई करना ठीक है। अच्छा तो राजू कितने रुपए देने हैं तुम्हें"

राजू ने कहा – "दे दीजिए चाचाजी, जितने भी देना है"

दादाजी ने मज़ाक में कहा – "अच्छा तो ठीक है, तुझे नहीं चाहिए तो मूर्तिकार से ही पूछ लेता हूँ। हाँ, छोटे मूर्तिकार जी कितने रुपये देने हैं आप ही बता दो"

सुरेश मुस्कुराता रहा पर पैसे के मामले में वो कुछ बोला ना पाया।

दादाजी ने कहा – "ठीक हैं तो सुरेश ये ले तू 500 ले ले और छोटे उस्ताद जी तुम ये 5 रुपए लो, चाकलेट खा लेना और स्कूल रोज जाना ठीक है, और हां अगर कम है तो अभी बता दों"

राजू ने कहा – "अरे नहीं नहीं चाचा जी ठीक है"

दादाजी ने कहा – "ठीक वाली बात नहीं है और अगर ज्यादा लग रहें है तो तू लौटा दें"

दादाजी के यह कहते ही राजू और दादाजी दोनों हंस पड़े।

इसी बीच एक आवाज आई "अरे चाचाजी, मैं अभी घर से आया चाची ने बताया आप बाजार आए है तो मैं दौड़ता हुआ आपको लेने के लिए आ गया"

दादाजी ने कहा – "अरे बबलू तू है!

बबलू दादाजी के घर में नौकरी करता है। दादाजी सुबह से उसी का इंतजार कर रहे थे, लेकिन देर से ही सहीं लेकिन बबलू के आने से दादाजी को बड़ी राहत सी महसूस हुई, कि चलो अब रास्ते में कोई तो मेरे साथ होगा,राह दिखाने के लिए।

दादाजी ने बबलू से कहा – "चल अच्छा हुआ आ गया, तेरी चाची शाम से ही बड़े गुस्से में थी। चल.."

दादाजी ने राजू से विदा लेते हुए कहा – "ठीक है राजू, मैं जाता हूँ, घर आना कभी अपने बेटे को लेकर"

राजू ने कहा – "जी चाचा जी"

दादाजी और बबलू अब घर की ओर निकल गए थे।

दादाजी ने कहा – "तेरी चाची ने कह कहकर अकेले ही भेज दिया। खैर अच्छा ही हुआ अगर राजू चला जाता तो मैं कहां भटकता रहता और देर होती तो तेरी चाची की बातें मुझे ही सुनना पड़ती"

बबलू ने कहा – "हां चाचाजी, मैं आने में थोड़ा सा लेट हो गया, नहीं तो मैं आपको बाजार आते समय ही रास्ते में मिल जाता"

दादाजी ने कहा – "अच्छा चल कोई बात नहीं। अब जो हो गया सो हो गया"

बबलू ने कहा – "अच्छा, चाचाजी वैसे राजू ने आपको कहीं पिछले बरस की मूर्ति तो नहीं दे दी, कल जब मैं गया था तब मुझे पुरानी मूर्ति दे रहा था। एक को तो उसने ठीक से आकार भी नहीं दिया था। बहुत लुटेरा है और दाम तो ऐसे मांग रहा है जैसे सोने की मूर्ति बनाया हो। आपसे कितने रुपए लिया?

दादाजी ने कहा – "आज तूने दादी की डाट खाया है ना, अब लगता है मुझसे से भी खाने वाला है। भगवान का कोई मूल्य होता है क्या? और होता भी है तो कौन तय करता है ये, और रही बात सोने-चांदी और मिट्टी की, तो सोना भी पत्थर मिट्टी से ही निकलता है। और प्रभु की तो हर मूर्ति सुंदर होती है इसमें देखने और तुलना करने की या मोल करने जैसी कोई बात ही नहीं होती"

बबलू ने कहा – "हां ये तो सहीं कह रहे हैं चाचाजी, आप तो जानते ही हैं कि सब तरफ सुंदरता की ही चर्चा होती है। राजू ने खुद के घर के लिए इतनी सुंदर मूर्ति बनाई है कि सब लोग देखने जाते है"

दादाजी ने कहा – "फिर वहीं पर अटक गया तू। प्रभु इस बेचारे को थोड़ी बुद्धि दो। देख मैं तो प्रभु को अपने घर अतिथि बनाकर ले जा रहा हूँ, अब अतिथि कोई देख कर थोड़ी ले जाता है। जो आना हो वो ही आएंगे, अब उस पर भिन्न-भिन्न विचार गढ़ना कहां तक उचित है, सेवाभाव और उसके प्रति सत्य, निष्ठा कितनी हैं हमको ये समझना चाहिए ना कि आकार, रंग, रूप समझा अब"

बबलू ने कहा – "हां चाचाजी ये बात तो बिलकुल सहीं कही आपने"

दादाजी ने कहा – "चल कुछ तो समझा, मुझे तो लगा था भूसा उठाते-उठाते तेरे दिमाग में भूसा भर गया है। अब कल सुबह जल्दी आ जाना पूजा की तैयारियां करने के लिए, नहीं तो फिर डांट खाएगा"

बबलू ने विनम्रता से जवाब देते हुए कहा – "जी चाचाजी।

घर आ गया था। दादाजी गणपति विराजमान कर प्रसाद ग्रहण कर सो गए थे। उनके सपनों में रात भर गणपति की छवि दिखाई दे रही थी। गोरा रंग माथे पर शोभित हो रही बिंदी, दाहिनी ओर मोदक खाता हुआ मूशक, सर पर मुकुट, बड़ी-बड़ी आंखें, गले में स्वर्ण की माला। रात भर वो इस सुंदर दृश्य को हाथ जोड़ कर देखते रहे।

सुबह जल्दी उठकर दादाजी तैयार हो गए, बबलू भी सुबह जल्दी आ गया था। पूजा की पूरी तैयारी हो चुकी थी। सभी पूजाघर में एकत्रित हो गए थे। आम के पत्तों की तोरन से सजा, गेंदे और पारिजात के फूलों से सुगंधित कक्ष, रौशन दान से आ रही सूर्य की किरणें पूजाघर को एक अद्भुत ही स्वरूप प्रदान कर रही थी। दादाजी भी यह सब महसूस कर सकते थे।

पंडितजी भी द्वार पर आ पहुंचे थे। बबलू उन्हें लेकर आता हैं। पंडित जी पूजा कराने के बाद जा रहे होते हैं तभी दादाजी उनसे स्वप्न की बातों को साझा करते हैं। यह स्वरूप हूबहू उसी प्रतिमा का होता है जो वह राजू की दुकान से रात में लेकर आए थे। पंडित जी यह सब अपनी आंखों से देख सकते हैं पर दादाजी नहीं देख सकते थे। दादाजी की इन बातों को सुनकर सभी अचंभित होते हैं।

दादाजी ने कहा – "बबलू देख जो प्रतिमा कल रात में हम लोग लेकर आए थे, वही गणपति मेरे स्वप्न में मुझे दर्शन दे गए"

ये सुनने के बाद बबलू ने कहा – "पर चाचाजी मैं तो कल रात में आ ही नहीं पाया था, पूजा और बाकि कामों में इतना व्यस्त हो गया था कि मुझे समय ही नहीं मिल पाया"

दादाजी ने कहा – "अच्छा फिर कल कौन आया था, मुझे राजू के घर से यहां तक छोड़ने के लिए?"

सभी इन बातों को लेकर अचंभित थे। लेकिन दादाजी गणपति को साफ देख पा रहे थे। उनका साफ मन उन्हें सब दिखा रहा था। वह उठकर जब स्तुति के लिए गए तो प्रतिमा को स्पर्श करते वक्त उनके हाथों ने जब प्रतिमा के हाथों को स्पर्श किया तो उन्हें महसूस हुआ की ये तो वही हाथ हैं जिन्हें पकड़कर मैं कल रात घर तक आया था। दादाजी सब समझ चुके थे। उन्होंने स्तुति की और कहा सब प्रभु की लीला है। गणपति बप्पा मोरिया।

लेखक के बारे में

करन **कोविंद** पेशे से एक लेखक और कवि हैं। अभी यह एशिया की सबसे बड़ी रेल डिब्बा कारखाना MCF में डाटा इंटरिंग में कार्यरत है। जिन्होने अपनी ग्रेजुएशन प्रयागराज से पूरी की तथा घर में स्वयं अध्ययन करते रहते है। इनकी प्रथम कृति आत्मा चित्रांकनी, तथा इनकी अन्य लम्बी कविताएँ बोधिसत्व, आदि है। हिंदी साहित्य के प्रति सुदृढ़ लगाव के कारण युवाओं को भी हिंदी की ओर चलने के लिए प्रेरित करते रहते हैं और हिंदी के प्रचार प्रसार में यथावत जुड़े रहते है।

केटरिना दी लिप्पी
– करन कोविंद

एक पुरूष जिसका नाम सेर पियोरों था इटली के फ्लोरेंस शहर के विंची में नोटरी (वकील) का काम करता था। काम के पश्चात वह अपना खाली समय साहित्य लेखन में बिताया करता था। उसे इटली की नयाब चीजों के बारे में शोध करना और उन पर लेख लिखना बहुत अच्छा लगता था।

उन दिनों उसकी रूहानियत कुछ अजीब थी वह कुछ अजीब हरकतें कर रहा था, पर इन हरकतों के बीच नकारा नहीं जा सकता था कि उसके लेख काफी गढ़न तरीकों से लिखे जाते थे। उसके लेख कुछ अजीब थे वो कुछ खोज रहा था इन्हीं खोजों के बीच उसे कुछ दिलचस्प चीजो का नजारा हो रहा था। जो उसके आड़े आ रही थी वो थी कुछ हसीन लड़कियों का काफीला जो निम्न वर्ग कि स्त्रियां थीं उन्हें अपने जीवन को चलाने के लिए किसानी करना पड़ता था। उस वक्त इटली में काफी क्रांति हुई परंतु इस पर जोर कमजोर था पर माने तो इटली की सभ्यता काफी विकसित हो गयी थी। उस वक्त काफी नये-नये अविष्कार और अनसुलझे रहस्यों की खोज में इटली आगे बढ़ रहा था। इटली अन्य देशों कि तुलना में काफी हद तक विकसित हो चुका था। इटली की मिट्टी मे चित्रकारी की खुशबू दूर-दूर तक महक रही थी, जो एक सुगंध कि तरह फैला प्रकृति का उत्कृष्ट नीला प्रकाश बनकर वहाँ कि जलवायु में सम्मिलित हो गया और एक ऐसा देश बना जो चित्रकला की क्रांति कि एक मात्र तारा था जो चमक उठा था। इसी पर वर्जिल ने इटली कि सुंदरता को बताते हुये अपने महाकाव्य ईनिद मे लिखा।

> ईरान अपने सुंदर और घने वनों सहित,
> अथवा गंगा अपनी जलप्लावित लहरों सहित,
> अथवा हरमुश नदी, जिसके कणों में सोना मिलता है,
> इनमें से कोई इटली की समता नहीं कर सकते,
> इटली, जहाँ सदा बसंत रहता है,
> जहाँ भेड़ें वर्ष में दो बार बच्चे देती हैं और
> जहाँ वृक्ष वर्ष में दो बार फल देते हैं।

सेरपियोरो उन्हीं हसीनाओं में से एक को काफी ध्यान से देखता था, शायद वह उसे पसंद करता था। जिसका नाम केटरीना दा मियो लिप्पी था। जो शायद लिप्पी शहर की रीफ्यूजी थी। पियोरो उसे धीरे-धीरे पसंद करने लगा और उससे बात करने का बहाना ढूंढने लगा। वह लिप्पी से कुछ कहना चाहता था, बातें करना चाहता था। चूकी पियोरो एक वकील था जो साथ ही लेखक भी तो निम्न वर्ग की लड़की से मिलना कुछ अटपटा था लेकिन इन सभी विचारों की वजह से वह अपने प्रेम पर काबू नही कर सका। लिप्पी ने भी उस सख्स पर ध्यान दिया जो रोज डेरों की तरफ जहां मूर्तिया, मिट्टी के घड़े, गृह सज्जा, चित्रकला के पेटींग और कुछ औजारे बेचे जाते थे। और लिप्पी वहाँ पर मूर्तिया बनाया करती थी। एक दिन किसी बहाने से पीयोरें ने उस लड़की से पूंछा "मूर्तिया कितनी सुंदर है आप इतना सुंदर कलाकृति बनाती है। क्यों ना आप कुछ इटली के रहस्यो को उभारे"। उस वक्त काफी चर्चाये चल रही थी की इटली मे पर जीवियो का एक अदृश्य देश बसा हुआ है। लिप्पी नही जानती थी, पियोरो क्यों उससे इस तरह कि बातें कर रहा है। और इतनी सारी स्त्रियों को छोड़ वह उसके पास बात करने क्यों आया और इतने करीब से वह कुछ सोच में खोयी रहा करती थी।

पियोरो वकालत के पश्चात उस बजार की ओर चल देता, जहां वह स्त्री मूर्तिया बनाया करती थी। लिप्पी भी कुछ-कुछ पियोरो को समझने लगी थी। पियोरो रोज उन्ही चौबारो और ढेरों से होता हुआ वहाँ जाता। लिप्पी से बातें करता। दोनों में एक संचार दौड चुकी थी परंतु पहल की देरी थी। दोनों काफी करीब आ चुके थे।

पियोरो और लिपी एक दूसरे से काफी घुल मिल चुके थे और दोनों साथ घंटों बातें किया करते थे। इन्हीं बातों के बीच उन्हें समय का आभास भी नहीं होता था। फिर एक दिन इटली कि हसीन सड़कों और खूबसूरत गलियों से गुजरता हुआ वह उन गरीब परिवारों की घरो से होता हुआ उस बाजार में पंहुचा, जो नदी के पास था। उस नदी के चारों ओर हरे पेड़ों और बगीचों की चारागाह थी। बाजार कि मोहकता और शिल्पकला चित्रकलाओं मूर्तियों के बड़े-बड़े विशाल एवं चर्च पर बने सुंदर पेंटिंग्स जो उस वक्त इटली कि क्रांति का नायाब नमुना था, उन सभी को स्नेहपूर्व देखते हुये लिप्पी से मिला उसने हाथों में लिया फूल उसे दिया।

लिप्पी दंग थी। हाथो से अपने बालों संवारते हुये उसके हाथों मैं लगी मिट्टी उसके सिर पर लग गयी। फिर उसने उस फूल को लिया और मुस्कुराते हुते बोली ये किस लिए।

पियोरो ने प्यार से लिप्पी के सर से उस मिट्टी को साफ किया और उसके सर को चुमते हुये बोला क्या तुम मेरी प्रेमिका बन सकती हो। लिप्पी काफी सरमिली थी, उसने हिचकिचाते हुये कहा। हां और फिर पास के दुकान जिसके सामने एक नक्काशीदार दरवाजा था, अंदर चली गयी।

हां शब्द सुनते ही पियोरो काफी खुश था और उसे सारे संसार कि मोहकता का अनुमोदन एक क्षण में हुआ।

वह लिप्पी को साथ घुमाना चाहता था। इटली की उन नायाब जगहो पर जहां प्रेम के संदेश देती सड़कें थीं। शांत झरनों से झरता मुक्तो का समूह कलकलाहट सी संगीत का वादन कर रही हसीन सड़के और सामने से उगता हुआ एक सदृश्य मनोहर सूरज पक्षियों कि चहचहाट हवाओ का मंद-मंद छंद चलना।

बादलों का गिरना, गिरकर ठंड का अहसास, प्रकृति कि एक ही समय मे सारी विकारों का समायोजन हो गया। प्यार का शहर सा बना देना उस जगह से पियोरो घर के अंदर जाता है और लिप्पी को बाहों से पकड़कर उसे अपने सामने खड़ा करता है। दोनों में प्रेम संचार होता है। लिप्पी को कुछ समझ नहीं आ रहा था। उसके बदन में एक अजीब अहसास का प्रवाह हो रहा था। पियरो लिप्पी के होंठों को चुमता है। और उसे अपनी बाँहो में भरकर कुछ प्रेम के गीत गाता है।

लेखिका के बारे में

श्रीमती **बी के हेमा** केन्द्र सरकार के कार्यालय में कार्यरत हैं। वे बेंगलूर विश्वविद्यालय से एमए उपाधि प्राप्त की हैं। हिन्दी और कन्नड़ा में कहानी, कविता और नाटक लिखना उनका शौक है। वे अपने आस-पास की घटनाओं को कहानी, कविता या नाटक का रूप देती हैं। वे अपने कार्यालय में आयोजित सांस्कृतिक समारोहों के लिए नाटकों की रचना कर उनका निर्देशन भी करतीं हैं। नाटकों में अभिनय करना उनका एक और शौक है। वे अपने कार्यालय की गृह पत्रिका 'राजभाषा सुमन' का संपादक हैं। स्टोरीमिरर के एडिटर्स च्वाइस में 'ऑथर ऑफ द वीक' और 'ऑथर ऑफ द मंथ' प्रशस्ति प्राप्त की है और 'ऑथर ऑफ द ईयर -2021' की नामिनी रही हैं।

आत्म विश्वास

– बी के हेमा

कमला के मन में विचारों का सैलाब उमड़ रहा था। वह आज सुबह गिरिजा और पार्वती की बातें सुनी थी और उसी के बारे में चिंता कर रही थी। बेटी सीता को यह पता चल गया। वह सुबह से देख रही थी कि उसकी माँ प्रति दिन की जैसी नहीं है। वह माँ से कारण पूछी, लेकिन वह बात टालते हुए चली गयी। आखिर शाम को सीता से नहीं रहा गया तो माँ से बोली 'माँ, मैं जानती हूँ, तुम क्या सोच रही हो। आज सुबह जब गिरिजा मौसी और पार्वती मौसी बात कर रहीं थीं, तो मैंने भी सुना। माँ, तुम चिंता मत करो, कृपया मुझ पर भरोसा रखो, मैं वैसी लड़की नहीं हूँ, जो पढ़ाई को छोड़कर अन्य विषयों में मन लगाऊँ। माँ मैं लीला की तरह शहर जाकर किसी के साथ भाग नहीं जाऊँगी, माँ कृपया ऐसे बेकार की बातों में मत पड़ो, मुझे पढ़ने के लिए शहर भेजो माँ, अच्छी तरह से पढ़कर आईएएस बनना मेरा मकसद है, मैं वचन देती हूँ कभी भी इसके अलावा मैं और कुछ नहीं सोचूँगी, मैं आपके पॉव पड़ती हूँ। 'वह बिलखते हुए रो पड़ी। ये सब देखकर कमला का मन द्रवित हुआ। उसने बेटी सीता को बाँहों में लिया और उसके सिर पर हाथ फेरते हुए कहा, 'सीता, मैं जानती हूँ, मेरी बेटी ऐसी नहीं है, उसको पढ़ाई के अलावा और किसी में भी मन नहीं लगता है, पर जब ऐसी बातें सुनती हूँ तो मन में कुछ डर पैदा होता है, क्योंकि आज तक मैं शहर नहीं देखी हूँ, न ही वहाँ के लोगों को जानती हूँ। लेकिन लोगों के मुँह से इतना ही सुना है कि शहर में गाँवों के लोगों का मज़ाक उड़ाया जाता है। उन्हें छेड़ा जाता है और उनका जीना मुश्किल कर देते हैं। इसलिए मुझे तुम्हें शहर भेजने में चिंता हो रही है। फिर भी ठीक है, जब तुम इतना ठान लिया है तो मैं तुम्हें शहर के कॉलेज में प्रवेश दिला दूंगी, देखें आगे भगवान के मन में क्या है। तुम चिंता मत करो और शहर जाने की तैयारी करो।' कमला और सीता दोनों शहर जाने के लिए बस स्टैंड आयीं तो वहाँ गिरिजा और पार्वती भी थीं और इन दोनों को देखकर ताना कसने लगे। लेकिन कमला और सीता इन बातों पर ध्यान दिये बिना बस में चढ़ते हुए शहर निकल गयीं।

कमला और सीता शहर में कॉलेज पहुंचीं। कमला ने देखा कॉलेज के परिसर में लड़के और लड़कियाँ एक दूसरे के साथ जोर-जोर से हँसते हुए बातें कर रहे थें। इन्हें

मालूम नहीं हुआ कि कॉलेज में दाखिला करवाने के लिए कहाँ जाना है। अत: कमला ने एक लड़के से इस बारे में पूछा तो उसने बोला, 'व्हॉट? बेटा? आय एम नॉट बॉय, आय डोंट नो हिन्दी, टॉक इन इंग्लिश। 'यह सुनकर कमला एकदम घबरा गयी, उसे मालूम नहीं हुआ कि वह क्या बोल रही है। उसने बेटी सीता से पूछा तो बोली कि 'माँ वह लड़का नहीं, लड़की है, उसे हिन्दी नहीं आती। कमला को हँसी आयी और बोली कि 'शहर में तो कौन लड़का, कौन लड़की पता ही नहीं चलता, लेकिन जब उसे हिन्दी मालूम नहीं, तो मैंने क्या पूछा यह उसे कैसे मालूम हुआ और उसने कैसे उत्तर दिया?' इस पर सीता उसे चुप कराते हुए खुद प्रिंसिपल के रूम ले गयी। वहाँ उसका कॉलेज में दाखिला हुआ और जब दोनों बाहर आयें तो लड़के और लड़कियाँ सीता को छेड़ने लगे, उसके कपड़े के बारे में, उसके कंगन, बिंदी आदि पर कमेंट करते हुए उसकी चोली को खींचने लगे। सीता और कमला वहाँ से थोड़ी दूर भाग गये। ये सब देखकर कमला को आतंक हुआ, फिर भी बेटी को धीरज बांधते हुए कहा 'बेटी, तुम धीरज रखो, इन सबसे विचलित मत होना, जब तक हम इनके सामने धैर्य से खड़े रहते हैं, हमें कोई कुछ नहीं कर सकता, यदि हम इनके सामने डरकर रोने लगेंगे तो ये लोग और ज्यादा हमें तंग करने लगते हैं, हमें देखकर हँसने वालों के सामने हमें भी हँसते हुए खड़े रहना है, तभी हम अपनी ज़िन्दगी खड़ा कर सकते हैं। मुझे ही देखो, जब तेरे पिता मर गये, तब यदि मैं डरकर कुएँ में कूद जाती तो क्या आज तुम ज़िदा रहती, नहीं न, इसलिए केवल तुम्हारे लक्ष्य पर अपना ध्यान केन्द्रित करो और खूब पढ़कर आईएएस करने का तुम्हारा मकसद जो है, उसे पूरा कर लेना। मुझे अपनी बेटी पर पूरा विश्वास है। तुम खूब पढ़कर मेरा और अपने गाँव का नाम रोशन करेगी। अब मैं चलती हूँ' कहते हुए उसे हॉस्टल छोड़कर चली गयी।

कुछ दिन सीता को कॉलेज और हॉस्टल दोनों जगह लड़के और लड़कियाँ बहुत तंग कर रहे थे। लेकिन सीता इन बातों पर ध्यान दिये बिना हर समय अपनी पढ़ाई में लगी रहती थी। इतने में कॉलेज में पहला टेस्ट समाप्त हुआ। उनके लेक्चरर एक दिन सभी का मार्क्स लेकर आये और एक-एक करके सभी का मार्क्स बोलने लगे। क्लास में कोई भी विद्यार्थी उत्तीर्ण नहीं हुआ था। इतने में लड़के और लड़कियों में धीरे-धीरे आपस में बातें होनी लगी, इसका सारांश यह था कि जब हम ही उत्तीर्ण नहीं हुए तो सीता, बेचारी ज़ीरो ही पायी होगी। इसे सुनकर लेक्चरर गुस्सा हो गये ओर बोले कि 'शटप, तुम लोगों को शर्म होना चाहिए, तुम लोगों के पास मोबाइल, कैलकुलेटर, कम्प्यूटर जेसे आधुनिक इलेक्ट्रॉनिक गैडजेट्स होने पर भी तुम में से कोई पास नहीं हो पायें, लेकिन सीता के पास कुछ नहीं होने पर भी वह सभी विषयों में शत प्रतिशत अंक पायी है। उसे देखकर तुम

सबको सीखना है, पढ़ाई कैसे करें। सीता, हमें तुम पर गर्व है, आज भारत को तुम्हारी जैसी युवा लोगों की ज़रूरत है। यह सुनकर सबके सब अचंभित रह गये।

अब लड़के और लड़कियाँ यह जानना चाहती थीं कि सीता ऐसे कमाल कैसे की, तो उन्होंने इसके बारे में पूछा। सीता बोलने लगीं कि 'दोस्तों, आधुनिक पैंट, शर्ट, बर्मुडा आदि पहनकर लड़के और लड़कियाँ एक साथ पार्टी करना, डेटिंग करने से कोई नेम व फेम नहीं मिलता है। लड़कियाँ पैंट, शर्ट पहनकर जोर-जोर से हँसते हुए बातें करने से, लड़कों के साथ डेटिंग करने से यह समझते हैं कि हम लड़कों के बराबर हो गये हैं, लेकिन यह गलत है। औरत तो प्राकृतिक रूप से ही मर्दों से ऊपर है, हमारी संस्कृति में नारी को इतना सम्मान दिया गया है कि जहाँ नारी की पूजा होती है, वहाँ देवता निवास करते हैं, 'यत्र नार्यस्तु पूज्यंते, तत्र रमंते देवता:', वेदों में इसका उल्लेख है। लेकिन हम इसे समझे बिना मर्दों के बराबर स्थान के लिए चिल्लाते हैं, जब हम उनसे ऊपर है, तो इसकी ज़रूरत ही क्या है, हमें खुद अपना स्थान, सम्मान जानकर उचित व्यवहार करना है।

आगे जाकर वह बोली, 'रही बात आधुनिक कपड़ों की, पारंपरिक कपड़े पहनकर भी हम बहुत कुछ हासिल कर सकते हैं। आप तो स्कूल में हमारी वीर नारियों के बारे में पढ़ा ही होगा। कित्तूर रानी चेन्नम्मा, झांसी रानी लक्ष्मी बाई, रानी अब्बक्का आदि वीर नारियाँ साड़ी पहनकर युद्ध किये, घुड़ सवारी भी कीं। इतिहास के पन्नों को छोड़ो, आधुनिक युग में भी जैसे मदर टेरेसा, जो विदेशी महिला होते हुए भी भारत का पहनावा साड़ी पहनकर भारतीयों की सेवा कीं, हमारे भारत की पहली महिला प्रधान मंत्री, श्रीमती इंदिरा गांधी को ही लेना, वो भी साड़ी पहनकर पूरे देश पर राज किया और पूरे विश्व में फेमस बनीं। क्या आप इन महिलाओं को अपनी हीरोइन नहीं मानतीं हैं? आज भी बहुत सारी प्रसिद्ध विमेन एन्टरप्रीनियर और सेलिब्रिटीस हमारे पारंपरिक पहनावा पहनती हैं। ऐसा नहीं कि लड़कियों को पैंट, शर्ट नहीं पहनना है, लेकिन ऐसे कपड़े केवल अनिवार्य होने पर ही पहना जाएं तो अच्छा है, क्योंकि लड़कियाँ यद्यपि इन कपडों में भी अच्छी लगती हैं, हमारी पारंपरिक कपड़ों में तो और सुंदर और अच्छी लगती हैं और देखनेवालों के मन में गौरव की भावना भी उत्पन्न होती है।' सीता की सहेलियाँ मंत्र मुग्ध होकर सुन रही थीं।

इतने में एक सहेली पूछी, 'सीता तुम रोज अपने माथे पर बिंदी लगाती हो, हाथों में कंगन पहनती हो, क्या ये सब तुम्हें इरिटेट नहीं करते हैं ? सीता बोली 'अच्छा, चलो, जब तुमने पूछ लिया तो आज मैं इन सबके महत्व के बारे में बताती हूँ। माथे पर बिंदी हमारे

ध्यान का केन्द्र है, इसे लगाने से हमारी मेमोरी पॉवर को हम बढ़ा सकते हैं। यह हमारे दोनों आँखों के बीच जो प्रेशर डालती है, इससे हमारे भ्रू मध्य स्थित आज्ञा चक्र एक्टिव होता है। इसी तरह कंगन जो है, इसकी राउंड शेप से हमारे शरीर में उत्पन्न ऊर्जा बाहर न जाते हुए वापस हमारे शरीर में पहुँचने में मदद मिलती है। हमारे शरीर के एक-एक अंग आक्युप्रेशर के प्वाइंट्स होते हैं। इन आक्युप्रेशर के प्वाइंट्स पर जब प्रेशर पड़ता है हमारे शरीर में रक्त संचार सन्तुलित रूप से होता है और हमारा शरीर निरोगी होने में सहायता मिलती है। इसलिए हमारी संस्कृति में बिंदी, कंगन, पायल, एंक्लेट्स, इयर रिंग्स, अंगूठी, कमर बंध आदि गहनों का अपना अपना महत्व है। ' इस तरह सीता आसानी से अंग्रेजी में अच्छा विवरण देती गयी।

सीता की सहेलियाँ ये सब सुनकर आश्चर्य से उसका मुँह ताक रही थी। एक सहेली ने पूछा 'सीता, तुम आज तक हमारे साथ कभी इंग्लिश में नहीं बोली है, आज अचानक इतनी आसानी से तुम कैसे इंग्लिश में बात कर रही हो? सीता हँसते हुए बोली 'फ्रेंड्स, मैं इंग्लिश में बात नहीं करती थी तो इसका मतलब यह नहीं कि मैं इंग्लिश नहीं जानती हूँ। मुझे अच्छी तरह से इंग्लिश आती है। लेकिन हमें इंग्लिश में बात करने की ज़रूरत क्या है? यह मत समझो कि मैं इंग्लिश के विरुद्ध हूँ। मैं किसी भी भाषा के विरुद्ध नहीं हूँ। सभी भाषाएँ हमारे ज्ञान को बढ़ाने में सहायता देतीं हैं, इंग्लिश भी इसी तरह है। लेकिन जब हमारे पास अपनी मातृभाषा है, तो हमें इंग्लिश में बात करने की क्या ज़रूरत है जब हमें कुछ चोट लगता है तो हम अम्मा करके पुकारते हैं, न कि मम्मी या मॉम, तो जो भाषा हमें अपनी माँ ने पहले पहल सिखाया उसे छोड़कर, लगभग 200 सालों तक हमें अपने गुलाम बनाकर हम पर राज किये, उनकी भाषा को इतना बढ़ावा देने की क्या ज़रूरत है? यह हमारा बौद्धिक दिवालीपन दर्शाता है। जब हम ऐसे झूठे ठाट-बाट को छोड़कर सीधा-सादा रहते हुए हम अपने बुद्धि को अच्छे कामों में लगाते हैं, उच्च विचार सोचते हैं, तो ऊँचे लक्ष्य हासिल कर सकते हैं। मेरा विचार तो यही है।

एक सहेली ने पूछा 'सीता सच कहे तो आज तुम हमारी आँखें खोल दी। लेकिन ये सब तुम्हें कैसे पता, इतना ज्ञान, इतना धैर्य तुम कहाँ से प्राप्त की?' सीता बोली 'ये सब मेरी माँ की देन है। वह मुझे बचपन से अपनी संस्कृति के बारे में शिक्षा देती थी। यद्यपि वह पढ़ी-लिखी नहीं है, अपनी संस्कृति और अपनी परंपरा के बारे में उसे अच्छा ज्ञान है। जब कभी मैं आप लोगों के छेड़ने से दुखी होती थी, उसकी बातें मेरे अंदर धैर्य भरता था। वह मुझमें आत्म विश्वास भरती थी और मुझे अपने लक्ष्य की ओर ध्यान लगाने के लिए प्रेरित

करती थी। यदि सबको ऐसी माँ मिले, जो लड़कियों में आत्म विश्वास भरें और लड़कों को लड़कियों के साथ अच्छा व्यवहार करना सिखाएं, तो हमारे देश में जो इतने अत्याचार और भ्रष्टाचार हो रहे हैं, सब अंत हो जाएगा और हमारा देश उन्नति की ओर बढ़ेगा।'

इन सबसे प्रभावित होकर सब लड़के और लड़कियाँ आगे अपना समय व्यर्थ किये बिना अच्छी तरह पढ़ाई करने और ऊँचा लक्ष्य हासिल करने का शपथ लिये और सीता को धन्यवाद दिये।

लेखिका के बारे में

मनीषा जोबन देसाई सूरत गुजरात से आर्किटेक्ट इंटीरियर डिज़ाइनर है और पति जोबन देसाई के साथ पार्टनर हैं। सी-स्टार होम प्रोडक्ट कंपनी (क्विल्ट मेनुफेक्चरिंग) संभाल रही हैं। गुजराती और हिंदी कहानी संग्रह और ग़ज़ल, काव्य, रहस्य कथाओ की पुस्तके प्रकाशित हो चुकी है जिनमे कुछ अहसास लिखे हैं। एलर्ट, मनजोबन हिंदी कहानिया मुख्य हैं। काफी हिंदी गुजराती संकलन पुस्तको में कहानी गज़ले सम्मिलित है। 'मानसी' गुजराती मैगज़ीन और 'अक्षरपथ' हिंदी ऑनलाइन मेगज़ीन्स की एडिटर हैं। मनजोबन फिल्म में 'सबक'और 'હવે શું કરું' नामक शोर्ट फिल्म का लेखन दिग्दर्शन किया है।

सरप्राइज़

– मनीषा जोबन देसाई

"चलो जल्दी से, ट्रेन छूट जायेगी" कहते हुए नमित ने मुक्ता का टिकट उसे देते हुए कार की चाबी ली। नमित जानता था की मायके जाना है तो मुक्ता का मन वैसे भी उड़ रहा होगा। जब भी मायके जाने की बात करती नमित उसे टाल देता और मुक्ता फिर बातों बातों में शिकवा करती रहती।

"देखो इस बार मैं एक-दो महीना रहनेवाली हूँ, हमारी कॉलेज की सब फ्रेंडस ने भी मिलकर कुछ प्रोग्राम रखा है, तुम्हें तो मेरे बगैर बिलकुल चलता नहीं लेकिन अब बहुत हो गया, थोड़ा खुद भी मैनेज कर लिया करो"

और नमित उसे प्यार से देखते हुए मंद-मंद मुस्कुरा लिया।

दोनों स्टेशन पहुंचे और ट्रैन में बैठकर थोड़ी देर बातें की, उतने में ट्रेन चली और नमित ने प्लेटफार्म पर से उसे हाथ हिलाते हुए सी-ऑफ़ किया। वापस घर पर आकर रूटीन काम के साथ ऑफ़िस जाने की तैयारी करने लगा। मुक्ता का पहुँचने का फोन भी आ गया। अपने आपको ऑफ़िस के काम में व्यस्त रखते हुए नमित मन ही मन मुक्ता को याद करता रहता। सुबह की चाय जैसे तैसे बनाकर पास की रेस्टोरेंट से नाश्ता मंगवा लिया। मुक्ता ने अपने सगा-सम्बन्धिओ के यहाँ जाकर पप्पा-मम्मी के साथ ख़ुशियों के पल बिताये। भैया-भाभी और उनके बच्चों के साथ वेकेशन में घूमते रहे। नमित ने ठान ली थी की वो उसे फोन करके बिलकुल भी डिस्टर्ब नहीं करेगा। दो विक तक सिर्फ गुड़ मॉर्निंग-गुड़ नाइट के मैसेज व्हाट्सप करता रहा। मुक्ता ने घर के और सहेलियों के साथ की पार्टी के फोटो भी भेजे।

फिर एक शाम को मुक्ता माँ के साथ बैठी थी,

"मम्मी, में बाहर गयी तभी नमित का फोन आया था?"

"हां, मेरे साथ तो काफी देर बात हुई और तुम्हारे पापा के साथ भी बिज़नेस की और क्रिकेट की बात करते बहुत मज़ा आया"

“ओह, मेरा मोबाईल तो ठीक चल रहा है, शायद किया होगा लेकिन में भी सहेलियों से और ये जो समर वर्कशॉप ज्वाइन किया है उस की बातें चलती रहती, तो बिज़ी आ रहा होगा”

“तू इतने दिनों बाद रहने आयी है, तो सुकून से रह, तुम्हारे बम्बई की तेज़ भागती जिंदगी में ऐसी शांति कहाँ?”

फिर मम्मी मुक्ता के चहेरे के बदलते भाव देखकर

“क्यों अब घर की याद आ रही है?”

“अरे, नहीं मम्मी, ऐसे ही”

व्यग्र होकर नमित को फोन लगाया, काफी देर बाद उसने फोन उठाया।

“क्यों इतनी देर लगी?”

“ओह, इतना बिज़ी रहता हूँ, अभी नयी कम्पनी के साथ कोलोब्रेशन होने जा रहा है तो बॉस ने काफी जिम्मेदारियाँ मुझपर छोड़ी है, बिलकुल समय नहीं मिलता”

और जनरल बात करके “बाद में बात करते है” कहा।

और एक विक गुज़र गया, अब मुक्ता को पल-पल इतनी बेचैनी होने लगी की बार-बार मोबाइल चेक करती रहती, कहीं उसका मिसकॉल आया हो तो?

मुक्ता ने अपने भाई से इसी रविवार को वापस मुंबई का रिज़र्वेशन कन्फर्म करवाने को बोला। सब को एकदम हैरत हुई और रह जाने के लिए कहा लेकिन मुक्ता ने “वापस आउंगी” कहा और सामान पैक करने लगी।

नमित को अचानक पहुँचकर सरप्राइज़ दूंगी सोचकर ट्रेन में कितने ही विचारों से बहलाती रही। रविवार का दिन था तो ट्रैफिक भी कम था, जल्दी से टैक्सी में घर पहुँची, डोरबेल बजाई तो तुरंत दरवाज़ा खुला और सामने एक लड़का खड़ा था, “आइये-आइये मेमसाब,” और जल्दी से हाथ से सामान ले लिया। मुक्ता अंदर जाकर देखती है तो सोफ़े पे आराम से पैर फैलाये नमित बैठा था और सामने टी.वी. पर मैच देख रहा था। एक हाथ में नाश्ते की डिश और दूसरे हाथ में बियर का ग्लास। मुक्ता को देख,“अरे क्यों इतना जल्दी आने का प्रोग्राम बना लिया? ये लड़का जो मिल गया है क्या फर्स्ट क्लास काम करता है और मेरी हर एक चीज़ और समय का ध्यान रखता है” और उसकी तारीफों के पुल बाँध दिए।

वो लड़का मुक्ता के लिए पानी के ग्लास के साथ में फटाफट शरबत बनाकर लाया,

"साहब, आपके दोस्तों के लिए शाम की पार्टी में क्या बनाना है वो भी बोल दिजीये, मैं आपके इस्त्री के कपड़े आये है वो अलमारी में रखकर आता हूँ"

"अरे छोटू, तू अपनी मर्जी में आये वो बना और मुक्ता तुम थक गयी होगी जाकर आराम करो"

लेकिन मुक्ता गुस्से में बड़बड़ाती हुई किचन में गयी,

"पता नहीं ये छोटू ने मेरे किचन की क्या हालत की होगी?"

लेकिन देखती है तो किचन एकदम क्लीन, सब चीजें अपनी जगह पर और एक कोने में काँच के बाउल में पानी भरकर तैरते हुए फूल, रुम स्प्रे से महकता कमरा.!!

और वापस मुड़कर गुस्से से,

"चल ऐ छोटू बाहर निकल, कोई जरुरत नहीं तेरी, कुछ काम आता नहीं तुझे, देख ये ऐसे रखते है? वगैरह...."

नमित चुपचाप सुनता रहा, बाहर दरवाज़े पर छोटू को,

"कल तू तेरा हिसाब ले जाना"

कहते दरवाज़ा बंद कर दिया।

"क्या हुआ क्यों इतना गुस्सा हो रही हो?" कहते नमित ने मुक्ता को बांहों में भर लिया,

आँखों में भरे-भरे आंसुओ के साथ मुक्ता उससे लिपट गयी।

"क्यों, अब तुम्हें ये छोटू संभालेगा? मैं मर गयी हूँ क्या? मेरे तुम्हारे बीच में कोई नहीं चाहिए"।

और नमित, हँसते हुए।

"तुम्हारी जल्दी आने की खबर मम्मी ने दे दी थी, तो मैं चाय की लारी पर से इसको एक्टिंग करने के लिए ले आया, बाकी कल अगर तुम किचन देखती तो सच में गुस्सा होती" और दोनों हंस पड़े।

लेखिका के बारे में

रीतू सिंह एक लेखिका के साथ टैरो कार्ड रीडर और अंकगणित विशेषज्ञ के रूप में कार्य कर रही हैं। वो अपनी पढ़ाई सोशल वर्क में मास्टर कर चुकी हैं और पीएचडी की तैयारी कर रही हैं। साथ ही उन्हें कहानियां और कविताएं लिखने का शौक है। उनकी लिखी कहानियां और कविताएं समाज में हो रही गतिविधि पर आधारित होती हैं। उनकी सभी कहानियां और कविताएं काल्पनिक न होकर सत्य घटनाओं पर आधारित होती हैं। उनकी बहुत सी कहानियां और कविताएं स्टोरीमिरर पर प्रकाशित हो चुकी है, साथ ही अलग-अलग अखबारों और मैगजीन पोर्टल पर भी प्रकाशित होती है। साथ में वो सोशल वर्कर के रूप में समाज कार्य कर रही हैं।

बूढ़े माँ बाप का दर्द

– रीतू सिंह

बूढ़े माँ-बाप भी अब बच्चे हो गए हैं, आज मैं अपने ईश्वर और गुरु जी से दोनों हाथ जोड़ कर आज तक की अपनी सभी गलतियों के लिए जो अनजाने में ही सही की गई होगी उनके लिए माफी मांगती हूँ और आप सबसे भी यही कहना चाहूँगी कि हम सब जान-बुझकर कभी किसी को तकलीफ नही देते है फिर भी गलतियां तो कई बार करते ही है। इसलिए जब हम किसी को दुःख देते है तो उसका भुगतान हमे ही करना होता है। बस समय नहीं पता होता है और भुगतान गलती से 100 गुना बड़ा होता है और यह बात भी सच है कि गलती समय पर समझ कम ही आती है। जब आती है तो समय निकल चुका होता है। साथ ही कर्मो का हिसाब सब को किसी न किसी रूप में चुकाना ही पड़ता है। जब समझ आती है तो बहुत देर हो चुकी होती है और अपने घर-बाहर दोनों जगह हम किसी न किसी रूप में गलती करते रहते हैं। अपने गरूर में दूसरे की भावनाओं की कद्र करना भूल जाते हैं। यह शुरुआत हम सबसे पहले अपने ही घर से शुरु करते है।

हम अपने बड़े बुज़ुर्गों के साथ अच्छा व्यवहार नही करते। उनकी बातों को न समझकर उन पर हमेशा चिल्लाते है। उनसे ऊँची आवाज़ में बात करते है। उनको बात-बात पर जलिल करते हैं। उनका ध्यान नही रखते है बस अपनी जिम्मेदारी का बोझ समझकर घर में रखते हैं और अगर परेशान हो जाए तो सोचते है कि कब इन से पीछा छूटेगा, कब ये मरेंगे। जब हम उनको दुःख देते है तो सोचो उनके दिल पर क्या बीतती होगी। उनकी आँखों से निकलने वाले आंसू और जब उनका गला दर्द से भरा जाता होगा और आवाज बाहर नहीं आती होगी तो वो हमारे बारे में क्या सोचते होंगे कि ये वहीं बच्चे हैं, जिनको हमने अपना पेट काट-काट कर इन्हें क़ाबिल बनाने के लिए हम जवान से कब बूढ़े हो गए हमें पता ही नहीं चला। सोचा, इनकी सफलता ही हमारी जिंदगी की सफलता होगी पर आज हम ही इनके लिए बोझ है।

भगवान हमें ऐसी जिंदगी से अच्छा है कि मौत मिल जाए क्योंकि इंसान सिर्फ हारता ही अपने बच्चों और अपनों से है और बच्चे भूल जाते है कि ये माँ-बाप ही है जिन्होंने हमें अच्छी जिंदगी और जीने के काबिल बनाया है। हम जितना प्यार अपने

बच्चों से करते है क्या उतना प्यार अपने बूढ़े माँ-बाप से भी करते है। शायद 90% नही होगा क्योंकि माँ-बाप पर कम ही लोग ध्यान देते हैं और जिम्मेदारी न के बराबर समझते हैं और अगर माँ-बाप बीमार हो जाए तो बच्चों पर खास फर्क नही पड़ता है बस एक जिम्मेदारी के साथ इलाज करते है और उसमे भी सोचते हैं कि कम पैसों में या मुफ्त में ही इनका इलाज हो जाए तो अच्छा है और अगर अपनी औलाद बीमार हो जाए तो अच्छे से अच्छा डॉक्टर खोजने लगते है। सोचो जो माँ-बाप अपनी जिंदगी देकर जीवन देते है और जीने के काबिल बनाते है उनके लिए हम सोच कर कार्य करते हैं। माँ-बाप की जगह ईश्वर से भी ऊँची है। ईश्वर एक विश्वास और माँ-बाप एक सत्य है जो ईश्वर के समान है। यह बात तब समझ आती है जब हमारे बच्चे हमारे साथ वैसा ही करते है तब हमें माँ-बाप की याद आती है। इसलिए माँ-बाप का दिल मत दुखाओ और साथ में किसी भी इंसान का चाहे बच्चा बुढ़ा कोई भी हो किसी को बुरा मत कहो।

इंसान को तो क्या जानवर से भी बुरा व्यवहार नही करना चाहिए। दर्द सब को होता है इसलिए जो बोवोगे वो ही काटेंगे यही सृष्टि का नियम है। कर्म ही फल है खट्टा या मीठा, मान या अपमान, समय-समय पर सब यही मिलता है। जिस प्रकार घड़ी की सुई घूमती है और उसी रूप में पैसा और औलाद घड़ी की सुई के चक्कर के समान है। बात समझ देर से आती है पर जिस दिन समझ आ जाए समझ लेनी चाहिए, क्योंकि कर्म का फल कम ही सही पर कुछ तो मिलेगा।

बस आप सब से इतना चाहती हूँ कि माँ-बाप और बड़े-बुज़ुर्गों का सम्मान करे साथ ही सम्मान से बात करे। उन्हें हमारे प्यार की जरूरत अधिक है। अब हमारे बुज़ुर्ग भी हमारे बच्चों की तरह हो गए है। अपने बच्चों की तरह उनका ध्यान दिल से रखें। तभी उनकी आत्मा दिल से आशीर्वाद देगी और यह हमारा कर्तव्य भी है। अगर हम सब मिलकर सोचे तो कोई माँ-बाप दुखी नही रहेगा और इस धरती माँ की गोद में कोई अनाथ आश्रम न होगा। (धरती माँ की गोद से प्यारी मेरी माँ की गोद है) जो बचपन की मीठी यादों से मेरे कण-कण को खुशियां से भरती है। पापा की डांट एक कड़वी दवाई की तरह एक सफल जीवन देती है। माँ-बाप न होते तो जीवन न होता, जीवन न होता तो हम कहा होते। जिसने ये दुनिया बनाई उसने जीवन में सब रंग रिश्तों में घुल दिए इसलिए रिश्तों को प्यार के साथ सँझोकर रखे। रिश्ते प्यार की भूखे के समान होते है ऊपर वाला रिश्ता बनाता है और हम कितनी एहमियत से रिश्ते निभाते है यह हम पर निर्भर है। रिश्ते ईश्वर के घर से तय होकर आते है और धरती पर हम उस रिश्ते के नाम से पुकारे जाने लगते है। हर रिश्ते

के अनेक रूप है प्यार सब से अनमोल शब्द है जो मान-सम्मान के साथ रिश्तों को दिलो की एक खूबसूरत डोर में बंधकर संसार में चलता है। और अगर मैंने गलती से किसी का दिल दुखाया हो तो माफी चाहूँगी।

जय हिंद जय भारत।

लेखक के बारे में

सूर्यनगरी/ब्लूसिटी - जोधपुर से **महेन्द्र चावड़ा**, वर्तमान में राजस्थान उच्च न्यायालय में राजपत्रित अधिकारी के पद पर कार्यरत हैं। कला व साहित्य में अभिरुचि है। साइंस स्ट्रीम से ग्रेजुएट होने के कारण चीज़ों व घटनाओं को तार्किक एवं वैज्ञानिक नज़रिए से समझना एक प्रकार से शुरू से ही इनकी आदत में शुमार रहा है। इनका ये यकीन रहा है कि अनुभव सृजन की जननी भी है और किसी भी इंसान की सबसे बड़ी पूंजी भी है। कुछ न कुछ पढ़ते रहना व लिखना इनके लिए शुरू से ही आनंददायी पल रहे हैं।

म्यूजिक, पुरानें गानें और मोटिवेशनल स्पीच सुनना शुरू से ही इनकी हॉबी में शुमार रहे हैं। लाइफ मैनेजमेंट, टाइम मैनेजमेंट, स्ट्रेस मैनेजमेंट, साइकोलॉजी, फिलॉसफी और ह्यूमैनिटीज़ इनके पसंदीदा विषय रहे हैं, जिन पर कुछ न कुछ पढ़ना, लिखना और सुनना इनको सुकून, हर्ष व आनंद की अनुभूति कराता है। जीवन में नवीनता व सफलता के लिए छोटे-छोटे प्रयोगों/नवाचार को आज के समय की सबसे बड़ी आवश्यकता मानते हैं। साथ ही साथ रचनात्मक और प्रायोगिक एप्रोच को ही सुखी, आनंदित और ऊर्जावान जीवन का मूलमंत्र मानते हैं। अपनी कलम/लेखनी के माध्यम से किसी भी उदास, निराश, हताश अथवा असहाय इंसान के लबों पर हल्की-सी भी मुस्कुराहट लाने को अपनी सबसे बड़ी कामयाबी व सौभाग्य मानते हैं। लेखक को स्टोरीमिरर पर "ऑथर ऑफ द वीक अवार्ड" से नवाज़ा जा चुका है। इसके साथ ही डिजिटल साहित्य और प्रकाशन के क्षेत्र में सबसे बड़े पुरस्कार "स्टोरीमिरर ऑथर ऑफ द ईयर अवार्ड 2022" हेतु मनोनीत भी किया गया है। एक स्वस्थ, सुखी और सुन्दर समाज की आकांक्षा के साथ ही सामाजिक चेतना/जागरूकता फैलाने को ही लेखक अपना ध्येय और परम सौभाग्य मानते हैं।

एक अद्भुत संत कपल....!!

– महेन्द्र चावड़ा

इंसानी दिमाग की कार्यप्रणाली को समझना और ज़िंदगी के सूत्रों को समझना शुरू से ही मेरी हॉबी में शुमार रहा है। इन सूत्रों की तलाश करते-करते इंसान कहाँ से कहाँ पहुँच जाता है, इस बात को सोचने मात्र से ही मेरे चेहरे पर हल्की-सी मुस्कान आये बिना नहीं रहती है। ये बात मुझे आज भी ज़बरदस्त तरीके से रोमांचित भी करती है, और आनंदित भी करती है। वैसे देखा जायें तो हरेक इंसान के जीवन में कभी न कभी तो अशांति, बेचैनी, हताशा व निराशा के भाव तो आते ही है, जो कि उस इंसान के आत्मविश्वास को तोड़कर कमजोर बनाने के लिए काफ़ी है। किसी भी इंसान की ज़िन्दगी में अशांति, बेचैनी, हताशा व निराशा की एक ख़ास वजह उस इंसान के अंतर्मन में छिपी हुई असंख्य जिज्ञासाएं भी होती है। हालांकि इस बात पर बहुत कम लोगों को ही यकीन हो पाता है। मुझे तो इस बात पर शुरू से ही यकीन रहा है। अब कोई करे तो क्या करे..!! ज़िंदगी के सूत्रों को तलाशते-तलाशते ईश्वर की ऐसी कृपा हुई कि किस्मत ने मुझे परम श्रद्धेय डॉ. विजय अग्रवाल सर के लाइफ मैनेजमेंट तक पहुँचा दिया। फिर क्या था....!! साल 2017 से स्पीच को खूब शिद्दत से सुना। ज़िंदगी के छोटे-छोटे किन्तु बेहद ही अहम व महत्वपूर्ण सूत्रों को पकड़ने में कामयाबी मिली। कोरोना काल व उसके बाद उनके अनूठे एवं अद्भुत प्रोग्राम के बारे में खूब प्रतिक्रियाएं दी। प्रतिक्रियाएं देते-देते कब राइटर बना, इसका अहसास ही नहीं हो पाया। ऐसी ही एक प्रतिक्रिया कुछ यूँ थी:-

"AFEIAS को बेहतरीन व बेमिसाल लाइफ मैनेजमेंट प्रोग्राम के लिये बहुत-बहुत शुक्रिया व अभिनंदन...!! साल 2017 से फॉलो कर रहा हूँ। लम्बे अरसे से नियमित व सतत् रूप से इसकी निरंतरता त्याग व समर्पण की अनूठी मिसाल है। सर को इस हेतु अत्यंत शुक्रिया, आभार एवं कृतज्ञता.....!! ज़िंदगी के असल फ़लसफ़े को बेहद ही ईमानदारी, संवेदनशीलता व प्यारे तरीके से बहुत ही अल्प समय में समझाने वाले उत्कृष्ट लाइफ मैनेजमेंट हेतु अमेज़िंग व ग्रेट सर का बहुत-बहुत अभिनंदन एवं साधुवाद...!!"

~~ जोधपुर/सनसिटी (राज.) ~~

परम श्रद्धेय स्वामीजी श्री रामसुखदास जी महाराज की अद्भुत वाणी सुनने पर मुझे भीतर से जिस प्रकार के असीम सुकून, आनन्द और हर्ष की अनुभूति होती है, बिल्कुल ठीक उसी तरह के असीम सुकून, आनन्द और हर्ष की अनुभूति मुझे तब होती है, जब मैं परम श्रद्धेय डॉ. विजय अग्रवाल सर की अद्भुत स्पीच को सुनता हूँ। यही वो ख़ास वजह है कि मेरी चेतना ने परम श्रद्धेय डॉ.विजय अग्रवाल सर को सदैव ही एक अद्भुत संत के रूप में स्वीकार किया है। परम श्रद्धेय श्रीरामसुखदास जी महाराज के ये अनमोल वचन इस बात का साक्षात् प्रमाण है :-

"मन के विपरीत कोई घटना घटे और अगर कोई इंसान उस घटना को बड़ी ही सहजता, सरलता और धैर्य के साथ सहकर खुद की सहजता, सरलता व मौलिकता को नहीं खोता है, ऐसे इंसान को ही सच्चा तपस्वी कहा जाता है। ये कोई साधारण बात नहीं है। ये बहुत बड़ी बात है। ये बहुत बड़ा तप है। ईमानदारी, संवेदनशीलता एवं करुणा के भाव से परिपूर्ण गृहस्थ जो कि पुरुषार्थ को ही अपने जीवन का मूल-मंत्र मानते हैं, वे किन्ही भी मायनों में किसी संत या योगी से कम नहीं होते हैं।"

लेखिका के बारे में

महाराजा सयाजीराव विश्वविद्यालय, बड़ौदा (गुजरात)। M.A, B.Ed, Ph.D **डॉ. सुशीला पाल** सम्वेदनशील स्वभाव, ज्ञान-कुशलता व महत्त्वकांक्षी होने के कारण कार्यक्षेत्र में सफलता व उत्तरोत्तर प्रगति होती चली आयी। विभिन्न स्कूल व कॉलेज में विजिटिंग वक्ता एवं लेखिका के रुप में परिचय प्राप्त किया। विद्यार्थी काल में ही आप वडोदरा के vnm news channel में एडिटर एवं प्रूफ रीडर बनी।

'गुजराती बोल पत्रिका' में भी आपने कुछ समय तक एडिटर का कार्य भार संभाला। अधिवक्ता के रूप में नूतन ड़ी.एड कालेज, टार्गेट पब्लिकेशन्स से जुड़कर शहर को प्रति चैप्टर के पीछे 20 अंक का टेस्ट का चलन शुरू किया जिसे सभी पब्लिकेशन ने अपनाया। माध्यमिक कक्षा के लिए चेतना पब्लिकेशन्स से हिन्दी व्याकरण की कई पुस्तकों का प्रकाशन किया।

हिन्दी की प्रशंसनीय सेवा आपको उत्तरोत्तर प्रगति और पुरष्कृत करवा रही है। अस्मिता पत्रिका, बड़ौदा द्वारा सम्मानित अस्मिता पुरस्कार, राष्ट्रीय शिक्षक संचेतना, उज्जैन 'कहानीकार सम्मान, अंतर्राष्ट्रीय हिंदी सेवी संस्थान, प्रयाग राज 'सहित्य श्री सम्मान द्वारा सम्मानित। अंतराष्ट्रीय महिला दिवस पर 'मातृशक्ति सम्मान' रोटरी क्लब, झाबुआ पूर्वोत्तर हिंदी साहित्य अकादमी, शिलॉन्ग द्वारा' कृष्ण जैन स्मृति पुरस्कार साक्षात इंटरटेनमेंट. मुंबई द्वारा' साहित्य भूषण सम्मान अग्नि शिखा मंच, मुंबई द्वारा 'अग्नि साहित्य गौरव सम्मान', पाल सेवा संघ, मुंबई द्वारा 'पाल गौरव सम्मान' राष्ट्रीय शिक्षक संचेतना, अध्यक्ष, महाराष्ट्र।

'शब्द गंगा पत्रिका' सहारनपुर, महिला अध्यक्ष: आदर्श पाल समाज,राष्ट्र सेवा ट्रस्ट। स्टोरीमिरर, प्रतिलिपि पर इनकी कविताएं, कहानियां और साहित्य की अन्य विधाएं पाठक गण पढ़ सकते हैं।

बड़े नाम के छोटे मुखौटे

– डॉ. सुशीला पाल

"कैन आई सीट हियर"... मुनीश की भारी भरखम आवाज सुनते ही स्वीटी झल्लाहट से भर गई। और गुस्से से पलट कर देखने लगी, सामने एक हैंडसम बॉय, चेहरे पर मुस्कुराहट लिए मुनीश, बैठने के लिए पूछ रहा था। दरअसल पूरे रेस्टोरेंट में कही भी जगह खाली नहीं थी। चार कुर्सियों के टेबल पर स्वीटी अकेले ही बैठी हुई थी। इसलिए मुनीश ने पूछ लिया। दूसरी ओर... किसी भी लड़के का साया भी स्वीटी को मंज़ूर नहीं रहता था। मुनीश के पूछते ही स्वीटी के तन-बदन में आग सी लग गई।

गुस्से भरी निगाह से देख, स्वीटी वहाँ से भुनभुनाते हुए उठ कर चल दी। "कामयाबी किसी के बाप की जागीर नहीं होती न। एक तो पुरुष हैं हमारे देश में जन्मजात दबंगई बपौती में मिली होती है इन्हें, ऊपर से रहीश जादे, फिर तो क्या कहने..!! इनका रुतबा तो वैसे ही बढ़ जाता है।"

मुनीश की कद काठी औसतन बहुत गठीली है। उसपर 6 की हाइट वह डॉक्टर कम अपितु जिम्नास्टिक खिलाड़ी अधिक प्रतीत होता है।

मैं बैठे-बैठे सारा दारोमदार देख रही थी, मुझे समझ नहीं आ रहा था कि स्वीटी को क्या हुआ है?

उस लड़के ने तो महज वहाँ बैठने के लिए पूछा था फिर क्यूँ स्वीटी इतना झल्ला गई..!!

और वह लड़का भी स्वीटी के ऐसे रवैये के बावजूद प्यार से उसे घूरते हुए, गेट से बाहर निकल रहा है।

मैं मुनीश को देखते हुए विचारों में गोते लगा रही थी कि अचानक स्वीटी ने आकर मुझे कंधे से पकड़कर झकझोर दिया... रिंकी, तू क्या इस लंपट को निहार रही है..!!

अरे! स्वीटी, ये क्या बात हुई? गुस्से मे तू किसीको कभी भी कुछ भी बोलेगी?

चल गुस्सा थूक दे। और बैठ मेरे साथ, कॉफ़ी ऑर्डर की है, पीकर फिर चलते हैं.. कॉफ़ी पीते-पीते स्वीटी अतीत में गोते लगाने लगती है..

“अभी अभी तो बारहवीं की परीक्षा पास की थी.. फर्स्ट क्लास पास हुई थी, लेकिन कोई बहुत बड़ा सपना नहीं देखा था। किसान की बेटी थी न..! बहुत बड़ी सोच रखने का कोई मतलब ही नहीं था। बी.ए. मे ऐडमिशन लेने शहर नहीं जाती तो ऐसे मेरे कुछ वर्ष बरबाद न होते...।”

सुन न स्वीटी कब से आवाज दे रहीं हूँ..!

कहाँ सपनों मे खो गई? उसी हैंडसम लड़के के खयाल मे न।

स्वीटी कुछ तुकबंदी जोड़ने मे लगी है.....

गुनाहों के टोकरियों को
तु ढोता कैसे है...
समय की जंजीरों को
तु खोलता कैसे है
जमीर तेरा क्यूँ..
कभी नहीं कोसता...
बिना सिर पैर की बातों को
तु समेटता कैसे है..
बेरंगी बेवजहों के हालातों से
तु उबरता कैसे है...!!

कहते हुए जोर से एक मुक्का टेबल पर दे मारती है। और उठकर चल देती है। रेस्टोरेन्ट मे बैठे सभी लोगों की आंखे जो कि अनजान सवालों से भरी हुई, स्वीटी का पीछा करते हुए दिखती है।

यह देखकर रिंकी ठिठक गई और झल्लाहट मे बरबस चिल्ला उठी। यह क्या दौरा पड़ता है तुम्हें स्वीटी?

क्यूं तुम आपे से बाहर हो जाती हो? इतने सालों से हम दोनों परिचित हैं किन्तु मैं तुम्हारी इस गुत्थी को लेकर असफल ही रहती हूँ। सुलझा ही नहीं पाती हूँ, तुम्हारे इस व्यवहार के कारण विचारों के भंवर में धंसी चली जाती हूँ। रिंकी के इस उद्बोध से स्वीटी आँख बड़ी करके डांटने का निरर्थक प्रयास करती है फिर बिना कुछ कहे वहाँ से चली जाती है लेकिन रिन्की के मन में आज एक शक का बीज पनपता छोड़ जाती है।और वह

मुनीश की खोज बीन में लग जाती है।

रेस्टोरेन्ट का मालिक रिंकी को देखते हुए हाथ हिलाता है। वह विचारों के बहाव के साथ ही रेस्टोरेन्ट के मालिक की ओर दौड़ी चली जाती है। रेस्टोरेन्ट का मालिक बड़ी ममतामयी दृष्टि से देखते हुए नमस्ते करते हुए पूछता है - मैडम आप और स्वीटी जी एयर होस्टेस की ट्रेनिंग के दिनों से साथ हो, इतने सालों से मैं आप दोनों को हंसते-मुस्कराते, हंसी-ठिठोली करते देखता था किंतु आज पहली बार आपको इतना गुस्से में देखा। अपनी दोस्ती को सम्भाल लेना। इतना सुनते ही रिन्की का गुस्सा हवा हो गया और मीठी सी मुस्कान बिखरते हुए बोली 'शुक्रिया अंकल जी, मेरी दोस्ती को कुछ नहीं होगा। अच्छा एक बात बताइए अभी कुछ देर पहले हमारे टेबल पर एक जैन्टलमैन बैठ गए थे, आप उन्हें जानते हैं?

किसे? कहीं आप डॉ. मुनीश जी के बारे में तो नहीं पूछ रहीं हैं।

अच्छा तो डॉ. मुनीश नाम है..!!

हाँ, उन्हीं महाशय के कारण ही मेरी दोस्त के मिजाज का रंग बदला है।

रेस्टोरेन्ट का मालिक आश्चर्य से.. "सिर्फ मिजाज़ ही बदला है?" रिन्की रोष से अमूमन डांटने के लहजे से "क्या मतलब सिर्फ मिजाज़ ही बदला है?" और क्या होना चाहिए था!

और क्या होगा मैडम "अच्छी खासी हँसती-खेलती जिंदगी थी दोनों की जिस में आग लग गई!"

मतलब तुम दोनों को पहले से जानते हो?

जी हाँ! मैडम।

कैसे?

स्वीटी जी डॉ. मुनीश की वाइफ हैं।

क्या बकवास बात है अंकल जी?

मै और स्वीटी पिछले पांच सालों से परिचित हैं।

रिंकी के पेट में एक हूक सी उठने लगी।

अब ये क्या माजरा है!!

हाँ, मैडम जी मेरा विश्वास नहीं कर पा रही हैं तो आप स्वीटी जी से पूछ लीजिए।

जब स्वीटी जी ने कालेज के पहले वर्ष में एडमिशन लिया था तब मुनीश जी उनके साथ बराबर आते-जाते थे।

फिर काफी दिन तक स्वीटी जी कालेज नहीं आयी।

बाद में जब आने भी लगी तो अकेले!

फिर छात्रों की आपस मे कानाफूसी सुनी की दोनों शादी के बंधन से अलग हो गए हैं।

रिंकी भौंहे चढ़ाते हुए पूछती है कि आप का कहने का मतलब है कि स्वीटी डिवोर्सी है?

जी, मैडम, आप कहें तो अपने रोजी की कसम खा लूँ!

रिंकी आंखे तरेरते हुए कहती हैं 'नहीं रहने दीजिए'।

लेकिन हाँ एक बात से मुझे भी आज तक हैरानी होती है

रिंकी आश्चर्य से 'क्या?'

यही कि इतने वर्षो में एक दिन ऐसा नहीं गया होगा कि डॉ मुनीश स्वीटी मैडम को बिना देखे यहाँ से गए हो।

रिंकी के मन में प्रश्नों का सैलाब था। रेस्टोरेन्ट के मालिक की ओर अनमने से देखते हुए थैंक्स अंकल जी कह कर अपनी गाड़ी की ओर चल देती है। रेस्टोरेन्ट से घर तक का सफर रिन्की ने स्वीटी के विचारों मे ही तय किया। इसी कारण वह ढंग से सो भी नहीं पायी।

दूसरे दिन तड़के ही स्वीटी के घर पहुँच जाती है, उसे सोते हुए देखकर उसका टेड़ी बियर अपनी बाहों में भरकर जोर-जोर से गाने लगती है...

"रंग तेरा चढ़ा जो सांवरिया
दूजा रंग कैसे चढ़ेगा
लौटना भी न समझ आया

कैसे मन उसने लुभाया।
कहते हो दोस्त फिर
कैसे दोस्ती को आजमाया।।"

स्वीटी उनींदे लहजे में रिंकी से ठिठोली करती है। क्या मैडम, क्यूँ नाहक इश्क की बीमारी पाल रही हो? अच्छी खासी जिंदगी पर पलीता मत घुमाओ।

इतना सुनते ही रिंकी बाहों में भरे टेड़ी बियर को उठाकर स्वीटी के मुँह पर दे मारती है।

और उस पर झपटते हुए कहती हैं.. ये इश्किया बयानी मेरी नहीं आपकी है मोहतरमा।

रिंकी पहले मेरा मुँह छोऽऽऽड़ बहुत दर्द हो रहा है। रिंकी की पकड़ और मजबूत हो जाती है... छोड़ दूंगी! पहले ये बता रेस्टोरेन्ट वाले अंकल, मुनीश को तेरा पति क्यूँ बता रहे थे!!

यह सुनते ही स्वीटी के पैर से जमीन सरक गई।

और सोचने लगी कि इतने सालों से जिसे दबा कर रखा था आज कैसे बेपर्दा कर दूँ। अपने पिता को किसी भी सूरत में अनैतिक मानने को ही तैयार नहीं थे, हमारी शादी के बाद मम्मी भी गायत्री परिवार से जुड़ गईं और हरिद्वार रहने लगी। आशिर्वाद देते समय पापा जी की वो अजीब सी छुअन को याद करते हुए आज भी मन सिहर जाता है। किंतु बताने पर मुनीश मेरा यकीन करने को तैयार ही नहीं था। हर दिन इन्हीं बातों को लेकर मेरी और मुनीश की अनबन होने लगी। और मौका देखकर उस आदमी ने खेल-खेल ही दिया। मुनीश के सामने मुझ पर चरित्रहीन का आरोप लगाया। मुनीश ने एक शब्द भी नहीं बोला, मैं भी इससे आहत होकर पिता के घर चली आई। इस विश्वास के साथ की मुनीश सच्चाइ जानते ही मुझे लेने आ जाएंगे। किन्तु एक वर्ष बीत गया मुनीश ने किसी भी प्रकार से सम्पर्क नहीं किया। सीधे तलाक का नोटिस भेज दिया। अब तो तलाक भी हो गया। तलाक का सुनकर मम्मी जी नहीं नहीं.... Ye ये क्या कह दिया साधु-फकीरों के तो कोई रिश्तेदार नहीं होते, इसलिए दीदी जी ये ठीक रहेगा। आधी रात को मुझ से मिलने आयी थी। उस समय जो बताया वह सुनकर तो पैरों तले से जमीन सरक गई। उनका कहना था कि हम जिनके साथ रह रहे थे वे मुनीश के पिताजी थे ही नहीं, एक हादसे में मम्मी जी का पूरा परिवार खत्म हो गया था, उस समय स्वयम तीन महीने की गर्भवती थी, हादसे के बाद अस्पताल में सीधे तीसरे दिन होश आया, उस समय इन्होंने मुझे सम्भाला

जो कि उसी अस्पताल में सीनियर डॉक्टर थे। जब तक इनकी हरकतों और नीयत समझ आयी तब बहुत देर हो चुकी थी, मैं इनके एहसान तले दबी थी इसलिए कुछ न कर पायी किन्तु अब बस...काश कि तुम दोनों ने मेरा इंतजार कर लिया होता, ये सारी बातें मुनीश बरामदे में खड़े होकर सुन रहा था जो अचानक सामने आया और उग्रता से मम्मी जी को कहता है कि काश आपने मुझ से ये बात शेयर की होती तो स्वीटी की नजरों में मैं नहीं गिरता। और वहाँ से चला जाता है। मोबाइल मे आयी कॉल से स्वीटी की तन्द्रा टूट जाती है, सामने रिंकी की आवाज़ थी, "स्वीटी तैयार होकर 4 बजे तक मेरे घर आजा परसों मुझे जो लड़का देखने आया था, उससे आज मेरी सगाई है!"

स्वीटी ने मेहंदी रंग का वेलवेट गाउन उस पर मैरुन नेट का दुपट्टा, डायमंड का बड़ा सा स्टड और हाई बन में अप्रतिम सुन्दर लग रही है। रिन्की के द्वार पर पहुंची तो पाया कि रिन्की के माता पिता मेहमानों का स्वागत कर रहे थे, स्वीटी जैसे नमस्ते बोलने गई, रिन्की की मम्मी ने आँख से काजल निकाल कर स्वीटी के बाएं कान के पीछे लगा दिया। स्वीटी शर्म से लाल हो गई और शर्मीले भाव से ही आगे बढ़ गई। रिंकी के महलनुमा घर से पहले से परिचित थी किन्तु आज उसकी शोभा देखते बनती थी, बड़ा सा होल जो चाय निज बल्ब की लडियों से जगमगा रहा था। एक किनारे पर डाइनिंग सजा हुआ है, खाने-पीने की हर वो चीज़ दिख रही है जो आज की रहीशी बयां करती है। होल पर एक नजर घुमाते हुए स्वीटी सीढ़ियां चढ़ते हुए, रिन्की के कमरे की ओर चली गई। मुनीश की नजर स्वीटी पर पड़ते ही ठहर गई, एक झलक स्वीटी की पाकर जैसे उसकी आत्मा तृप्त हो गई। और स्वीटी इन सबसे बेखबर अपनी सहेली की खुशियो मे खुश थी।

रिन्की के पास पहुंचते ही स्वीटी ने उसे गले लगा लिया, अचानक ही बुलबुल को कैद होने की क्यूँ सूझी..! फिर स्वयं ही चल ठीक है बहुत बहुत बधाई, तेरा जीवन मंगलकारी रहे।

जीवन के कुछ अनमोल वचन कर ले तू याद
खुश कटेगी जिंदगी होगी न कभी फ़रियाद

क्या बात है स्वीटी, तूझे बड़ा तजुर्बा है! जिंदगी का, स्वीटी ने आंखे मटकते हुए कहा, और नहीं तो क्या इसीलिए कहते हैं हमारी बात मान लिया करो।

कभी कोई पुरुष स्त्री के कंट्रोल मे नही चल सकता बशर्ते स्त्री मे परोपकार, धैर्य, ममता और सहनशीलता है तो पुरुष अप्रत्यक्ष रूप से स्त्री का अनुशरण करते जाता है।

स्वीटी के शब्दों को सुनकर रिन्की सकपका गई, मेरी योजना के बारे में ये कैसे जान गई, मैंने तो अपने आप से भी बात नहीं की।

खैर छोड़ो मुझे मेरे प्लान के मुताबिक ही चलना है, ये कौनसी फिलासफी समझा रही है? वो ज़माना और था कि स्त्री नायिका, प्रेमिका या दासी हुआ करती थी। आज अर्धांगिनी का सही मतलब मान्य हो रहा है नारी-पुरुष की बराबरी। तब ही दाम्पत्य जीवन सुखमय होता है अन्यथा डिवोर्स की नौबत आ जाती है। रिन्की की बातें सुनकर स्वीटी हल्का सा मुस्कराती है और एक बार फिर अपनी दोस्त पर तंज कसती है क्यूँ भई अपने मंगेतर से कब परिचय करवाएगी कहकर, अन्य परिचित लोगों से मिलने जुलने लगती है।

सामने से मम्मी लगभग भागते हुए आ रही थी, और स्वीटी से बोली बेटा इसे सामने काउच पर ले चलो, रजनीश अपने परिवार के साथ आ चुके हैं। पिस्ता और अनार पिंक के कॉम्बिनेशन में पहना हुआ लहंगा चुनरी उसपर गले और कान में डायमंड की लड़ी, रिंकी के ब्लैक ब्यूटी को और भी निखार रही थी, इस पूरी दुनिया में यही इकलौती मेरी दोस्त है, मुनीश से शादी के बाद वही मेरी दुनिया थी, खैर छोड़ो..रिन्की कितनी शान्त दिख रही है। काउच पर सिकुड़ कर बैठी इस शेरनी पर मुझे बड़ी दया आ रही है। मैं इन विचारों में डूबी हुई थी तभी आंटी एक सजी हुई थाली मुझे थमा दी, जिसमें गुलाब के पंखुड़ियों के बीच एक काला बॉक्स और मोगरे के कलियों के बीच लाल रंग का बॉक्स रखा हुआ था। शायद इनमे दोनों की अंगूठियां होंगी, थाली को निहारने में अचानक से मुझे ध्यान आया कि कब से मैं किसीके नजरों का केंद्र बनी हुई हूँ। अरे! ये तो मुनीश है। ये क्या हो रहा है मुझे इन्हें देखते ही मैं सिकुड़ क्यूँ जाती हूँ। अब तो किसी बंधन से भी नहीं बंधी हूँ। मुनीश मेरे लिए एक अजनबी है।

मैं कैसे भूल सकती हूँ कि मुनीश ने मेरा कोई खयाल ही नहीं किया। माँ तो बचपन से ही नहीं थी, मेरे ससुराल से आ जाने के बाद मेरी ही चिंता में पापा भी इस दुनिया से चल बसे। पापा की अंतिम विदाई पर भी मुनीश नहीं आए थे, इतना गुस्सा एक ऐसी बात पर जिसके लिए मैं गुनाहगार थी ही नहीं। तब तक हम कानूनी रूप से अलग भी नहीं हुए थे। शायद ये डॉ है इसीलिए अनुभूतियां महसूस ही नहीं कर पाता। तालियों की गड़गड़ाहट से जब तन्द्रा टूटी तो पाया कि रिग सेरेमनी हो चुकी है। सब अपने स्थान से खड़े होकर रिंकी और रजनीश के आसपास जमा हो गए हैं और तालियां बजा रहे हैं अरे यह क्या रिंकी भी नहीं हवा में उड़ रही है। दो हंसों के आलिंगन करते हुए तीन तल्ला

केक सामने से आ रहा है। दोनों ने मिलकर केक काटा और एक दूसरे को नए बंधन सूत्र मे बंधने के लिए बधाई दी। अचानक से बोले चूड़ियां बोले कंगना.... गाने की धुन सुनाई पड़ने लगी। रिंकी और रजनीश ने बड़ी ही गर्म जोशी से इस गाने पर डांस किया। एक समय था जब मैं और मुनीश लोगों की नजरों में सुन्दर जोड़ी हुआ करते थे। लोगों को जलन सी होती थी हम दोनों को साथ में देखकर, जो हम महसूस करते थे और आंखों ही आंखों में हंसते भी थे। शायद इसे गर्व कहा जा सकता है। अरे स्वीटी जब देखो तब पता नहीं कहाँ खोई रहती है। सुन किसी से मिलवाती हूँ, आप है रजनीश जिनके साथ मैंने अपनी जिंदगी बिताने का फैसला कर लिया है और आप है रजनीश के दोस्त डॉ मुनीश, यंग, डेसिंग हमारे शहर के जाने माने कार्डियोलॉजिस्ट, जिन्हों ने कइयों की धड़कन बढ़ा रखी है। रिंकी की बड़-बड़ को बंद करने के लिए स्वीटी, रजनीश की ओर उन्मुख होकर कहने लगी। अच्छा हुआ आप इसकी जिंदगी में आ गए कम से कम अब मैं सुकून से जी तो पाऊंगी, रिंकी यह सुनते ही थोड़ा मुड़ी। मुनीश और स्वीटी को लगभग धकेलते हुए डांस फ्लोर पर यह कहते हुए भेज दिया कि बातें तो जिंदगी भर होती रहेगी अभी जो चल रहा है उसका मजा ले..

रिंकी के अचानक धकेलने पर मुनीश लड़खड़ा गया और डांस फ्लोर के बीच में आ गया किन्तु स्वीटी पूरा गोल घूम कर गिरने जैसी हो गई किन्तु मुनीश ने दौड़कर उसे सम्भाल लिया। स्वीटी गुस्से में तमतमा गई किन्तु कोई तमाशा न बने इसलिए गाने के ताल पर स्टेप्स लेने लगी और मुनीश भी बराबर साथ दे रहे थे। दोनों की जोड़ी एक दूसरे को टक्कर दे रही थी। उपस्थित लोगों ने दोनों के परफॉर्मेंस को बहुत सराहा, लेकिन स्वीटी अंदर ही अंदर कुढ़ते हुए बड़बड़ाए जा रही थी लेकिन रिंकी के लिए बहुत बड़ा दिन है और वह बहुत खुश भी है। अभी मैं उसे कुछ नहीं कहना चाहती किन्तु इन सब के विषय में इत्मीनान से बात तो करनी ही पड़ेगी।

मम्मी सामने से आती हुई दिखी तो स्वीटी सामने से जाकर पूछने लगी कि आंटी जी आराम से इतनी जल्दी मे क्यूँ भागी आ रही हैं? तुम दोनों का डांस बहुत अच्छा था। अरे! हम जल्दी मे इसलिए थे, क्यूंकि डिनर का समय हो गया है। मैंने टेबल लगवा दिया है चलो तुम भी रिंकी और रजनीश के साथ डिनर कर लो। नहीं आंटी जी ऐसे कैसे मैं आपके साथ गेस्ट देखती हूँ, एक दिन तो देरी बर्दास्त कर सकती हूँ। वो तो ठीक है बेटा, मैं तुम्हें उन दोनों के साथ इसलिए बिठा रही थी, एक तो तुम्हारी कम्पनी रिंकी पसंद करती हैं दूसरे तुम रहोगी तो मैं बेफ़िक्र हो जाऊँगी। तुम्हारा हर काम सलीके से होता है।

ठीक है आंटी जी आप जैसे कहें।

सभी डिनर के बाद विदा लेने लगे। रजनीश का परिवार भी निकलने लगा। तभी मुनीश ने रिंकी से पूछा कि स्वीटी रुकेगी या रात में ही निकल जाएगी। ये मेरी दोस्त थोड़ी अजीब है, मैं रोकना चाहूँगी तब भी नहीं रुकेगी। मैं इसे छोड़कर आऊंगी। इतना बोलते ही मुनीश को मौका मिल गया। आप थक गए होंगे रिंकी जी, मैं अकेले ही जा रहा हूँ उन्हें ड्राप करते हुए जाऊँगा। सुनते ही स्वीटी बोल उठीं, नहीं किसीको हमे छोड़ने की जरूरत नहीं हमने कैब बुक कर ली थी 11 बजे आ जाएगी।

सभी मेहमान जा चुके हैं। कैब आने में अभी आधा घन्टा बाकी है। स्वीटी मम्मी के साथ हेल्पर्स को सब समान रखने के लिए सहेजे जा रही थी, कुछ ही समय में हॉल सही हो गया। स्वीटी मेरे कमरे में चल न, मैं ये भारी गेट-अप उतार कर नाइट ड्रेस पहन लूँ। स्वीटी सफाई करने की हिदायत देते हुए मेरी ओर आ गई। क्या रिंकी जा कर चेंज कर लेती तो वहाँ आंटी जी की काफी हेल्प हो जाती, खैर चल फटाफट अब कभी भी ड्राइवर कॉल करेगा। क्या कैब का इंतजार कर रही है, मुनीश के साथ निकल गई होती तो अभी तक घर पहुंच जाती और मेरा भी टेंशन दूर हो जाता। देख रिन्की तू जो कर रही है वो मैं अच्छे से समझ रही हूँ। मत कर मुझे अच्छा नहीं लग रहा है। मेरे और उनके रास्ते अलग हो गए हैं, जिन स्थितियों में हम अलग हुए हैं अब दुबारा जुड़ना नामुमकिन है। रिन्की मैं तुमसे रिक्वेस्ट कर रही हूँ कि दुबारा अब हमे ऐसी कोई स्थिति में मत लाना जिसके कारण मुझे तुमसे दूरी बनाने का निर्णय लेना पड़ जाए।

अरे स्वीटी कहाँ हो बेटा तुम्हारी कैब खड़ी है। जी, आंटी जी अब मुझे निकलना चाहिए ऑल रेडी बहुत लेट हो गई हूँ। चाचाजी कई बार कॉल कर चुके हैं। इतनी दूर रहकर भी मेरी बराबर चिंता रहती है उन्हें, हाँ बेटा चलो, पहुंच कर उन्हें और मुझे दोनों को कॉल कर लेना। तुम्हारे आने से मेरा भार थोड़ा कम हो गया, कहते हुए स्वीटी का माथा चूम लेती है। इतनी खिन्नता के बाद आंटी का यह प्यार भरा व्यवहार जैसे मेरे मन को मरहम लगा गया। इन्हीं विचारों मे कब घर आ गया पता ही नहीं चला। घर पहुँचकर शावर लेकर स्वीटी सो गई। सुबह चाचाजी की आई कॉल से नींद खुली। स्वीटी.. जी चाचाजी नमस्ते, खुश रहो बेटा। ये क्या मैं तुम्हारी बदली किस्मत की खुश खबर देने के लिए बेताब हूँ और तुम अभी तक सो रही हो। नौ बज गए हैं बेटा..! माफ कीजिए चाचाजी कल बहुत थक गई थी।

कल रिन्की की सगाई से लौटी, तुरंत आपको घर पहुचने की खबर दी। आंटी जी को भी बताया कि मैं ठीक से घर पहुंच गई। फिर नहाई और तुरंत सो गई फिर भी 1 बज चुके थे। नींद तो अच्छी आई किन्तु थकान नहीं गई। चाचाजी आप कोई ख़ुशी की न्यूज देने वाले थे!

हाँ, बेटा! ख़ुशी की ही बात है। तुम्हारा इंडियन एयर लाइंस में सिलेक्शन हो गया है। और इससे जुड़ी मेरे लिए ख़ुशी की बात है कि तुम अब मेरे पास दिल्ली आ जाओगी। मतलब तुम्हारा जॉइनिंग सिटी दिल्ली है तो अब तुम्हें यहीं शिफ्ट हो जाना चाहिए। खैर ये सब तो ठीक है। इन सब बातों में कहीं ये न भूलना की परसों शाम को तुम्हारा जॉइनिंग है। भागदौड़ से बचना है तो कल दिन में ही दिल्ली पहुंच जाइए तो सही रहेगा। जी, चाचा जी आप बिल्कुल सही कह रहे हैं। धन्यवाद चाचा जी, आप ही अकेले मेरे गार्जियन है। बिल्कुल बेटा तुम मेरी बेटी हो और तुम्हारी ख़ुशी-तरक्की मेरी जिम्मेदारी है। तुम हमेशा खुश रहो बिटिया यही मेरी कोशिश रहेगी। ठीक है चाचाजी अब फोन रखती हूँ बाकी बातें मिलने पर होंगी, नमस्ते चाचाजी, खुश रहो बेटा।

स्वीटी ने दूसरे दिन दोपहर का बुकिंग करवा लिया, फिर अपने आप से बुदबुदाते हुई सोचने लगी पहले कॉफ़ी पीती हूँ, फिर स्नान लेकर मार्केट जाती हूँ। थोड़ा जरूरत का समान ले लूँ, पता नहीं जॉइनिंग के बाद समय मिले न मिले। शाम को रिंकी को बता दूंगी। अभी उसे फोन किया तो काफी समय यही हो जाएगा।

स्वीटी मार्केट से लौटी तो मेइड आ चुकी थी। स्वीटी ने अपनी ख़ुशी उससे बांटी और कहा घर जाते हुए मिठाई और रेफ्रिजरेटर का सारा समान लेते जाना। उसमे से सारा समान निकाल कर बाहर रख लो और उसे बंद करके साफ कर लो। और हाँ सविता साफ करने के बाद फ्रिज में वाईट विनेगर का पोछा लगा कर थोड़ी देर खुला छोड़ देना। ताकि काफी दिनों बाद भी उपयोग करना हो तब अंदर से बदबू नहीं आएगी।

दीदी आप तो ऐसे बात कर रहे हैं कि अब यहाँ अमरावती में लौट कर कभी नहीं आयेंगी। सविता... कैसी बात कर रही है..!! न आने की कसम थोड़ी न खा कर बैठी हूँ, यहाँ मेरे माता-पिता की यादें छोड़कर जा रही हूँ। कहीं से मेरा मन उबा तो यहीं आकर शांत होगा। अच्छा हुआ तुने पूछ लिया, तुझे एक ड्यूटी देकर जा रही हूँ, हफ्ते में दो दिन मेरे घर पर आकर सफाई करके जाना। ताकि जब भी यहाँ आऊँ मेरा घर मुझे साफ सुथरा मिले। फोकट मे सेवा करने को नहीं बोल रही हूँ। तुझे पगार भेजती रहूँगी। सविता मुस्कुरा

भर देती है। उसकी मुस्कुराहट विश्वास सभर है। मेरी पूरी दोपहर सारे समान को रखने में चली गई। घर की सभी चीजों को कवर करने में काफी समय लग गया। घड़ी की ओर देखा तो चार बजा रही थी। अरे सविता मेरे सामने अनगिनत काम है और समय कम, मेरी भूख-प्यास जाती रही किन्तु तू क्यूँ अंतडियां जला रही है!

अरे दीदी बहुत खाया है आपका, एक दिन नहीं खाऊँगी तो कमजोरी नहीं आ जाएगी। चुप कर तू बहुत मेहनत करती है। चल कुछ फटाफट बन सके ऐसा कुछ खाते हैं। दीदी मैं जो ज्वार का आटा लाई थी है क्या? हाँ सविता दो-चार रोटी बन जाएगी। ठीक है आप हरी मिर्ची कुटिए, मैं रोटी बनाती हूँ। मिर्ची नरम लेना, सविता कौन सी नई वरायटी बनाने वाली है? फिर दूसरे ही क्षण सोचती है, चलो आज उसके मन की करने देते हैं। खुश हो जाएगी। सविता ने तीन मोटी रोटी और कुटी मिर्च में थोड़ा सा मूँगफली का कूट डालकर जीरे से तड़का दिया और बस नमक डाला। मैंने एक रोटी खाई। तीखापन सिर पर चढ़ रहा था, पर मज़ा आ गया। सविता मुझे खाते देख होठों मे ही मुस्कुरा रही थी। मेरे पूछने पर कहती हैं दीदी तुम बहुत अच्छी हो ईश्वरप्पा तुमको बहुत खुश रखे। बचा काम निपटा कर सविता चली गई और मैं अपना बैग पैक करने में लग गई। अभी पैकिंग समेट भी नहीं पाई थी कि मोबाइल में रिंग आई।

स्वीटी, मेरी इन्गेजमेन्ट के बाद से कोई फोन नहीं, मिली भी नहीं, कहा गुम है? खैर छोड़, मैं, रजनीश मूवी जा रहे हैं, मुनीश भी आना चाहता है, तू भी चलना प्लीज़, दोनों के साथ अकेले जाने मे मुझे अजीब लग रहा है।

ये क्या बात हुई रिंकी! इसमे अजीब क्यूँ लगना चाहिए? रजनीश तुम्हारे मंगेतर हैं और डॉ. मुनीश पर तू आँख बंद करके भरोसा कर सकती है, जेन्टलमैन है। स्वीटी, तेरे लिए होगा जेन्टलमैन, मैं सभी पुरुष को एक ही तराजू में तौलती हूँ। तू सीधे बोल मूवी के लिए आ रही है कि नहीं? स्वीटी ने जोर देकर बोला नहीं.., रिंकी सुनते ही गुस्सा हो गई, ये क्या बात हुई स्वीटी! कम से कम मुझे तो सपोर्ट करना चाहिए न, मैं तुम्हारा कितना ध्यान रखती हूँ। कोई बात मना नहीं करती। रिंकी, तुम्हारा ड्रामा हो गया हो तो मेरी बात सुनेगी? हाँ, बोल। मेरा एयर इंडिया मे सिलेक्शन हो गया है। कल दोपहर की फ्लाइट से मैं दिल्ली जा रहीं हूँ। रिंकी के पैरों तले से जैसे जमीन सरक गई हो वैसे हारे हुए जुआरी की तरह बेसुध हो गई। स्वीटी हैलो-हैलो कर रही है किन्तु रिंकी द्वारा कोई रिप्लाई नहीं मिलने से फोन काट दिया। हे विधाता! तूने स्वीटी का कैसा विधना बनाया है। मुनीश घुटने पर बैठ कर, स्वीटी से दुबारा विवाह करने के लिए मुझसे सहायता मांगी थी। उनकी

बात में प्रायश्चित प्रायः झलक रहा था। वो स्वीटी की बहुत रेस्पेक्ट करते हैं। स्वीटी शहर से चली गई तो मेरा पूरा प्लान चौपट हो जाएगा। किन्तु उसका करियर संवरने जा रहा है। मैं उसमे अड़ंगा भी तो नहीं बन सकती। इतना कुछ भुगतने के बाद भी स्वीटी ने, अपनी जिंदगी के इस हिस्से को कभी मुझसे डिस्कस नहीं किया। उफ्फ मेरा सिर फटा जा रहा है।.......

ये तो असहनीय दर्द हो रहा है, नहीं.. नहीं रिंकी तुझे अपने आप को संतुलित करना पड़ेगा। डॉ. रजनीश को कॉल कर लेती हूँ। अहा.. क्या बात है, स्वीट हार्ट, मूवी 9 बजे से है। और अभी से बेसब्री। नहीं, डॉ. रजनीश आई एम सो सोरी, आज मूवी के लिए नहीं जा पाएंगे, मैंने ये बताने के लिए कॉल किया है। क्या हुआ रिंकी? सब ठीक है। हाँ बट वो स्वीटी हैं न, हाँ बोलो रिंकी क्या हुआ स्वीटी जी को....हुआ कुछ नहीं, शी इज़ एब्सल्यूटली फाइन बट वो कल दिल्ली जा रही है। हमेशा के लिए.., क्या ऐसे कैसे? अचानक डिसीजन ले लिया स्वीटी जी ने! मुझे इसी बात का डर था, क्यूंकि दोनों स्वाभिमानी है। इसीलिए मैं डॉ. मुनीश को स्पेस देने की बात कर रहा था। रजनीश की बात सुनकर रिंकी चहक उठीं... नहीं.. नहीं.. रजनीश जी, आप जैसा सोच रहे हैं वैसा कुछ भी नहीं है। स्वीटी का इंडियन एयर वेज में सिलेक्शन हो गया है। डॉ. साब, मुझे चेक कर लो न, फिर फोन पर बात करो, ये कौन बोल रहा है डॉ. रजनीश.... फिर सिर पीटते हुए अच्छा आप भी हॉस्पिटल में होंगे, मैं भी कितनी बेवकूफ़ हूँ, ज्यादा समय नहीं लूँगी, आप दोनों स्वीटी के घर पहुँचे। डिनर वहीं करेंगे। मैं कॉल कट कर रहीं हूँ। ओके डन, कह कर रजनीश ने कॉल कट कर दिया। रिंकी ने घर से खाना बनवाया और स्वीटी के घर पहुंच गई।

अचानक से आई, रिंकी को देख स्वीटी हैरत भरी नजरों से देखती है। और रिंकी बिना कुछ कहे सीधे घर में प्रवेश कर जाती है।

स्वीटी - "ये सब क्या उठाकर लायी है?"

रिंकी - "खाना।" डिनर तुम्हारे साथ करना है।

स्वीटी - "बियर के कैन क्यूँ?"

रिंकी - "तेरे दिमाग में कुछ ज्यादा ही गरमी चढ़ गई है, उसे ठंडा करने के लिए।

स्वीटी - "क्या?"

रिंकी - "एक बात और.. तेरी इजाजत के बिना मैंने डॉ. रजनीश और डॉ. मुनीश को भी बुला लिया है। हम सब साथ में डिनर करेंगे। उनके सामने तू कुछ रिएक्ट न करे इसलिए पहले ही बता रहीं हूँ वरना सरप्राइज देने वाले थे।"

स्वीटी - "तुम तीनों का तो नाईट शो का प्लान था न?"

प्लीज, मेरी वज़ह से कैंसिल मत करो।

रिंकी - "चल, अब ज्यादा शाणी मत बन, तू अमरावती छोड़ कर जा रही है और मैं एक मूवी नहीं छोड़ सकती! अब ये अंदर ही अंदर क्यूँ मुस्कुरा रही है। चल किचन में खाना अनपैक करते हैं।"

स्वीटी - "अनपैक नहीं बेटा खाना सर्व किया जाता है, समझी! लेकिन मैंने सारा समान पैक कर दिया है, इसलिए टिफिन में ही रहने दे, मैं प्लेट्स निकालकर लाती हूँ।"

रिंकी बियर की बोतलें, ग्लास लाकर टी टेबल पर रखने लग जाती है। स्वीटी भुनी हुई मूँगफली और सूखे मेवे लाकर रखते हुए रिंकी से भौंहे के इशारे से पूछती है.. आज तेरा इरादा क्या है? वह हंसते हुए स्वीटी को ही प्रश्न कर बैठती है।

रिंकी - "स्वीटी,अपने फ्यूचर के बारे में कुछ सोचा है या नहीं!"

स्वीटी - "एक दम खुश होकर पूरे आत्मविश्वास के साथ उत्तर देती है रिंकी... नियति मुझे बिना कुछ मांगे ही मुझे इतना कुछ देते जा रही है, फिर मेरे सोचने के लिए कुछ बचा है?"

कभी कोई रिश्ता लेन-देन पर नहीं निर्भर होता है
लेनदेन महज़ व्यापार नही, संस्कार शजर होता है।
किसीके कम-बेसी होने की क्यों कर हो पूर्ति...?
रिश्ते विनिमय औ व्यवहार का आईना भर होता है।

रिंकी तू जो करने की कोशिश में है न डियर मैं बहुत अच्छे से वाकिफ हूँ। मत कर, मेरे और डॉ. मुनीश की डगर अलग हो गई है। उल्टे घड़े पर पानी डालने से कुछ हाथ नहीं आता। नाहक तुम्हारी कोशिश नाकाम हो जाएगी और तुम्हें बुरा लगे ये मैं कभी नहीं चाहूँगी।

स्वीटी मैं यह तो जान गई थी कि तू जान-बुझ कर अनजान बन रही है लेकिन जितना तुम दोनों के बारे में सुना था उस पर से यह कयास नहीं लगा पायी कि डॉ. मुनीश के प्रति इतना विराग उत्पन्न हो गया होगा। लेकिन वो तुम्हारी बहुत परवाह करते हैं। स्वीटी कें तन बदन मे जैसे शूल चुभ गए हो। उसी दर्द मे कराहते हुए, लगभग हांफते हुए चिल्ला उठती है।

"परवाह करने वाला मिथ्या आरोप से छोड़ कर चल देता है? उन्होंने मेरी ज़बान से सच्चाइ सुनने की तक ज़हमत नहीं उठाई और एक तरफा निर्णय ले लिया। जब कि उनके कैरेक्टर का प्रूफ कितने डॉक्टर-नर्स दे चुके थे। इन्होंने किसी की एक न सुनी। ये अकेले में इतना आकर कह देते की स्वीटी, मुझे तुम पर पूरा भरोसा है लेकिन मैं साथ पिता का दूँगा। मेरा ज़मीर इनकी पूजा करता, लेकिन आज मैं खाली हो गई हूँ। उनके लिए मेरे पास कुछ नहीं है।

सात फेरों के सात सूत्र में बांधा गया प्रणय बंध
सात जन्मों की कैसी पुष्टि कर गया संबंधित अनुबंध"

रिंकी तूने डिनर प्लान किया है, लेट्स एंजॉय करते हैं। कल यहाँ से जाने के बाद पता नहीं कब वापस आना होगा! ऐसा नहीं कहते स्वीटी जी, आप नहीं आ पायीं तो हम दिल्ली आ जाएंगे। क्यूँ स्वीट हार्ट? रजनीश की आवाज़ सुनकर रिंकी का चेहरा लाल हो गया। पलकों से हामी भरते हुए एक मुस्कान से दोनों का स्वागत किया।

मुनीश के चेहरे पर कोई भाव नहीं दिखे। रजनीश जी वेलकम, आप पहली बार मेरे घर आए हो। थैंक्स स्वीटी जी फॉर दिस वार्म वेलकम। अभी भी मुनीश सिर झुकाए बैठे सब की बाते सुन भर रहें हैं। यह देखकर रिंकी से रहा नहीं गया। क्यों डुड आपको किसी ने सजा सुनाई है क्या? अरे.. नहीं.. नहीं मैं तो बस ऐसे ही। स्वीटी ने उठकर म्यूजिक सिस्टम पर हल्का सा म्यूजिक चला दिया। और रिंकी की ओर देखकर कहती हैं आप लोग मेरी कामयाबी का जश्न मनाने आए हों न, तो शांत कोई नहीं बैठेगा। कहते हुए ग्लास में बियर मिक्स करने लगी। ये देख कर मुनीश की नजरें ही स्वीटी से नहीं हट रहीं थीं। इतनी छुई-मुई सी लड़की अचानक कैसे बोल्ड हो गई!

ग्लास सबके हाथों में थमाकर, स्वीटी ने म्यूजिक सिस्टम पर गाने लगा दिए। सॉफ्ट म्यूजिक बज रहा है, रजनीश ने लोगों की चुप्पी तोड़ने के लिए स्वीटी से सवाल किया, "कल कितने बजे की फ्लाइट है?"

स्वीटी: जी 11 बजे की।

रिंकी: ठीक, हम तुम्हें सी ऑफ करने आएँगे।

चलेंगे न, रजनीश जी, कल आप दोनों को हॉस्पिटल मे नाइट शिफ्ट है।

रजनीश: बिल्कुल, चलेंगे।

मुनीश: नहीं, मैं नहीं चल सकता।

रिंकी: आश्चर्य से... क्यूँ क्यूँ आप क्यूँ नहीं चल सकते!

मुनीश: मैं इन्हें जाते नहीं देख पाउंगा।

यह सुनते ही स्वीटी बड़ी अजीब सी मुस्कान के साथ मुनीश को देखती है। उधर रिंकी रजनीश को खींच कर डांस करने लगती है। स्वीटी वहीं खड़े की खड़ी रह जाती है। मुनीश अपने कश्मकश मे ग्लास का बीयर खत्म कर, टेबल पर पड़े हुए केन को खोलकर गटगटा जाता है फिर उठकर स्वीटी को डांस के लिए ऑफर करता है। स्वीटी जितनी सुन्दर है उतनी ही शालीन भी, पता नहीं कितनी धीरज उसके अंदर भरी हुई है। ये सब खड़े-खड़े देख कर भी बिल्कुल विचलित नहीं हुई और मुनीश के साथ डांस के स्टेप्स लेने लगी। मुनीश ने स्वीटी को खुद से सटा लिया और उसके कानों में बुदबुदाते हुए कहते हैं स्वीटू मैंने तुम्हारे साथ बहुत बुरा किया है लेकिन ये भी सच है कि मैं तुम्हारे बिना नहीं रह पाउंगा। स्वीटी झटके के साथ डॉ मुनीश से अलग हो जाती है। और रिंकी की ओर मुड़कर कहती हैं, घड़ी देखो नौ बज गए, खाना स्टार्ट करना चाहिए वरना लेट हो जाएंगे, कल मुझे आठ बजे निकलना भी होगा। कहकर किचन की ओर चली गई। रिंकी भी पीछे हो ली, दोनों ने फटाफट खाना लगा दिया। अब रजनीश की नज़र पूरे घर पर गई, स्वीटी तुम्हारा घर छोटा सा शीश महल नज़र आ रहा है। थैंक्स डॉ रजनीश, मेरे समय के दायरे में एक ये घर और करियर ही तो बचा था, इसलिए दोनों संवर गए। अभी तो वो अपना वाक्य पूरा भी नहीं कर पाई थी कि डॉ. मुनीश बोल पड़ते हैं "डॉ. रजनीश स्वीटी में वो सारे गुण हैं जो एक आइडियल वुमन मे होने चाहिए", इस पर स्वीटी कहती हैं कि नहीं नहीं डॉ मुनीश, गलत संबोधन दे रहे हैं। मैं न सधवा कहला सकती हूँ न ही विधवा। मैं तो परित्यक्ता हूँ। उसके शब्दों में कटाक्ष था किन्तु वाणी में शालीनता। इसकी बातों से इसकी मानसिकता पढ़ पाना मुमकिन न था। डिनर करते ग्यारह बज गए। उसपर रिंकी कहती हैं, स्वीटी तुम्हें ऐतराज न हो तो हम यहीं सो जाए। अरे, इसमें पूछने की क्या बात है। सो जाओ, सुबह चाबी मेरी मेड़ को दे देना। रिंकी आश्चर्य से उसे देखती है मानो

पूछना चाहती है कि चाबी मेड़ को क्यूँ हम तो तुम्हारे साथ एयरपोर्ट चलने वाले हैं, उस पर स्वीटी हाथ से हवा मे क्रॉस बनाती है। मतलब तुम लोग एयरपोर्ट नहीं आ रहे हो। मुनीश और रजनीश को पेरेंट्स के बेडरूम मे सोने के लिए भेज देती है और रिंकी को अपने साथ सोने के लिए बुलाकर बेडरूम मे आ जाती है। सुबह मेड के आने पर छः बजे ही आँख खुल जाती है, स्वीटी भी उठकर स्नानादि से निपटकर नाश्ता बनाने मे लग जाती है। और सविता को हिदायत देती है कि ये सब उठेंगे तो इन्हें चाय-नाश्ता करवा देना। इनके जाने के बाद पूरा घर क्लीन करके अच्छे से लॉक करके जाना और हाँ मैंन इलेक्ट्रिक स्विच ऑफ कर देना, और फ्रिज में जो भी समान है लेते जाना। सविता आंखों में आंसू और चेहरे पर मुस्कान लिए सिर हिलाए जा रही थी। यह देख स्वीटी आकर उसे गले लगाते हुए कहती हैं मैं आपको फोन करूंगी और केब के आते ही एयरपोर्ट के लिए निकल जाती है।

दिल्ली की गुलाबी ठंड मे स्वीटी विंडो सील पर बैठ कर कॉफ़ी पी रही है विंडो के बाहर लोन मे एक गिलहरी और गौरैया खेल रही है। पूरे पांच महीने के बाद आज सुकून से बैठी हो स्वीटी तुम! जी, चाचा जी, नया जॉइनिंग था न तो काम को सीखने की जिज्ञासा भी तीव्र रहती है, कंटिन्यू इंटरनेशनल फ्लाइट्स के कारण फ़ुरसत नहीं मिल पा रही थी। दरअसल अन्य देशों के समय में कुछ अन्तर होते हैं न इसलिए सिंक्रोनाइज करने मे अपने लिए समय ही नहीं बच पाता था। अब आराम से काम होगा, प्रॉमिस चाचा जी। नहीं, बेटा जी, आपके इस डेडीकेसन से मैं बहुत खुश हूँ, कर्म भक्ति प्रत्येक व्यक्ति मे होनी चाहिए। गोड ब्लेस यू, माइ चाइल्ड। मैं तुमसे कुछ ओर बात करना चाह रहा था, तुम बहुत समझदार हो इसलिए घुमा फिरा कर बात नहीं करूंगा। अपनी कोठी से चौथी कोठी में मेरे एक मित्र रहते हैं बद्रीनारायण जी। बहुत बड़े कारोबारी व्यक्ति हैं। उनके छोटे बेटे जापान मे रह कर वहाँ का बिजनेस देखते हैं और समाजसेवी के रूप में भी ख्याति प्राप्त है। अच्छी जीवन संगिनी के इंतजार में अभी तक शादी नहीं की। बद्रीनारायण जी की पत्नी का कहना है कि उसे बचपन से तुम बहुत पसंद थी। उन्होंने शादी का प्रस्ताव रखा है। इतना सुनते ही जैसे स्वीटी शून्य हो गई। शायद मैं इन्हीं सब से भाग रही थी। खैर, पहले भी सब नियति पर छोड़ा था आज भी वही करूंगी। फिर संयत हो कर चाचाजी को कहती हैं, चाचाजी इस पूरे जहाँ मे आप ही मेरे गार्डियन हैं, आप जैसा उचित समझे। चाचाजी के चेहरे पर मुस्कान फैल जाती है। अच्छा, स्वीटी तुमने सौमित्र को देखा तो है न, स्वीटी चाचाजी के गले लगते हुए, लाड मे चाचाजी अमरावती से छुट्टियां बिताने आती थी तब वही इकलौते तो दोस्त हुआ करते थे।

हैलो डॉ. रजनीश, कैसे हैं आप, फाइन.. आप सुनाए डॉ मुनीश, क्या चल रहा है आज कल? क्या चलेगा, ऑल एज पर रूटीन। सेट ड्यूटिज, पेशेन्ट्स और क्या होगा डॉक्टर्स की लाइफ में। रजनीश स्वीटी की कोई खबर? रिंकी के पास कॉल आया था? नहीं यार मुनीश वो भी इस बात से बड़ा परेशान रहती हैं। आल मोस्ट सिक्स मंथ होने आए, वे बिना कहे एयर पोर्ट निकल गई इस वज़ह से रिंकी अभी भी उनसे नाराज है। मुनीश एक काम करते हैं एक दिन उसके घर चलते हैं मेड के समय पर, मेड़ से कोन्टेक्ट मे जरूर होगी, मुझे ऐसा लगता है। ठीक है, वो सुबह आती है कल संडे है, चलते हैं।

सविता अभी तो ताला ही खोल रही थी की रिंकी ने पीछे से आवाज दी। मौसी स्वीटी का फोन आया था, कैसी है? क्या मेम साब आपसे बात नहीं होती! वो तो जापान में है, उन्होंने शादी भी कर ली। सब के सब बिना कुछ बोले सविता को सुन रहे थे..

रिंकी, सविता पर चिल्ला उठती है, ऐसी भी क्या नाराजगी थी, जब कोई माफी मांग ले तो उसे माफ कर देना चाहिए। स्वीटी में अकड़पन तो कभी नहीं था फिर क्या चल रहा था उसके दिमाग में, मैं कभी समझ ही नहीं पाई।

मैडम आप बहुत पढे लिखे होंगे लेकिन मैं सिर्फ इतना जानती हूँ...

जिम्मेदारी परवाह को जन्म देता है
जरूरत प्यार और सम्मान को
लेकिन जब आप न ही किसी की
जिम्मेदारी हो ना ही जरूरत
तो उसकी जिन्दगी में आप कोई मायने नहीं रखते

आप लोग दीदी के मित्र लोग हैं, हो सकता है तो अब उनकी नई जिंदगी के लिए दुआ करो वैसे भी दीदी बहुत अच्छी है, उनको दुःख देकर तो ईश्वरप्पा भी पछता रहा होगा। अब जिधर भी रहें ईश्वरप्पा उनको बहुत बहुत खुश रखेगा।

(अस्तु... कहानी को यहीं विराम दे रही हूँ, नमस्कार)

लेखिका के बारे में

श्रावणी 'कॉलेज ऑफ एग्रीकल्चर, धुले' की प्रथम वर्ष की छात्रा हैं। बचपन से ही वह साहित्य में गहरी रुचि रखती हैं। साथ ही वह बॉक्सिंग, एथलेटिक्स और अन्य खेलों में जिला, विभाग तथा राज्य स्तर की खिलाड़ी रह चुकी हैं। वह शिवकालीन कला लाठीकाठी तथा दांडपट्टा का भी प्रशिक्षण प्राप्त कर चुकी हैं। वह संगीत, नृत्य आदि कलाओं की भी शौकीन हैं। स्टोरीमिरर की विविध प्रतियोगिताओं की वह विजेता रह चुकी हैं। प्रस्तुत कहानी में श्रावणी ने अपने स्पोर्ट्स कोच आदरणीय 'श्री. संभाजी लोंढे' की संघर्षगाथा को शब्दांकित किया है।

जीवनी: संभाजी लोंढे

– श्रावणी सुळ

प्रस्तावना...।

सफलता की कथाएं अनगिनत संघर्षों के कथानक से जन्म लेती हैं। जिंदगी का अनमोल आभूषण हैं वह माला जो संघर्षों के मोती जिद और जुनून के धागे में धैर्य के भाव से पिरोकर रूप में आई हो। वैसे तो हर जीवन कहानी एक प्रेरणा हैं; किंतु कुछ खास जीवनियाँ उत्तेजना होती हैं। ऐसी उत्तेजना जो पाठकों, दर्शकों एवं श्रोताओं को अपनी जिंदगी में कुछ कर जाने का जज्बा दिलाती हैं। ऐसी ही एक चित्ररूपी जीवनकथा शब्दरूप में साकारने का यह छोटा सा प्रयास।

यह कहानी हैं एक नादान लड़के की जिसकी जेबों में सिक्कों की खनक भले न थी मगर फिर भी आँखों में सपनों की चमक जरूर थी। वह छोटा सा लड़का जिसे सब संभा बुलाया करते थे बड़ा होकर 'यशदा कंस्ट्रक्शन' का मालिक संभाजी लोंढे बना। संभा सर से हमारे पारिवारिक संबंध होने के साथ-साथ वह मेरे sports coach भी रहे हैं। इस कारणवश उनकी जिंदगी से व्यक्तिगत रूप से मैं थोड़ी बहुत वाक़िफ़ हूँ। मुझे अपनी जिंदगी में इनके जैसी महान शख्सियत को जानने का अवसर मिला इसे मैं अपना भाग्य समझती हूँ। उनके संघर्ष के कुछ अंश की गवाह मैं खुद भी हूँ। उनके जीवनसंघर्ष को पंक्तिबद्ध करना चाहा तो कलम ने कुछ यूँ कहा...

कत्ल तो होंगे इस जंग में, जिंदगी से किसी का भाईचारा नहीं।
मैं जान दे के भी आजमा लू खुदको, मगर पीठ दिखाना गवारा नहीं।

उपर्युक्त पंक्तियाँ उनके ज़िद्दी जज्बे का परिचय कराती हैं। उन्होंने जिंदगी में बहुत ठोकरे खाई। बहुत दफा कदम लड़खडाए भी मगर रुके कभी नहीं। उनकी यही निरंतरता उनके और उनके सपनों के बीच के फ़ासले मिटाती रही। निराशा के काले बादल हटाती रही और वजूद से दूरियाँ मिटाती रही।

मुझे पुर्ण विश्वास हैं कि उनकी ये दास्ताँ सभी पाठकों के लिए एक प्रेरणा तथा हर मुश्किल से लड़ जाने की उत्तेजना साबित होगी।

2 जून 1986 की दोपहर को महाराष्ट्र राज्य के अहमदनगर जिले के राहुरी तालुके में स्थित वरवंडी गाँव के खड़कवाडी नामक क्षेत्र में संभा सर का जन्म हुआ। उनका पुरा नाम संभाजी भागिनाथ लोंढ़े हैं। उनकी माता का नाम बानुबाई तथा पिता का नाम भागिनाथ भाऊराव लोंढ़े हैं। वह अपने माता पिता की दुसरी संतान थे। उनकी 1 बड़ी और 2 छोटी बहने तथा एक छोटा भाई हैं। वरवंडी ये उनकी माँ का मायका था और ससुराल अहमदनगर जिले में ही स्थित एक गाँव माका था। जन्म के बाद से उनका पुरा बचपन माका में ही गुजरा।

उनकी माँ ने बड़ी प्रतिकूलता में उनको जन्म दिया।

संभा सर के जन्म के 7-8 दिन पहले से ही माताजी की तबियत बहुत ही जादा खराब थी। वह बच्चे को जन्म देने की हालत में बिलकुल नही थी। उस वक़्त ज्यादातर घर पर ही प्रसूति कीई जाती थी। प्रसूति के वक़्त माताजी के साथ सिर्फ उनकी बहन याने की होनेवाली बच्चे की मासी थी। बेहद तकलीफ़ में होने के बावजूद भी माताजी ने सुखरूपता से बच्चे को जनम दिया। दोपहर के प्रहर में जब सूर्य का तापमान अत्यूच्य स्तर पर होता हैं तब सूरज का तेज मुख पर लेकर यह प्रतिभाशाली बालक इस दुनिया में आया। प्रतिभाशाली इसलिए क्यूंकि बड़ा होकर यह बच्चा कवी, लेखक, martial artist, नेता, वक्ता, अध्यापक और अब एक businessman ऐसी न जाने कितनी भुमिकाए निभाता आया हैं। जैसे कि सावन के कदमों की आहट के पहले अपने आप में सारे रंग लेकर कोई इंद्रधनु किसी फ़रिश्ते के भाति समस्त सृष्टि के लिए ईश्वर का पैग़ाम लेकर आया हो। दुनिया का दस्तूर हैं कि कल्पना के पार सुखद घटना के पहले कल्पना से परे दुखद घटना आघात कर जाती हैं। उस दुख का अगर हम डटकर सामना करे तो वही दुख आनेवाले सुख के पीछे की वजह बनता हैं। इसी प्रकार ऐसे असामान्य पुत्र रत्न के सुख की प्राप्तिपुर्व माताजी को भी असामान्य दुख भोगना पड़ा। मगर अफ़सोस की बात ये हैं कि अपने बेटे को आसमाँ की बुलंदियाँ छूते हुए देखने से बहुत पहले ही वह खुद आसमाँ का एक तारा बनके रह गई। मगर ये तारा बेशक आज भी अपनी शितलता अपने पाँचों बच्चों पे बरसाता हैं। माताजी जहाँ कहीं भी हैं उनका प्रेम और आशीर्वाद हमेशा संभा सर के साथ हैं।

संभा सर के जन्म के पश्चात माताजी उन्हें लेकर माका लौट आई। माताजी को पूरा गाँव प्यार से 'आक्का' कहके बुलाता था। वह वात्सल्य और सहनशीलता की साक्षात मूरत थी। पढ़ाई लिखाई से भले ही उनका वास्ता न था लेकिन वह सही रूप में सुसंस्कृत

और समझ से सुशिक्षित थी। आक्का महज 14-15 वर्ष की आयु में ही वरवंडी से माका ब्याह कर आई थी। श्री. भाऊराव महादु लोंढ़े और श्रीमती यशदाबाई इनके सात बेटों में से सबसे बड़े बेटे भागिनाथ की वह पत्नी थी और इस नाते घर की सबसे बड़ी बहु। सास-ससुर बहुत भले इंसान थे मगर आक्का अपने पती की वजह से हमेशा तकलीफ़ में रहती थी। उनके पती ने उन्हें कभी वह प्रेम तथा सम्मान दिया ही नहीं जिसकी वह हकदार थी। उनके पाँच नन्हेमुन्ने ही उनकी जिंदगी की रौनक थे। उन्हें देखकर और आँखों में उनका सुनहरा भविष्य सजाकर ही वह जीती थी। खेती का काम, घर का काम, बच्चों का खयाल रखना और पती के जुलूम सहना; इन्ही चार दीवारों में आक्का कैद रहती थी। संभा सर के पिता एक किसान थे तथा हफ्ते में एक दिन कूली का काम किया करते थे। उनके दो चाचा पूणा में engineer, दो मुकादम थे और एक चाचा भेड़-बकरियों के पीछे रहते थे। पिता बच्चों का आधारस्तंभ होता हैं लेकिन संभा सर के पिता अपने बच्चों के लिए खून से अपने होकर भी मन से हमेशा पराये ही थे। उन्हें जिंदगी में कभी भी पिता का प्यार मिला ही नहीं और यह उनकी जिंदगी की सबसे बड़ी कमियों में से एक हैं। पिता के आश्वासक साये की ठंडक उनको कभी भी महसूस नहीं हुई। उनके लिए उनकी माँ ही सबकुछ थी।

संभा सर माका की गोद में ही पले बढ़े। उनका चौथी तक का शिक्षण 'जिला परिषद शाला, माका' में पूर्ण हुआ। वह बचपन से ही पढ़ाई में बहुत ज्यादा तेज थे। कोई भी चीज उनको झट से याद हो जाती थी। घर की आर्थिक स्थिति बहुत ज्यादा खराब थी। अपेक्षित शैक्षणिक सुविधाए उपलब्ध न होने के बावजूद भी वह स्कूल में हमेशा अव्वल आते थे। चौथी की परीक्षा में तो वह पूरे केंद्र में प्रथम आए थे। पढ़ाई के साथ-साथ वह खेलकूद में भी नंबर वन थे। संभा सर जब हमें बॉक्सिंग, कराटे ऐसे खेल सिखाते थे तब खेल के प्रति उनकी आदरभावना तथा समर्पण और समझ देख यूँ लगता था जैसे वह खेल के लिए ही बने हो। वह बचपन से ही घुड़सवारी के बहुत शौकीन थे। तब से ही वह बहुत अच्छे घुड़सवार थे। ये तब की बात हैं जब सर तिसरी कक्षा में थे। एक गाड़ी वाले के साथ घोड़े पर सवार होकर उन्होंने race लगाई और जीत भी गए। साथ ही साथ वह बचपन से ही एक बहुत कुशल पहलवान भी थे। जिंदगी के साथ-साथ उनके अखाड़े के दावपेंच भी गौर करने जैसे थे। उनकी पहलवानी के चर्चे कुछ यूँ थे कि जब गाँव में छोटे बच्चों की कुश्ती होती थी तब लोग खास संभा सर की कुश्ती देखने के लिए इकट्ठा होते थे। पहले से ही खेलकूद उनके जीवन का एक महत्वपूर्ण अंग थी। आगे भी उन्होंने इस क्षेत्र में तारीफ के काबिल काम किया। खेलने में माहिर और पढ़ाई में भी होशियार होने

के कारण वह अपने स्कूल में मशहूर थे।

संभा सर की ख्याति केवल पढ़ाई और खेलकूद तक ही सिमित नहीं थी। बल्कि वह अपनी शैतानियों के लिए भी उतने ही प्रसिद्ध थे। वह बड़ी प्रतिष्ठा से 'गाँव का सबसे शैतान बच्चा' इस पद पर विराजमान थे। स्कूल में भी सभी को उनके प्रचंड उदंड स्वभाव की कल्पना होने के कारण जब भी कहीं कोई गड़बड़ होती थी तो बिना किसी जाँच-पड़ताल के ही शिक्षकों द्वारा संभा सर को दोषी ठहराया जाता था। और मजे की बात यह थी कि सर भी अपने अध्यापकों के विश्वास पर हर बार खरे उतरते थे। क्यूंकि वह शरारते उन्हीं की हुआ करती थी। मगर उनकी एक बात लक्षणीय थी कि वह बड़ी विनम्रता से अपनी गलती मान लिया करते थे और उनकी वह मासूमियत शिक्षकों को भी भाती थी।

छोटा सा संभा माँ का बहुत दुलारा था। मगर उसकी शैतानियों ने माँ के नाक में दम कर रखा था। उनकी शरारतों के किस्से तो इतने बेशुमार और जटिल हैं कि उनपर अलग से एक किताब लिख दू। यह तब की बात हैं जब वह चौथी में थे। उन्होंने गाँव के एक किसान के आम के पेड़ से दो आम तोड़ लिए। यह उस किसान ने देख लिया। वह दौड़ा-भागा चला आया और उनके हाथ से आम छीन के उन्हें बहुत खरी खोटी सुना दी। तब संभा सर मुँह पे माफ़ी माँग के और मन में बदला लेने की ठान के वहा से चले आए। फिर दूसरे ही दिन अपनी संभसेना के साथ (अपनी टोली के साथ) रात को ग्यारह बजे के दौरान घरवालों की नजरों से बचकर जा पहुँचे उस किसान के खेत उसी आम के पेड़ के पास। फिर क्या... संभा सर और उनके दोस्त सरसर कर पेड़ पर चढ़ गए और सारे के सारे आम तोड़ लिए। हो सके उतने बोरियों में भर लिए और बाकी के आम वही पेड़ के नीचे छोड़कर वहाँ से नौ दो ग्यारह हो गए। सुबह जब किसान पेड़ की दशा देख आग बबुला हुआ तब संभा सर को अपना बदला पूरा होने की ख़ुशी हुई। सब को यही लगा कि यह काम किसी शातिर चोर ने पुरी योजना के साथ किया हैं। इसलिए संभा सर तब की बार घरवालों की डाँट-फटकार और मार से बच गए। बड़े से बड़ा आदमी जो करने की हिम्मत जुटा नहीं सकता था वह चीज यह छोटे से छोटा बच्चा सबके नाक के नीचे से कर जाता था और किसी को खबर भी नहीं होती थी। ऐसा ही एक किस्सा एक दूसरे किसान के साथ भी हुआ था जिसका मूँगफली का खेत था। हुआ यह था कि सर हमेशा की तरह अपनी घोड़ी को चराने ले गए थे। घोड़ी भाग ना पाए इसलिए उसका एक आगे का और एक पीछे का पैर साथ में बाँध कर उसे चरने के लिए छोड़ दिया और खुद दोस्तों के संग चल दिए। चरते-चरते गलती से वह घोड़ी उस किसान के खेत में घुस गई और

खेत के कुछ हिस्से की मूंगफलियाँ चट कर गई। जब किसान ने यह नजारा देखा वह हाथ में छड़ी लेकर चिल्लाता हुआ आया तो उसकी आवाज सुनकर सर भी भाग कर आए। तब घोड़ी को दो फटके और संभा सर को बहुत सारी गालियाँ पड़ी। अब उन्हें गालियाँ सुननी पड़ी तो उनके अहंकार को चोट पहुंची तो मन में बदला लेने की ठानकर घोड़ी को लेकर चुपचाप वहा से चल दिए और रातोरात अपनी टोली के साथ मिलकर उस किसान का लगभग आधा खेत उजाड़ दिया और किसी को कानोकान खबर तक नहीं हुई कि यह किसका किया धरा हैं। गाँव में अक्सर लोग रात को जल्दी सो जाया करते थे; इसलिए यही सही वक़्त रहता था ऐसे ख़ुफ़िया बदले लेने का! स्कूल में भी वह कुछ कम गुंडागर्दी नहीं करते थे। हाथापाई तो उनके लिए एक खेल मात्र थी। कहीं पे कुछ झगड़ा हुआ नहीं कि कर दी मारपीट! स्कूल में दो group हुआ करते। एक संभा सर का और एक उनके दोस्त गोरक्ष का। दोनों टोलियों द्वारा मारपीट की मानो प्रतियोगिता ही आयोजित की जाती थी। दोनों टीम में जमके मारपिटाई हुआ करती थी और हर बार संभा सर की गैंग जीत जाया करती थी। संभा सर की शरारतों का कोई हिसाब नहीं था। कभी-कभी तो उनकी माँ उनसे इतनी परेशान हो जाती थी कि गुस्से में कह देती थी, "तेरे जैसा बच्चा पैदा ही नहीं होता तो अच्छा होता।" संभा सर कितने भी बेपरवाह बने फिरते हो लेकिन माँ की यह बात उस छोटे से बच्चे को चुभ जाती थी। फिर जब गुस्सा शांत होने पर माँ प्यार से समझाया करती थी। छोटा संभा बड़े ध्यान से माँ की बात सुना करता था और बड़ी आसानी से भुला भी देता था। माँ की दिई हुई समझ का असर रात भर में उतर भी जाता था और फिर अगले ही दिन चला संभा वही मनमर्जियाँ और मनमानियाँ दोहराने।

संभा सर की अब तक की कहानी जानकर कोई भी व्यक्ति सहजता से यही सोचेगा कि यह लड़का बहुत ही बेफ़िकरा और बेखौफ हैं। मगर यह सिर्फ आधा सच हैं। उनके व्यक्तित्व के कई पहलू अभी तक उनके शरारती स्वभाव के आवरण में बंदिस्त हैं ठीक उसी प्रकार जिस प्रकार हमेशा से ही उनके हँसते खिलते चहरे के पीछे एक संवेदनशील चेहरा छुपा रहा हैं। यह लड़का मनचला था मगर मन से दुखी भी था।

गाँव में ज्यादातर संघटित परिवार पद्धति हुआ करती थी। सभी भाई-बहनों में संभा सर सबसे शरारती भी थे और होशियार भी। उनकी पढ़ाई में तरक्की उनके चाचा-चाचियों की आँखों में बहुत चूभती थी; क्यूंकि, उनके खुदके बच्चे इतने होशियार नहीं थे। संभा सर के यह तथाकथित अपने उनकी प्रगती में सदैव बाधा उत्पन्न करते थे। उन्हें खेती के कामों में व्यस्त रखा करते थे ताकि वह पढ़ न पाए। कभी-कभी तो संभा सर को भेड़-

बकरियों के पीछे भी जाना पड़ता था। इतने में भी संतुष्टि नहीं मिलती थी तो संभा सर की छोटी-छोटी गलतियों पर भी उनके चाचा-चाची उन्हें बहुत मारते-पिटते थे। उनकी मारपीट एक तरफ और उनके कड़वे बोल एक तरफ। संभा सर के लिए वे लोग हमेशा अपशब्दों का ही प्रयोग किया करते। खुद बड़े होकर इतने बिगड़े हुए थे और अपने बिगडैल बच्चों को बोला करते थे कि, "इस संभा के साथ मत रहना नहीं तो तुम लोग भी बिगड़ जाओगे"! उनके बच्चे भी अपने माँ-बाप की तरह ही संभा सर पे बहुत दादागिरी किया करते। संभा सर की माँ (आक्का) घर की सबसे बड़ी बहु थी लेकिन स्वभाव से शांत होने के कारण उन्होंने कभी भी अपनी देवराणियों को अपने बेटे के पक्ष में प्रत्युत्तर नहीं दिया। जब वे संभा सर को अकारण या बहुत ही सूक्ष्म कारणवश खूब डाँटती या मारती थी। बल्कि अगर कभी संभा सर अपनी किसी चाची की शिकायत लेकर आक्का के पास आ गए तो आक्का उन्ही को डाँटती थी यह कहकर कि, 'तूने ही कुछ किया होगा'। घरवालों का खूब डाँटना और मारना, हर बात के लिए, यहाँ तक कि खाने-पीने के लिए भी कोसते रहना, पढ़ाई में बाधा डालने हेतू बहुत सताना, माँ का भी बेबस होकर चूप रहना और अपने बेटे पे ही बिगड़ जाना चाहे उनकी गलती हो या ना हो। खुदकी ओर सबका ऐसा व्यवहार देख एक बच्चा जिसे सही गलत की सही से समझ ना हो उसके मन को कितनी तकलीफ़ होती होगी, इस बात की कल्पना मात्र से ही मन सिहर जाता हैं। न जाने कितने सवाल उस बच्चे के मन को सताते होंगे। वह भला यह कैसे जान पाता कि कौन सही और कौन गलत। मन में उठ रहे सवालों से हारकर अंदर ही अंदर वह खुदसे नाराज रहता होगा।

संभा सर स्वभाव से कितने भावुक थे इस बात का एक प्रमाण उनके छोटे भाई संदीप के जन्म से जुड़ा हैं। जब वह चौथी कक्षा में थे तब आक्का पेट से थी। तब उनके गर्भ में संदीप सर थे। (संदीप सर एक martial artist हैं और मेरे 'ताए-क्वाँ-दो' कोच भी रहे हैं।) एक दिन जब संभा सर अपने दोस्तों के साथ खेल रहे थे तब उनका चचेरा भाई उनके पास आया और कहा कि 'संभा को भाई हुआ हैं।' संभा सर बड़े खुश हुए और तेजी से घर की ओर दौड़े। वह अपने भाई को निहार ही रहे थे कि तभी आक्का मजाक में संभा सर को यह बोल पड़ी कि, 'अब मुझे यह बेटा मिल चुका हैं तो अब तुम मेरे बेटे नहीं हो। अबसे यही मेरा बेटा हैं।' संभा सर ने आक्का के इस मज़ाक को सच मान लिया और जोर-जोर से रोने लगे।

उनकी इस मासूमियत पर आक्का और पास बैठी दादी हँस पड़ी। मगर जब संभा सर का रोना शांत ही नहीं हुआ तो आक्का उन्हें समझाने लगी कि वह तो बस मज़ाक कर रही थी। मगर संभा सर को फिर भी यकीन नहीं हुआ। उन्होंने आक्का के मजाक को दिल से लगा लिया और उनसे रूठकर बैठ गए। फिर आक्का से जब बात नहीं बनी तो दादी ने ही बिगड़ी को बनाने के लिए एक तिकडम किया। दादी ने भी एक छोटा सा मज़ाक किया। उन्होंने आक्का पे झूठ-मूठ का गुस्सा जताकर खूब डाँट लगाई और ऐसी बात दुबारा न दोहराने को कह दिया। माँ ने भी डर जाने का नाटक कर झूठी माफ़ी माँग ली। तब जाके संभा सर शांत हुए इस विश्वास के साथ कि अब माँ उन्हें कभी नहीं छोड़ेगी। जिस तरह कहते हैं ना कि, 'लोहा ही लोहे को काँटता हैं' उस तरह इस घटना में मजाक ने मजाक को काँटा। यह घटना मुझे इसलिए मज़ेदार लगती हैं क्यूंकि पहले तो आक्का के लाख मनाने पर भी संभा सर को उनका मज़ाक भी सच लग रहा था और दादी ने जब आक्का को डाँटा तब भी वह मज़ाक उन्हें सच लगा। लेकिन वास्तव में तो दोनों बातों में से कुछ भी सच नहीं था। अब माँ अपने बच्चे का त्याग कर दे यह तो बड़ी अवास्तव बात हैं; लेकिन फिर भी वह बात उन्हें इसलिए सच लगी क्यूँकि शायद उनके मन में अपने चंचल स्वभाव के कारण यह डर बैठ गया कि मैं परेशान करता हूँ इसलिए माँ अब मुझे छोड़ देगी क्यूंकि अब उन्हें नया बेटा मिल गया। और गुस्से में आक्का पहले भी ऐसी बातें कर चुकी थी कि तुम ना होते तो अच्छा होता। इसलिए एक छोटे से बच्चे का माँ से दूर होने का यह डर स्वाभाविक भी था। और दादी के मजाक को उन्होंने इसलिए सच मान लिया क्यूंकि उनके घबराए मन को एकदम से तसल्ली मिल गई। उन्हें विश्वास था कि माँ दादी की बात नहीं टालेगी इसलिए वह बेफ़िकर तो हो गए, मगर उस बच्चे को यह विश्वास नहीं था कि माँ मुझसे बहुत सारा प्यार करती हैं इसलिए वह मुझे कभी अपने से दूर नहीं करेगी। इस बात से अंदाजा लगाया जा सकता हैं कि उनके मन में माँ को लेकर कितनी असुरक्षा थी। उनका और एक उल्लेखनीय गुण यह था कि उनके मन में सदा से ही दूसरों के लिए करुणा और सहकार्य की भावना थी। बचपन में वह पास के एक घर में TV देखने जाया करते थे। तब राजा महाराजाओं की कथाए तथा अपनी अच्छाई से बुराई मिटाता नायक ऐसी संकल्पना पर आधारित चलचित्र वह देखा करते थे और तब उनके मन में उस नायक के भाती समाज में बदलाव लाने की एवं दूसरों की जिंदगी में रंग भरने की तमन्ना हर बार नए से जन्म लेती थी। फिल्मे देखते वक़्त उन्हें यह लगता था कि मैं भी बड़ा होकर इस नायक की तरह ही बनूंगा। गरीबों की मदद करुंगा और बुरे व्यक्तित्व के लोगों को सबक सिखाऊंगा, आदि। और फिर इस तरह से सामने चल रही फिल्म के

साथ-साथ उनके तसव्वुर में उसी से संलग्न एक नई फिल्म शुरू हो जाती जिसके नायक वह खुद थे। ईतनी कम उमर में अगर कोई बच्चा ईतनी बुलंद सोच रखता हैं तो बेशक वह बच्चा असामान्य ही होगा। महत्वपूर्ण बात यह हैं कि उनके बचपन की वह तमन्ना आज भी उनके आचरण में साफ झलकती हैं और उनके अंदर के अनोखेपन का अनुभव करा देती हैं। उनका फिल्मों का शौक उनको बहुत महंगा पड़ता था। जब-जब वह TV देखने जाते थे उनके चाचा-चाची उनकी खूब धुलाई किया करते। मगर फिर भी उन्होंने अपना यह शौक कभी नहीं छोड़ा। दोस्तों के संग खेलना, शरारते करना, TV देखना और अपनी ही रंगीन दुनिया में खो जाना; यही कुछ चीजे उनको आनंद देती थी।

प्राथमिक शिक्षा के उपरांत उन्होंने 'न्यू इंग्लिश स्कूल, माका' इस विद्यालय में admission लिया। पाँचवी से दसवी तक की शिक्षा वही से प्राप्त करी। उस विद्यालय में आसपास के गाँवों के बच्चे भी माध्यमिक शिक्षा प्राप्त करने हेतु प्रवेश लेते थे। वहा पर भी पढ़ाई में संभा सर की तरक्की काफी अच्छी थी और शरारतों में भी वह अव्वल ही बने रहे। आक्का का सपना था कि मेरा संभा बड़ा होकर collector बनेगा। संभा सर की पढ़ाई में तरक्की देख आक्का को पूर्ण विश्वास था कि उनका बेटा उनका ये सपना जरूर पूरा करेगा। अब उस वक़्त संभा सर को क्या मालूम कि यह collector आखिर होता क्या हैं। लेकिन, बचपन से ही उन्हें इस बात का एहसास जरूर था कि वह सबसे अलग और खास हैं। उन्हें हमेशा यह महसूस होता था कि वह सबसे जुदा हैं और जिंदगी में बहुत बड़ा मुकाम हासिल करेंगे। आज संभा सर एक collector से सौ गुना ज्यादा कमा रहे हैं मगर खेद की बात यह हैं कि आज आक्का अपने लाडले को शाबाशी देने के लिए मौजूद नहीं।

आजसे लगभग 24-25 सालों पहले की बात हैं, जब सर छठी कक्षा में थे। तब नवरात्री के दिन थे। आक्का का 7 दिनों से उपवास चल रहा था। हररोज की तरह ही वह अपने कामों में व्यस्त थी। शाम के वक़्त जब छोटे संभा ने उन्हें अपने कपड़े धोने के लिए दिए तब उन्हें किसी काम से बाहर जाना था। इसलिए आक्का ने संभा से कह दिया की वह आने के बाद कपड़े धो देगी और वह कपड़े धोने के लिए रखकर वह चली गई। और जब चली गई तो फिर कभी वापस नहीं आई। आक्का के घर से निकलने के कुछ देर बाद पूरे गाँव में एक भयंकर आवाज हुई जिससे पूरा गाँव काँप उठा। संभा तेजी से आवाज की ओर दौड़ पड़ा। जमा हुई भीड़ को भेद जब आगे बढ़ा तो कुछ ऐसा देखा की एकदम से रूक गया। खून से लतपत आक्का सामने बेजान पड़ी थी। एक एसटी बस से टकराकर

आक्का का accident हुआ और उसी पल उन्होंने दम छोड़ दिया।

उनका शरीर सामने ही था मगर वह जा चुकी थी। दूर... बहुत बहुत दूर। जाते-जाते संभा सर के उन बिन धुले कपड़ों में अपनी परछाई छोड़ गई। ऐसी आश्वासक परछाई जो घने अंधेरे में जब अपना खुदका साया भी साथ छोड़ दे तब भी साथ निभाए। इंसान जब श्वास त्याग दे तब बाकी रहता हैं आभास, जो पल-पल हमें उसकी मौजूदगी का एहसास दिलाता हैं। वह एहसास हमें सहलाता भी हैं मगर बहुत रुलाता भी हैं। या यूँ कह ले कि रुलाते-रुलाते सहलाता हैं और सहलाते-सहलाते रुलाता हैं। 10-12 साल की उमर, जब बच्चों ने अपनी माँ को जानना शायद शुरू भी नहीं किया होता उसी वक़्त संभा सर से भगवान का दिया यह सबसे अनमोल तोहफ़ा छीन गया। उनसे उनकी "माँ" छीन गई। माँ की मृत्यु संभा सर के जीवन की सबसे दुखद घटना हैं। वह आज अपनी ज़िंदगी में कितने भी आगे क्यु न बढ़े हो मगर उनके अंदर का वह बच्चा आज भी उसी रास्ते पर उसी जगह ठेहरा हैं जहाँ पर उसने अपनी माँ खोई थी। यह उनके जीवन का ऐसा दुख हैं जिसके बाद से हर सुख उनसे रूठ गया। मुझे आज भी याद हैं, वह अक्सर कहा करते थे कि, 'जब तक माँ होती हैं तब तक ही सारे रिश्ते-नाते होते हैं।' माँ के गुजर जाने के बाद हर रिश्ते ने उन्हें ठुकराया। बाकी रिश्तों को क्या दोष देना जब उनके पिता ने ही अपने बच्चों को अपनाने से इंकार कर दिया। ऐसे मुश्किल वक़्त में संभा सर के दादा-दादी आक्का के पाँचो बच्चों के लिए किसी फरिश्ते से कम नहीं थे। दादा-दादी उन बच्चों के पक्ष में थे तो उनके सातों बेटों ने उनको घर से बेदखल कर दिया। कारण सिर्फ यह था कि उन्होंने बच्चों की जिम्मेदारी ले ली थी। फिर दादा-दादी बच्चों के साथ अलग से रहने लगे। उनके लिए दादा-दादी ने बुढ़ापे में जवानी से भी बत्तर ठोकरें खाई। गरीबी तो पहले से ही थी मगर अब यह गरीबी लाचारी में बदल चुकी थी। घरवालों के तिरस्कारपुर्ण व्यवहार के कारण और अपने ही पिता ने जिम्मेदारी ठुकरा देने के कारण इन बच्चों के एकमेव पालनहार और इनके भविष्य के तारनहार उनके दादा-दादी ही थे। जब उनको घर से बेघर कर दिया गया तब उन्हें एक-एक दिन जीने के लिए बहुत संघर्ष करना पड़ता था। दादा-दादी के साथ-साथ यह बच्चे भी खेती के कामों के साथ जहा से भी उपजीविका मिल सके वह सारे काम किया करते। मगर वह आमदनी सात लोगों की जरूरते पुरी करने के लिए काफी नहीं थी। तब संभा सर दादाजी के साथ गाँव के बाजार में जाते और आखिर में जो नीचे पड़ी हुई सब्जिया मिलती वह उठा लाते और उसी पर उनके परिवार का गुजारा होता। कभी सुखी रोटियों के टुकड़ो से काम चलाते। मगर उनके घरवालों को

ना उस बूढ़े जोड़े पे तरस आया जिन्होने अपनी जिंदगी बेचकर उनकी जिंदगियां खरीदी थी और न उन बच्चों पे दया आई जिनकी माँ ने उन्हें ममता की छाव दी थी। हर माँ-बाप अपने बच्चों के सुनहरे भविष्य के लिए उनसे जो कुछ बन पड़े वह सब करते हैं। संभा सर के दादा-दादी ने भी अपने बच्चों के भले भविष्य के लिए जवानी में खून-पसीना एक कर दिया और अपने बेटे के बच्चों के लिए बुढ़ापे का चैन और सुकून भी त्याग दिया। उनके नौ बच्चे थे। दो बेटिया और सात बेटे। मगर सात बेटे होने के बावजूद भी बुढ़ापे मे उनके साथ एक भी बेटा नहीं था जिसने उन्हें पुत्रप्रेम दिया हो।

जिस बच्चे को अपने माँ-बाप का प्यार न मिला हो वह सबसे अभागा बच्चा हैं और इसी प्रकार जिन माता-पिता को अपने बच्चों का प्यार नहीं मिलता वह सबसे बदनसीब माँ-बाप हैं। यह दो ऐसे दर्द हैं जिनसे कोई भी इंसान उभर नहीं सकता भले उसका दिल कितना भी मजबूत क्यू न हो। क्यूँकि हम जिनका अंश हैं वह माँ-बाप हमें अगर न अपनाए तो हमें अपना वजूद खोया सा लगता हैं और वह बच्चे जो हमारा अंश हैं वह अगर हमसे दूर हो जाए तो अपने ही एक हिस्से के सिवा अपना वजूद अधूरा सा लगता हैं। दिल से जुड़े दर्द वक़्त के साथ भुलाए जा सकते हैं, रूह से जुड़े दर्द भले भुलाए न जाए पर पीछे छोड़े जा सकते हैं; मगर,जो जख्म वजूद पे प्रश्नचिह्न बने हो वह हमेशा जिंदा रहते हैं। दादा-दादी और उन बच्चों की जिंदगी ऐसे ही प्रश्नचिन्हों से घिरी हुई थी। गरीबी के कारण भौतिक जगत में तो एक-एक साँस के लिए तक संघर्ष करना पड़ता, मगर बात करे उनके भावनिक विश्व की तो दिल की एक-एक धड़कन उनके दिल के खाली कमरों पर दस्तक दिया करती और खाली हाथ लौट जाती। मगर दादा-दादी ने अपने दुख-दर्द दिल ही दिल में दफ़नाकर बच्चों के भविष्य को चुना। संभा सर के बहनों की शादी हो या उनका और उनके भाई का शिक्षण हो, दादा-दादी ने माता-पिता के सभी फर्ज अदा किए। दादा-दादी को संभा सर के गुस्सैल स्वभाव के कारण उनकी बहुत फ़िक्र होती। वे बहुत समझाते मगर माँ के जाने के बाद संभा सर कुछ ज्यादा ही चिढ़चिढ़े हो चुके थे और इसका कारण थी उनके दिल की घुटन जो उन्हें खुली साँस न लेने देती। और उस घुटन के पीछे की वजह थे उनके आसपास के लोग जिन्होने उनका मानसिक और भावनिक छल किया, उनके हालातों का हल तो न बन पाए मगर हमेशा उनका का मज़ाक बनाया।

माँ के देहांत पश्चात पिता के होने के बावजूद भी संभा सर और उनके भाई बहनों पर 'अनाथ' होने का धब्बा लग चुका था। उनके पिता ने आक्का के चले जाने के बाद छह

महीनों में ही दुसरी शादी कर ली। उनकी सौतेली माँ उनका बहुत तिरस्कार किया करती थी। गाँव के लोग यहा तक की उनके चाचा-चाची भी उन्हें अनाथ होने का ताना देते और उनके सामने अपने बच्चों को उनकी संगत में रहने से मना करते।

बिन माँ के उन्हें 'बिन माँ का बिगड़ा बच्चा' यह ब्रीद हररोज सुनना पड़ता था। माँ के जाने के बाद उनके लिए अपने और बेगाने में कोई फर्क नहीं था। उनके लिए दादा-दादी छोड़ पुरी दुनिया पराई हो चुकी थी; या यू कह ले कि दुश्मन बन चुकी थी। लोगों के रूखे बर्ताव के कारण संभा सर बहुत दुःखी रहते थे। लोग उन्हें अपनी दहलीज तक छूने से यू मना करते थे कि जैसे उस निष्पाप बच्चे के कदम उनके घरों में कोई विपदा ले आते। अपनी ओर सबकी ऐसी निर्दयी धारणा देख संभा सर का मन बड़ा विचलित रहता था। कुछ समय बाद उनके मन में इन लोगों के लिए कड़वाहट भर गई जो बिल्कुल स्वाभाविक था। इन सब चीजों का बुरा प्रभाव उनकी पढ़ाई पर भी दिखने लगा था। उनका पढ़ाई पर से मन उठ गया। साथ ही साथ उनकी शरारते भी बढ़ गई। वह पहले से बहुत ज्यादा चिड़चिड़े हो चुके थे। उनमें आ चुके इस बदलाव के कारण दादा-दादी को उनकी बहुत चिंता सताती थी। वह दोनों अक्सर उन्हें प्यार से समझाया करते कि उनका गुस्सैल स्वभाव उनके लिए किस प्रकार हानिकारक हैं; मगर लोगों के द्वेषपुर्ण बर्ताव के कारण हर बार दुबारा से उनका खून खौल उठता।

वह अब खोए-खोए से रहने लगे थे। माँ के चले जाने के बाद पढ़ाई में उनकी प्रगती का आलेख एकदम से घटता गया और शैतानियों का आलेख बढ़ता ही गया। स्कूल में वह सबको बहुत परेशान किया करते। जब वह छटी कक्षा में थे तब स्कूल की छात्राओं को स्कूल आने-जाने के लिए एक-एक सायकल दी गई थी। संभा सर ने जब उनसे एक चक्कर लगाने के लिए सायकल माँगी तो सभी ने अपनी सायकल देने से इंकार कर दिया। तब खुन्नस में संभा सर ने दुसरे दिन सबकी नजरों से बचकर लड़कियों के सायकल की घंटी निकालकर हर एक सायकल स्कूल के सामनेवाले गन्ने के खेत में फेंक दी। जब इस सायकल कांड का खुलासा हुआ तब शिक्षकों से लेकर विद्यार्थियों तक शक की सारी निगाहें बेशक संभा सर पर थी; और संभा सर ने अपनी गलती मान भी ली। फिर उनकी इस 'दंडनीय' उपलब्धि पर सबके सामने उनको स्टेज पर 'आमंत्रित' किया और 'पिटाई' से 'सम्मानित' किया गया। ऐसे सम्मानों की तो संभा सर को आदत थी, इसलिए यह उनके लिए कोई बड़ी बात तो नहीं थी। वैसे मैं याद दिला दू कि उनकी और एक पुरानी आदत थी, अपमान का बदला लेना! अगले दिन उन्होंने सभी सायकल पंक्चर कर डाली और

फिरसे मार खाई। सातवी कक्षा में उन्होंने एक नया उपक्रम शुरू किया। सामने बैठे लड़के की पैंट का बेल्ट लगानेवाला हिस्सा डोरी से बांधकर बैंच में फँसा देते। और होता यह था कि लड़का जैसेही खड़ा होने को जाता तब या तो एकदम से गिर जाता, या फिर उसकी पैंट ही फट जाती थी। लड़के का सबके सामने मजाक बनता देख संभा सर को बड़ा मजा आता था। शिक्षकों के लाख डाँटने-मारने पर भी जब वह नहीं माने तो उनको लड़कियों के पीछे बिठा दिया गया। फिर लड़कियों के यूनिफॉर्म पर पेन की स्याही से धब्बा बनाकर वह उन्हें भी परेशान किया करते। कभी-कभी तो assembly के वक़्त क्लास में ही ठहरते और लड़कियों के टिफिन चट कर जाते। उनकी कापियाँ तो हमेशा कोरी ही रहती। इस बात के कारण भी हमेशा उनको बहुत डाँट पड़ती। जब शिक्षकों द्वारा उन्हें दुसरे बच्चों से सीखने के ताने मिलते तो वह उन बिचारों की कापियाँ भी फाड़ देते और फिर मार खाते। उनकी बिगड़ी हुई पढ़ाई के कारण हिंदी विषय की शिक्षिका उनसे बहुत परेशान रहती थी। जिन बच्चों ने होम वर्क न किया हो उनको जब वह खड़े होने के लिए कहती थी तब संभा सर हमेशा गर्दन तान के खड़े हो जाते। वह संभा सर को "निर्लज्जम सदासुखी" कह के ताना मारती। और संभा सर उनकी बात का मान रखते हुए बेइज्जती के बाद भी उन्हें Thank you madam कह के बैठ जाते। उन्हें अब किसी भी चीज से कोई भी फर्क नहीं पड़ता था। वह बस अपने ही मन की किया करते। उनकी कापियाँ भले कोरी थी, मगर मन उन सारे शब्दों से भरा था जिनमें सवाल थे, शिकायते थी और जिंदगी से कई सारी रंजिशे भी थी। उनमे आ चुके इस बदलाव पर गौर करे तो एक बात का प्रखरता से एहसास होता हैं कि, शरारती तो वह पहले भी थे; मगर उन शरारतों में बचपना था, नादानी थी और हर बच्चे का जो आभूषण होती हैं वह नासमझी भी थी। मगर उनकी अब की शरारते किसी कारनामे से कम नही थी। उन शैतानियों में बस जूनून, जिद और पागलपन था। उनकी ऐसी हरकतों की वजह से लोगों का उन्हें पागल एवं बिगड़ा हुआ कहना शायद उचित था; मगर यह भूल जाना बिल्कुल भी मुनासिब न था कि इस बच्चे को ऐसे हालात में भी हमने ही तो धकेला हैं। एक सुप्रसिद्ध भजन की प्रख्यात पंक्ति हैं कि, 'पुष्प नहीं बन सकते तो तुम, काँटे बन कर मत रहना'। मगर इस सितमगर समाज ने संभा सर के पथ में केवल काँटे ही काँटे बोए। उन काँटों की राह पर चलते-चलते, अपनी खामोश चीखें सुनते-सुनते और चारों तरफ से रुसवाई के प्रहार सहते-सहते उस बच्चे का यू सौदाई बन जाना, इस कदर बौरा जाना तो स्वाभावीक था। पहले तो वह बेफ़िकर थे; मगर अब उपर-उपर से वह सबको बेशरम प्रतित होते, पर अंदर से वह पूरी तरह से बेबस थे। जब उन्हीं के घरवाले उन्हें अनाथ या भिखारी कहकर बेइज्जत कर घर की चौखट

तक ना छूने देते, तब उन्हें माँ की बहुत ही याद आती। उस बच्चे को किसी ऐसे शख्स की जरूरत थी जो उसे सीने से लगा ले और प्यार की छाँव तले पनाह दे। मगर उनका कोई भी रिश्तेदार इतना अमीर न था कि उनपर बेइंतहा मोहब्बत की दौलत नीछावर कर दे। गिनती से परे रिश्तेदार होने के बावजूद भी दादा-दादी के सिवा कोई उनका अपना न था। मगर उनके स्वभाव के कारण दादा-दादी भी उनसे हैरान हो जाते और उनके लिए परेशान हो जाते। वह उन्हें समझाते-समझाते थक जाते।

बहुत दफा ऐसा होता हैं कि, जब इंसान समझाने से समझता नहीं तब उसे समझाने की नहीं 'समझने' की जरूरत होती हैं। जब आप खुद सामनेवाले को समझोगे तभी आपको ईल्म होगा कि इस इंसान को क्या समझने की जरूरत हैं। वह बात समझाने की जगह अगर उसे उस बात का एहसास दिलाया जाए तो मुमकिन हैं कि वह बात उसके जहन तक उतरेगी। और वह एहसास उसे कैसे दिलाया जाए यह बात भी आप तब समझ पाओगे जब आप उस इंसान को समझोगे। मगर यह काम बड़े सब्र का हैं, इसलिए इसकी जगह लोग अक्सर ऊँची आवाज में चार समझदारी की बातें कहना ही उचित समझते हैं। इस बारे में संभा सर की बात करू तो मुझे अपनी एक कविता की दो पंक्तियाँ याद आती हैं- "बिना अल्फ़ाजों के होते हैं कुछ गीत, जो एहसाँसों से लिखे जाते हैं गाने के लिए; समझने वाला ही मिल जाए कोई, काफ़िले बहुत हैं समझाने के लिए"। उनके पास उन्हें समझने वाला कोई भी नहीं था। वह अपने आप को बहुत अकेला महसूस किया करते थे। उन्हें यूँ लगता था कि, पुरी दुनिया में उनको समझने वाला कोई नहीं हैं और यह बात सच ही तो थी। इस जालिम समाज ने ही तो उस बच्चे को अकेलेपन के अंधेरे कुए में धकेला था। वहा से उनको अपनेपन का हाथ देकर बाहर खींच कर नया सवेरा दिखाने वाला कोई नहीं था। एक बार जब वह आठवी कक्षा में थे, तब उन्होंने उस कुए में तैरकर लड़ते रहने की जगह उसकी गहराई से हारकर उसमें डूब जाना मुनासिब समझा। उन्होंने तब पहली दफा इस दुनिया से रूठकर इसे अलविदा कहना चाहा। उन्होंने खुदख़ुशी करने की ठान ली। मगर उनके कुछ दोस्तों ने उन्हें इस अनहोनी से बचा लिया। यह दोस्त उनसे उम्र में 8-10 साल बड़े थे। संभा सर की उम्र के किसी भी बच्चे के मातापिता अपने बच्चों को संभा सर से दोस्ती नहीं करने देते; इसलिए उनसे बड़े लड़के ही उनके दोस्त हुआ करते। यह उनसे 8-10 साल बड़े दोस्त उन्हें समझाया भी करते पर उनके कारण संभा सर को सिगरेट पीने जैसी बुरी आदतें भी लग जाती थी।

जब वह दसवी में थे तब भी एक बार उन्होंने आत्महत्या करने का कदम उठाने की कगार पर थे। हुआ यह था, कि तब दोस्तों के बहकावे में आकर उन्होंने एक लड़की के नाम चिट्ठी लिख डाली। जब यह बात शिक्षकों तक पहुँची तब उनकी बहुत पिटाई हुई और उन्हें स्कूल से निष्काषित भी कर दिया गया। यह बात उन्होंने दादा-दादी से छुपाकर रखी थी। स्कूल के वक़्त में वह गाँव में अकेले ही किसी जगह बैठे रहते या अपने से उम्र में बड़े अपने उन दोस्तों के संग ठहरते। घरवालों को लगता कि स्कूल में गए हैं और स्कूल में सब सोचते कि घरपे ठहरे हैं। उस वक़्त उनपे मानसिक तनाव ने तो जैसे हल्ला बोल दिया था। एक तरफ माँ की स्मृतियाँ, दुसरी तरफ सबकी निष्ठुर कृतियाँ और सामने कही दूर भविष्य की धुंधली आकृतियाँ; इन सबमे संभा सर का मानसिक और भावनिक संघर्ष चलता रहता। उपर से हररोज की रोटी के लिए हररोज जो पापड़ बेलने पड़ते वह तो एक अलग ही समस्या थी। सभी की जिंदगी में कोई ना कोई समस्या होती ही हैं जिससे लड़ने की सोचो भी तो दिल बेबस हो जाए। मगर ऐसी ढेरों समस्याए किसी एक ही इंसान को सताने लगेगी तो उसे अपनी अँधेरे जीवन में उम्मीद का सूरज भला कैसे दिखेगा! संभा सर का हाल भी कुछ ऐसा ही था। तब उन्होंने खेती में प्रयोग कि जानेवाली कोई औषधि खाकर जब जान देने की कोशिश की, उनके एक चचेरे भाई ने उन्हें रोक लिया और समझाया। फिर उनके बड़े दोस्तों ने स्कूल में बात करी और संभा सर को स्कूल में आने की इजाजत देने की याचना कि। मिन्नतों बाद स्कूल वाले मान गए और संभा सर फिरसे स्कूल जाने लगे।

संभा सर ज़िन्दगी के साथ-साथ मैदान के भी एक बेहतरीन खिलाडी हैं। कुश्ती, घुडसवारी जैसे खेल तो वह बचपन से ही खेलते थे; मगर, सातवी कक्षा से वह और भी भिन्न-भिन्न प्रकार के खेल खेलने लगे, जैसे कि ज्युदो, कराटे, किक-बॉक्सिंग, ॲथलेटिक्स, ताए-क्वॉन-दो, कबड्डी, आदि। खेल में उनकी हमेशा से ही रुचि लक्षणीय थी। एक खिलाडी के लिए अच्छी तालिम के साथ अच्छा आहार होना भी जरूरी होता हैं; मगर,घर की आर्थिक स्थिती इतनी बिकट थी कि बाँसी रोटियों के टुकड़े ही उनके लिए उनका आहार थे। फिर भी बिना किसी बहाने के वह बड़ी लगन से खेलते रहे। उनके लिए उनका खेल ही उनकी जिंदगी था। कुश्ती में तो वह झंडे गाड देते थे। इस बात की यथोचित कल्पना एक घटना से कि जा सकती हैं। हुआ यह था की एक बार उनकी कुश्ती पर बेहद खुश होकर किसीने उन्हें रोज दूध पीने के लिए एक भैंस भेट में दिई थी। संभा सर खेल की प्रतियोगिताओं में हिस्सा लिया करते थे। उनके खेल का लाजवाब प्रदर्शन

उनके लिए संपदा भी था और आपदा था। संपदा इसलिए क्यूंकि खेल के क्षेत्र में उनकी जड़े मजबूत होती जा रही थी। अहमदनगर जिले में खेल को नई ऊँचाई पर ले जाने की शुरुआत हो चुकी थी। और आपदा इसलिए क्यूंकि मन ही मन में उनको आगे बढ़ता देख अन्य प्रतियोगी तथा उनके कोच उन्हें पीछे खिचने की कोशिश किया करते। एक बार तो हद ही हो चुकी। जिलास्तरीय ज्युदो प्रतियोगिता में विजय हासिल कर राज्यस्तरीय ज्युदो प्रतियोगिताओं के लिए संभा सर का चयन हुआ था। राज्य स्तरीय प्रतियोगिताओं में भी उन्होंने अपने प्रतिद्वंदी को पछाड़ दिया था। फिर भी उन्हें खेल से बाहर कर दिया गया; क्यूंकि उनका वह प्रतिद्वंदी हमेशा से जीतता आया था और वहा के एक कोच का चहिता भी था। इसलिए अंत में उसे ही विजयी घोषित किया गया। अब ऐसे बच्चे जो कुटिलता से आगे बढ़े हो या आगे बढाए गए हो वह क्या ही इस देश का भविष्य लिखेंगे। खेद की बात यह हैं कि, ऐसे कुटिल व्यक्ति लगभग हर क्षेत्र में थोड़ी-बहुत हद तक भरे पड़े हैं। और उनका शिकार होते हैं वह काबिल बच्चे जो किसी के सहारे बिना, एकदम सीधी भाषा में कहु तो किसी की भी चमचेगीरी किए बिना अपने दम पर आगे बढ़ रहे होते हैं। हर आगे बढ़नेवाले व्यक्ति को ऐसे अनुभवों से गुजरना पड़ता हैं। मुझे भी गुजरना पड़ा था, गुजरना पड़ता हैं और यकीनन आगे भी गुजरना पड़ेगा। पर अनुभव यह भी रहा हैं कि अगर हम उन्हें नजरंदाज कर निडरता से अपने ही अंदाज में अपने पथ पर चलते रहे तो यही वह लोग होते हैं जिनके कारण हम मानसिक रूप से इतने मजबूत हो जाते हैं कि कुछ समय बाद हमें ऐसी किसी भी घटना से हैरानी-परेशानी होना बंद हो जाता हैं।

संभा सर के साथ भी ऐसा ही हुआ। बचपन से ही उनके आसपास ऐसे ही लोग थे जो उन्हें निचा दिखाने की कोशिश किया करते। पहले तो ऐसी बाते उन्हें बहुत चुभती थी मगर धीरे-धीरे उन्हें फर्क पड़ना बंद हो गया। किसी भी चीज से मुक्त होना कोई कृति नहीं हैं जो कुछ पलों में समाप्त हो जाएगी। बल्कि, वह एक प्रक्रिया हैं जो अपने सही समय पर पुरी हो जाती हैं। हमें जरूरत हैं बस थोड़ा धीरज रखने की और खुदको संभालने की। खेल में उतरने के बाद ऐसे कई अनुभवों ने संभा सर के व्यक्तित्व को आकार दिया। विविध प्रकार के खेलों में उन्होंने जिला, राज्य तथा राष्ट्रीय स्तर पर अच्छी कामगिरी करी; लेकिन खेल में बहुत आगे तक छलांग लगाने की काबिलियत होने के बावजूद भी वह सही कोच न मिलने के कारण ज्यादा आगे तक भले जा नहीं पाए, मगर एक अच्छा कोच बनकर उन्होंने ग्रामीण विभाग के बहुत से बच्चों को अलग-अलग खेलों की तालिम दि। इस नेक काम की शुरुआत तब हुई जब वह दसवी कक्षा में थे। उस वक़्त

उन्होंने कराटे के क्लास लेना शुरू किए। वैसे तो वह अन्य खेल भी सिखाया करते थे, लेकिन हम क्लास को 'कराटे क्लास' ही कहते थे। शायद इसलिए क्यूंकि, शुरुआती दौर में हमें martial arts में से सिर्फ कराटे ही पता था। अपनी दिशाहीन जिंदगी को एक दिशा देनेवाली घटना के तौर पर संभा सर यह बात बताते कि, कराटे क्लास में आनेवाले उनके विद्यार्थी जब उन्हें 'सर' कह के संबोधित करने लगे तब उन्हें पहली बार उन बच्चों ने एक इज्जतदार इंसान होने का अनुभव कराया था और तब से वह अपने भविष्य के प्रति अपनी जिम्मेदारी को गंभीरता से लेने लगे थे। सालों बाद उन्हें वह उम्मीदों का सूरज नजर आने लगा था। तब उनकी ज़िन्दगी का एक नया अध्याय शुरू हो चुका था।

दसवी के बाद संभा सर ने ग्यारहवी तथा बारहवी की शिक्षा प्राप्त करने हेतु 'श्रीराम माध्यमिक और उच्च माध्यमिक विद्यालय, ढोर, जलगाँव' यहा ग्यारहवी में 'कला' शाखा में प्रवेश लिया। इन दो सालों में उन्होंने बहुत ही संघर्ष किया। पढाई के साथ वह कराटे क्लास भी लिया करते और इतना ही नहीं बल्कि, पैसों का प्रबंध करने हेतु जो मिले वह सारे काम किया करते। तब उनके जौखेड और देड़गाँव में कराटे क्लास थे। उनका कॉलेज उनकी स्थायी जगह से 8km की दूरी पर था। जौखेड का क्लास 11km और देड़गाँव का क्लास 7km की दूरी पर था। जौखेड का क्लास हररोज रहता था और देड़गाँव का क्लास हफ़्ते में एक दिन शनिवार को रहता था। इस तरह उनको प्रतिदिन 38km तथा शनिवार के दिन 52km का सफर तय करना पड़ता। और यह यात्रा वह सायकल से किया करते। बारिश के दिनों में उनको सफर करने में बड़ी तकलीफ़ होती थी। एक बार तो सायकल कीचड़ में बहुत बुरी तरह फंस चुकी थी और सर भी घुटनों तक कीचड़ में फंसे हुए थे। ऐसी नौबत अक्सर आया करती थी; तब जैसे तैसे करके संभा सर वहा से खुदको और अपनी सायकल को आजाद कर वापस अपनी राह पकड़ लेते। इस छोटी सी बात में जिंदगी का फलसफा छुपा हैं। जो हमें कीचड़ में जकड़कर रखती हैं ऐसी अनचाही बारिशे हम सब की ज़िंदगियों में होती रहती हैं। उस वक़्त हालात से हारकर, हालातों का बहाना कर वही फँसे रहना हैं या जिस प्रकार जमीं में बोया कोई बीज आसमान पे अपनी नजर रख उसकी ओर बढ़ता रहता हैं और अंत में एक विशाल पेड़ के रूप में राज करता हैं उस प्रकार अपनी पूरी ऊर्जा लगाकर उस दलदल से बाहर निकलकर अपनी राह में आगे बढ़ना हैं; इन दोनों विकल्पों में से हम जो चुनेंगे वही हमारी काबिलियत की परिभाषा कहलाएगा। संभा सर के हालात उनके पक्ष में भले न थे पर वह कभी हिम्मत नहीं हारे। अपनी पढ़ाई और कराटे क्लास के साथ वह खुदकी तालिम पर

भी कटाक्ष से ध्यान देते। उसमें दो बातों का अलग से वर्णन करना चाहूँगी। पहली तो यह कि वह हररोज 20km की दौड़ लगाते। इस कारण सालों बाद भी उनको शारीरिक कष्ट से कोई थकान महसूस नहीं होती और वह हमेशा फुर्तिले ही होते हैं। दुसरी बात यह कि कराटे की एक-एक किक का वह हजार बार अभ्यास किया करते। खेल में उनकी जड़े मजबूत होने के पीछे उनकी सालों तक की गई अविरत मेहनत हैं।

बारहवी की परीक्षा में उत्तीर्ण होने के उपरांत संभा सर को आगे की शिक्षा लेने की इच्छा थी। मगर उनके पिताजी हर बार की तरह उनके रास्ते का काँटा बन उन्हें दुबारा से चुभ गए। उन्हें संभा सर का बारहवी के बाद पढ़ना मंजूर नही था। वजह कुछ खास नहीं थी बस हमेशा की तरह वह अपने बेटे पर अपना हुकूम चलाना चाहते थे। अलग रहने के बाद भी अपने निष्ठूर पिता और घरवालों ने संभा सर को बिलकुल भी बक्शा नहीं था। बचपन में उनके मन पे नजाने कितने आघात किए, और अब जवानी में उनकी आज़ादी को काबू में रखना चाह रहे थे। मगर संभा सर भी कुछ कम ज़िद्दी नहीं थे। वह भी अपने आगे पढ़ने के फैसले पर अटल रहे। तब उनके पिताजी ने उन्हें बहुत मारा और अपनी बात को पत्थर की लकीर की तरह बना दिया। पर संभा सर भी बहते पानी की तरह हैं। अपनी ही दिशा में आगे बढनेवाले। मार्ग में आनेवाली हर बाधा का तोड़ निकालकर बिना रूके हमेशा आगे बढनेवाले। अपने पिता के ऐसे बर्ताव के कारण वह घर से भागकर अहमदनगर जिले के नगर तालुके में आ पहुँचे।

घर से भागकर तो वह चले आए मगर वह जहा आ चुके थे वहा हज़ार नई परेशानिया उनका इंतजार कर रही थी। जिंदगी में हर किसी का हाथ छूट सकता हैं, मगर परेशानियों का साथ कभी नहीं छूटता। या यू कह ले कि, जिंदगी में किसी न किसी वजह से प्रत्यक्ष या अप्रत्यक्ष रूप से कभी न कभी हर किसी का हाथ हाथों से छूट ही जाता हैं और शायद इसिलिए यह परेशानिया हमारे साथ होती हैं। सफ़र में साथ चलने के लिए न सही मगर साथ देने के लिए ही कोई सच्चा साथी साथ हो तो यह मुश्किले हमें हारने नहीं देती। अफ़सोस की बात यह हैं कि संभा सर के साथ ऐसा कोई नहीं था। अपने ख्वाबों की मायानगरी में उनका सफर एकदम तन्हा था। शायद यही वजह हैं कि आज वह हर एक मायने में एक आत्मनिर्भर व्यक्ति हैं। इस बात ने उन्हें उस समय बहुत तकलीफ पहुँचाई, मगर यही वजह हैं कि आज वह अपने दम पर आसमाँ की बुलंदियाँ छू रहे हैं।

क्यूँकि हर एक सफ़र अकेले तय करने की हिम्मत रखने वालों के हौसले आसमाँ से भी ऊँचे और समंदर से भी गहरे होते हैं। हाँ मगर यह सफ़र आसान तो बिलकुल नहीं

होता। ऐसे रास्तों पे अक्सर खुद की खुद से ही जंग होती हैं। खुद ही से हारे हैं और खुद ही से जितना हैं!

नगर में आने के बाद उन्होंने अपने बुआ के बेटे राजू से सम्पर्क किया। राजू ने अपने एक पहलवान दोस्त के साथ संभा सर के ठहरने की व्यवस्था की। संभा सर उस पहलवान के साथ एक कमरे में रहने लगे। तब एक दिन किसी कारण उन दोनों में तू-तू मैं-मैं हो गई और बात इतनी आगे बढ़ गई कि दोनों हाथापाई पर उतर आए। अब दोनों भी पहलवान थे तो कोई भी पीछे हटने को तैयार नहीं था। तब मामुली सी देहयष्टि वाले संभा सर ने उस बलशाली पहलवान को चारों खाने चित कर दिया था। संभा सर ने उस पहलवान को इतना पीटा कि वह बेहोश ही हो गया। तब संभा सर को लगा कि वह मर गया हैं और वह डर के मारे वहा से भाग गए। होश में आने पर पहलवान ने राजू को सारी हकीकत बता दि। जब राजू ने संभा सर से सवाल-जवाब किए तो उन्होंने अपनी सफाई देकर वहा से निकल जाना ही सही समझा। बाद में उस पहलवान ने संभा सर को अपनी कुश्ती की तरकीबे उसे सिखाने की विनंती कि थी, लेकिन संभा सर ने उससे दूर रहना ही सही समझा। इस तरह से नए शहर में नई मुसीबत के साथ उनका स्वागत हो चुका था। बचपन और जवानी के दिनों में यह मारपीट तो उनके लिए किसी खेल जैसी ही थी। इस बात पे शायद यकीन ना हो लेकिन उस वक़्त उनको किसी 'डॉन' से कम नही माना जाता था। मगर यह डॉन खलनायक नहीं नायक ही था। गाँव में तो उनकी ख्याति यहाँ तक थी की अगर कहीं कोई घोटाला हो जाए तो उनको बात संभालने के लिए बुलाया जाता था। तब गुंडागिरी की दुनिया में संभा लोंढे यह एक जाना माना नाम था। एक बार तो उनकी प्रसिद्धि सुनकर एक जगह उन्हें कुछ गुंडों से लड़ने के लिए बुलाया गया था। सब की यही कल्पना थी की यह संभा लोंढे बड़ी सुदृढ़ देहयष्टि का होगा। लेकिन जब उन्होंने संभा सर को प्रत्यक्ष आमने सामने देखा तो सबकी निगाहें कुछ आश्चर्य से तो कुछ संदेह से चौंक उठी। संभा सर ने जब अपने बलबूते पर पूरा मामला संभाल लिया तब जाकर सबको यकीन हुआ की वह 'छोटा पैकेट और बड़ा धमाका' थे। पर उन्होंने कोई भी लडाई कभी भी किसी का छल करने हेतू या किसी को नुकसान पहुंचाने हेतू नहीं की। उनकी मारपीट के किस्से तो अनगिनत थे। जब वह 12वी कक्षा में थे तब बोर्ड की परीक्षा के पूर्व गाँव के मेले में कोई हंगामा हो चुका था। तब भी उन्होंने एक दोषी वकील को बुरी तरह से पीटा था। और एक बार तो नौवीं कक्षा में जब एथलेटिक्स की प्रतियोगिताओं के लिए वह भेंडा गाँव में गए थे तब वहाँ पर किसी ने उनकी टीम के किसी खिलाड़ी के साथ दुर्व्यवहार किया

तो उन्होंने उस लड़के को भी बहुत पीटा। दूसरों की मदद करने के लिए लोगों से मारपीट करने का उनका स्वभाव उन्होंने बचपन में चोरी-छिपे देखे हुए उन फिल्मों का प्रतिबिंब था जिनमें कोई हीरो निर्दोष लोगों को बचाने के लिए गुंडों से लड़ता था।

नए शहर में भी उनका सफरनामा मारपीट से ही शुरू हुआ। उसके बाद वह जगह छोड़कर उन्होंने अपना ठिकाना कहीं और लगा लिया। 2005 इस शैक्षणिक वर्ष में उन्होंने अहमदनगर कॉलेज में प्रथम वर्ष की पढ़ाई के लिए अपना प्रवेश निश्चित किया और एक नई राह पर अपने कदमों को मोड़ दिया। उनका महाविद्यालयीन जीवन बड़ा ही मजेदार और साथ ही साथ तनावपूर्ण भी रहा हैं। किस प्रकार उनको एक के बाद एक कॉलेज बदलना पड़ा था इसके पीछे की कहानी बड़ी रोचक हैं।

संभा सर का स्वभाव था ही ऐसा कि कोई भी उनसे प्रभावित हो जाए। उन्होंने ने नगर के 'न्यू आर्ट्स' कॉलेज में B.A के लिए admission लिया। वहा के एक प्रोफेसर की बेटी भी उसी कॉलेज में पढ़ती थी। उसे शुरुआत में तो संभा सर से नफरत थी लेकीन जैसे-जैसे वह संभा सर को जानने लगी, धीरे-धीरे यह नफरत प्यार में ढलती गई। उस लड़की को यह यकीन तो हो चुका था कि वह संभा सर पे भरोसा रख सकती हैं। इसलिए उसने संभा सर से अपने मन की बात कह दी। वह सुनकर संभा सर को कुछ खास ख़ुशी नहीं हुई, क्यूंकि उन्हें अपने हालात मालूम थे। वह जैसे भी थे मगर हमेशा से एक सच्चे इंसान थे। अपने संघर्ष को किसी और का संघर्ष बनाना उनको बिलकुल मंजूर नहीं था। और तब उनकी जिंदगी इतने अंधेरे में थी कि वह यह तक उम्मीद नहीं रख सकते थे शायद भविष्य में नजारे कुछ बदल जाए। ऐसे वक्त में अक्सर कठोर हालातों के सामने दिल की नज़ाकत को अनदेखा करना पड़ता है।

ऐसे में लड़कियों के झमेले में फसना उनके लिए मुनासिब नहीं था, इसलिए वह उस लडकी से कोई भी झूठा वादा किए बगैर ही वह कॉलेज छोड़कर वहा से चले गए।

नगर में 2005-06 इस शैक्षणिक वर्ष में उनका प्रथम वर्ष समाप्त हो चुका था। फिर आगे द्वितीय वर्ष की पढाई के लिए उन्होंने लोणी के कॉलेज में admission लिया और वहा पर तो वह एक ही महीना टिक पाए। इसके पीछे की वजह भी एक लड़की ही थी। हुआ यह था कि जब सर कॉलेज गए तो उन्होंने देखा कि एक लड़की सीढ़ियों पे बैठी अकेली ही रो रही हैं। तो सर उसके पास गए और सीधे पूछा कि "तुम क्यों रो रही हो?" अब संभा सर कॉलेज में नए थे तो उस लडकी को जानते नहीं थे। इसलिए बिना जान

पहचान संभा सर का पूछताछ करना उसको दखलंदाजी लगा। तो उसने कटाक्ष में संभा सर से पूछा कि "तुम कौन पूछनेवाले?" संभा सर ठहरे एकदम भोलेभाले। उन्हें लगा कि वह कॉलेज में नए हैं तो जान पहचान के लिए पुछ रही हैं। तो वह एक सांस में ही शुरू हो गए, "मेरा नाम संभाजी लोंढे हैं। मैं BA के द्वितीय वर्ष की पढ़ाई के लिए यहाँ आया हूँ, मैं माका गाँव से हूँ... और बोलते ही रह गए।" उनकी ऐसी बचकानी बातों पर और भोलेपन पर वह कुछ देर पहले रोती हुई लड़की जोर-जोर से हसने लगी। यह सुनकर तो मुझे भी आश्चर्य हुआ कि आज जो इन्सान बातें करने में इतना होशियार हैं वह एक वक्त में बच्चे जैसा भोला था। सच हैं कि जिंदगी के सितम रूई जैसे मुलायम मन वाले इंसान को भी सुई की नोक जैसा तीक्ष्ण बना देते हैं। इस लड़की ने संभा सर में एक अच्छा इंसान देखा और उनसे दोस्ती कर ली। कुछ दिनों में ही उसके मन में संभा सर के लिए एक खास जगह बन चुकी थी। उसको संभा सर में अपने जीवनसाथी की परछाई दिखने लगी। जैसे ही उसने संभा सर से यह बात कही उनको पता था कि अब उन्हें क्या करना है। उन्होंने उसकी बात तो सुन ली और उससे भी कोई वादा किए बगैर एक महीने में ही कॉलेज छोड़ दिया और चल पड़े कही और अपना admission करवाने।

उनके यह फैसले सही थे या गलत पता नहीं लेकीन उनका इनके पीछे का उद्देश्य बिलकुल सही था। वह बस किसी को भी अंधेरे में नहीं रखना चाहते थे। ना उन लड़कियों को और ना खुदको। हड़बड़ाहट में इंसान अक्सर सही गलत तय नहीं कर पाता मगर उद्देश्य अगर सही हो तो तो बाद में पछतावा कुछ कम होता हैं। लोणी के बाद संभा सर ने शेवगाँव के कॉलेज में 2006 में द्वितीय वर्ष के लिए admission लिया। मगर यहाँ भी उनकी शिक्षा सरलता से पूर्ण नहीं हो पाई। उसी कॉलेज में पढ़नेवाली एक लड़की को संभा सर भा गए। लड़कियों को संभा सर भरोसेमंद प्रतीत होते, इसलिए शायद वह मन की बात कह देने में कतराती नहीं थी। इस लड़की ने भी अपने प्यार का इज़हार कर ही दिया। अब तो संभा सर इस सबसे तंग आ चुके थे। अपनी मजबूरियों के कारण वह किसी लड़की के चक्कर में नहीं पड़ना चाहते थे लेकिन अब तक उन्हें यह बात तो समझ में आ चुकी थी कि कॉलेज बदलते रहने से इस समस्या का समाधान नहीं मिलने वाला। इसलिए इस बार उन्होंने कॉलेज तो नहीं बदला मगर उस लड़की का graduation पूरा होने तक कॉलेज नहीं गए। बाद में उन्होंने उसी कॉलेज से 2010 मे अपना graduation पूरा कर लिया। इस तरह 3 साल की डिग्री उन्होंने 5 सालों में प्राप्त कर ली।

इन लड़कियों के अलावा संभा सर के कॉलेज के दिनों की बात करे तो वह जिस भी कॉलेज में जाते थे वहा के प्रोफेसर लोग उनसे परेशान हो जाते। उनकी नजर में संभा

सर कॉलेज में सिर्फ time pass के लिए आनेवालों में से थे। मगर कुछ लोगों की परखती नज़र उनके अंदर की काबिलियत को हेर लेती थी। कटाक्ष में ही सही लेकिन कुछ professor उनकी सराहना भी करते थे। उन्हें समझाते भी थे।

अपने ग्रेजुएशन के सालों के दरमिया वह अपने अंदर के एक कलाकार को उभरने का मौका दे रहे थे। उन्हें स्कूल के दिनों से ही लिखने का बहुत शौक था। दोस्तों से बाते करते वक्त वह बोलते-बोलते एकसरीखे शब्दों की सलीके से रचना कर किसी भी बात पे कविता बना देते। तभी से उनकी एक कवि बनने की शुरुआत हो गई थी। बादमें उन्होंने मराठी साहित्य में अपनी लेखक के तौर पर एक पहचान बनाई। ग्रेजुएशन के दौरान उन्होंने चित्रपट कथाए लिखी थी जिनमें से 'परतीचा प्रवास' नामक मराठी शॉर्टफिल्म को राज्यस्तर पर प्रथम क्रमांक मिल चुका था। वह अच्छा लिखते भी थे और उनको फिल्मों में अभिनय करने का भी शौक था। लेकिन उनको फिल्मे बनाने में एक अच्छी टीम न होने के कारण कुछ खास तरक्की नहीं मिल पाई। उन्होंने लिखी 'गड़ाची वारी' इस फिल्म की स्क्रिप्ट ही चोरी हो गई थी। 'प्रवास' नामक एक फिल्म बनाते वक्त उन्होंने अपने साथियों के साथ मिलकर 35,00,000 रूपये का भांडवल इकठ्ठा किया था लेकिन उन लोगों ने संभा सर को धोखा दे दिया और खुद पैसे लेकर फरार हो गए। उनके बहुत से काम इसी कारण अड़ गए कि उनको अपने पक्ष में अच्छे लोगों का साथ नहीं मिला।

शेवगाव के कॉलेज में उनकी एक व्यक्ति विशेष से मुलाकात हुई जो उनकी ज़िंदगी के बेहद खास और महत्वपूर्ण लोगों में से एक हैं। उन्हें संभा सर 'थोरात सर' कह के संबोधित करते हैं। वह संभा सर के senior थे। थोरात सर ने संभा सर को हमेशा से अपने छोटे भाई की तरह ही प्यार किया। उन्होंने संभा सर को न जाने कितनी बार और न जाने कितने पैसों की मदद कि लेकिन कभी भी एक रुपए की भी मांग नहीं कि। खुद के हिस्से की रोटी तक उनको खिलाते थे। हमेशा उनको अच्छी बातें सिखाते और प्रेरित करते। संभा सर के साथ उनका कोई खून का रिश्ता ना होने के बावजूद भी संभा सर को उनसे बेहतर कोई नहीं समझता। थोरात सर की माँ ने संभा सर के बारे में बहुत गलत-सलत बातें सुनी थी, इसलिए वह हमेशा उनको संभा सर के साथ रहने से मना करती थी। लेकिन जब उनके ध्यान में आया कि खुद एक मुश्किलों भरी जिंदगी जीते हुए भी संभा सर हमेशा दूसरों के भले के बारे में सोचते हैं और गरीबों की मदद करते हैं, उनके लिए लड़ते भी हैं। तब उन्हें एहसास हुआ कि संभा सर दिल के बहुत अच्छे हैं। तबसे वह भी उन्हें बहुत प्यार करती।

7 मार्च 2010 को मन में आशाओं के बुझे दीप दुबारा प्रज्वलित कर एमपीएससी परीक्षा की तैयारी के लिए राहुरी के महात्मा फुले कृषि विद्यापीठ में कदम रखा। खुद यही की रहिवासी होने के कारण मुझे ज्ञात हैं कि तब भी और आज भी यहा बहुत से बच्चे लोकसेवा आयोग की परीक्षा की तैयारी करते हैं। इसके पीछे की मूल वजह हैं यहाँ का शैक्षणिक रूप से परिपूर्ण माहौल। पढ़ाई की बात करे तो संभा सर बचपन से ही बहुत काबिल छात्र रहे हैं और किसी भी निर्धारित लक्ष्य को हासिल करने का हौसला भी उनमें हैं। इसलिए यह परीक्षा सफलतापूर्वक पार कर जाना उनके लिए बिल्कुल भी नामुमकिन नहीं था। विद्यापीठ में आने के बाद उनके एक मामा ने शेतकरी निवास में उनके रहने की व्यवस्था कि। शेतकरी निवास बाहर के प्रांत से विद्यापीठ को भेंट देने हेतु आनेवाले यात्रियों को निवास की सुविधा प्रदान करता हैं। बाद में जान-पहचान के जरिए उनकी विद्यापीठ के कैंपस में किराये पर रहने की सुविधा हो गई।

पढ़ाई के साथ उनके ब्राम्हणी और वांबोरी में कराटे क्लास भी शुरू थे। अच्छे कोच ना मिलने के कारण या मार्गदर्शक के तौर पर मार्ग भटकानेवाले लोग मिलने के कारण संभा सर में काबिलियत होने के बाद भी उनका खेल में भवितव्य अधूरा ही रह गया। मगर अन्य बच्चों को प्रशिक्षण देकर उन्होंने उनका भवितव्य उजागर कर दिया। संभा सर पढ़ते तो थे मगर कुछ पारिवारिक कारणों के कारण उनकी पढाई में नियमितता का अभाव था। कभी किसी चीज को लेकर घरवालों के साथ झगड़े हो जाते तो कभी बहनों पे ससुराल में जुल्म होते तो उनके ससुरालवालों से भी झगड़े हो जाते। कभी-कभी यह झगड़े हाथापाई का रूप धारण करते थे। संभा सर अपने भावना प्रधान स्वभाव के कारण इन सब बातों को नजरअंदाज कर अपनी पढ़ाई पर ध्यान नहीं लगा पाते थे। फिर भी मेहनती होने के कारण उनको सफलता मिलती तो थी लेकिन कभी वह डॉक्यूमेंट वेरीफिकेशन में फेल हो जाते तो कभी उनसे डोनेशन मांगा जाता जिसकी पूर्तता नहीं कर पाने के कारण उनका परीक्षा में चयन होने के बाद भी उनको अपना अधिकार नहीं मिल पाया। बार-बार इस प्रकार असफल होने के बाद लोक सेवा आयोग की परीक्षा पर से उनका मन उठ गया। अब वह अपने कराटे क्लास पर ही ध्यान देते थे। कराटे क्लास के सभी बच्चों के वह चहीते थे। कराटे, ज्यूडो, ताए क्वान दो जैसे खेल वह सिखाया करते थे। बच्चों के लिए वह खुद भी बहुत मेहनत करते थे। वह उन बहुत चुनिंदा लोगों में शामिल हैं जो अपने काम को सिर्फ पैसे कमाने का जरिया नहीं समझते बल्कि अपने कर्म से दूसरों के जीवन में सुखद परिवर्तन लाने का प्रयास करते हैं और उसी में उन्हें सुकून और ख़ुशी मिलती हैं। केवल पैसों के पीछे भागनेवाले लोग कभी भी स्थायी रूप से खुश नहीं रह पाते; क्यूंकि

उस ख़ुशी में सुकून नहीं सिर्फ सुरूर हैं। संभा सर अपनी जिंदगी से तो कुछ नाराज और कुछ हैरान थे, मगर उनका यह काम उन्हें सुकून और ख़ुशी दोनों देता था।

अब तक संभा सर की शादी की उमर हो चुकी थी। उनकी दादी बार-बार उनसे अपना घर बसा लेने के लिए कहती रहती। दादा-दादी की उनके जीवन में बहुत ही महत्वपूर्ण भूमिका रही हैं। संभा सर अक्सर कहते हैं कि अगर दादा-दादी ने उनकी जिम्मेदारी नहीं ली होती, तो आज भी वह गुंडागर्दी ही कर रहे होते। दादा-दादी को अब बस संभा सर की शादी देखनी थी। संभा सर एक नेक और काबिल इंसान थे इसलिए उनको किसी ने नापसंद करने का कोई सवाल ही नहीं था। फिर भी कुछ ना कुछ कारण से उनका बना बनाया रिश्ता टूट ही जाता था। जब वह पढ़ाई कर रहे थे तो उनके चचेरे मामा ने उनके समक्ष यह प्रस्ताव रखा कि, "अगर तुम्हें नौकरी मिल जाती हैं तो मैं अपनी बेटी की शादी तुमसे कराऊंगा।" कुछ दिनों बाद संभा सर की एरिगेशन में नौकरी निश्चित ही हो गई थी, लेकिन डॉक्युमेंट वेरीफिकेशन में उनको रिजेक्ट किया गया। तब तय हो चुकी शादी मामाजी ने तोड़ दी, क्यूंकि संभा सर की नौकरी हाथ से निकल चुकी थी। फिर उन्होंने अपनी बेटी की शादी संभा सर की एक मौसी के बेटे से करा दी जिसकी नौकरी लग चुकी थी। ब्राम्हणी में संभा सर के पहचान की एक लड़की थी जो उन्हें पसंद करती थी। उसने संभा सर को अपने दिल की बात बता दी और संभा सर ने भी हां कर दी। मगर कुछ समय बाद उसी ने रिश्ते से इंकार कर दिया क्यूंकि उसे लगा था कि संभा सर को नौकरी मिल जाएगी फिर वह शादी करेंगे। पर संभा सर को नौकरी मिल नहीं पाई। ताजुब की बात यह हैं कि बाद में उस लड़की ने पता नहीं क्या सोचा और वह संभा सर को धमकी भरे कॉल करने लगी और ब्लैकमिल करने लगी। संभा सर ने उससे संपर्क तोड़ दिया और इस मुसीबत से पीछा छुड़ा लिया। और एक लड़की थी श्रीरामपुर की। वह संभा सर को सच्चे मन से चाहती थी। संभा सर की सीरत उसे भा गई थी। संभा सर ने भी उसे पसंद कर लिया था। अब बात यह थी कि, वह लड़की अलग जाती की थी। फिर भी उसके घरवालों को ऐतराज नहीं था क्यूंकि लड़का हीरे जैसा था। संभा सर ने भी दादा-दादी से बात कर ली थी। शादी की तारीख तक तय हो चुकी थी लेकिन लड़की के रिश्तेदारों में से किसी ने संभा सर उनकी जाती के बाहर होने के कारण शादी को लेकर आपत्ति जताई। संभा सर तब भावनाओं के शिकार हो जानेवालों में से थे। वह नहीं चाहते थे कि उनकी ख़ुशी किसी और के दुःख की वजह साबित हो। इसलिए लडकी को और उसके माता-पिता को रिश्ता मंजूर होने के बाद भी संभा सर ने वह रिश्ता तोड़ दिया। रिश्ता तोड़कर उन्हें ऐसा लगा कि उन्होने किसी का दुःख मिटा दिया। पर वास्तव में यह

उनका वहम था। क्यूंकि उन्होंने लडकी के प्रगतिहीन विचार रखनेवाले रिश्तेदारों को खुश करने के लिए उस लड़की की, उसके माता-पिता की और अपने आप की भी खुशियां त्याग दी। वह लडकी जो उनसे प्यार करती थी, उसने कुछ साल तो शादी ही नहीं कि। फिर धीरे-धीरे खुदको संभाला और घरवालों के समझाने पर किसी और से शादी कर ली जो उनकी जाती का था। हम जिंदगी की किसी भी स्थिति में हर किसी को खुश नहीं रख सकते; क्यूंकि हर इंसान अपनी-अपनी समझ के हिसाब से सोचता हैं और अपने तरीके से जीता हैं। अब ऐसे में भला कैसे कोई हर किसी को किसी एक निर्णय से संतुष्ट कर पाएगा! ऐसी स्थिति में अपनी भावनिक और वैचारिक बुद्धिमत्ता से हमें सही निर्णय लेना पड़ता हैं। सिर्फ भावनाओं के आदि होकर अगर निर्णय लिया जाए तो अक्सर हमारा यह 'सही' गलत हो जाता हैं।

नौकरी और छोकरी इन दोनों मामलों में संभा सर की किस्मत एक जैसी ही थी। दोनों हाथ में तो आती थी मगर पकड़ में नहीं। किसी न किसी वजह से बनी बनाई बात बिगड़ जाती थी। दादी के जीते जी संभा सर की शादी हो नहीं पाई और दादी की यह इच्छा अधुरी ही रह गई। 2014 में दादी ने बुढ़ापे के कारण अपनी सांसे त्याग दी। माँ के बाद दादी ही थी जिनके आंचल की छाव तले संभा सर को सुकून मिलता था। मगर अब उनसे उनका यह सुकून हमेशा के लिए छीन चुका था।

मेरे पापा और संभा सर अच्छे दोस्त थे और संभा सर हमारे रिश्तेदार भी थे। पापा ने उनको विद्यापीठ में कराटे क्लास शुरू कराने का सुझाव दिया। संभा सर जहा किराये पर रहते थे उसके ठीक सामने ही हमारा स्कूल था। पापा के कहने पर संभा सर ने स्कूल की इजाजत लेकर स्कूल के मैदान पर कराटे क्लास शुरू कराने का तय किया। विद्यापीठ में कराटे क्लास शुरू करने से पहले विज्ञापन के तौर पर विद्यालय में ब्राम्हणी के क्लास के विद्यार्थियों द्वारा एक शानदार प्रात्यक्षिक सादर किया गया था। उनकी अद्भुत कुशलता देख यह बात तो जायज थी कि उनको प्रशिक्षित करने वाला खुद बेशक कोई बेहतरीन खिलाड़ी होगा। 6 सितंबर 2016 को हमारे क्लास शुरू हुए। 5 बजे जब स्कूल की छुट्टी हो जाती थी तब हमारे क्लास शुरू होते थे। शुरुआत में एक घंटा और फिर धीरे-धीरे दो ढाई घंटे तक हमारा क्लास चलता था। छुट्टी के दिन और भी अतिरिक्त समय तक चलता, और कभी-कभी तो हम लोग पूरा दिन मैदान में ही होते थे। थकान तो होती थी मगर आनंद भी बहुत आता था। संभा सर अपनी सकारात्मक ऊर्जा से अपने आसपास का माहौल एकदम उल्लासपूर्ण कर देते थे। विद्यापीठ के क्लास में भी संभा सर को बहुत

काबिल बच्चे मिले। संभा सर ने क्लास में ऐसा वातावरण निर्माण किया था कि हमारा क्लास एक परिवार ही बन चुका था। संभा सर की वजह से पढ़ाई के साथ-साथ अब खेल में भी स्कूल की पहचान बनती जा रही थी। स्वतंत्रता दिवस और गणतंत्र दिवस के समारोह पर हमारे क्लास के खिलाड़ियों द्वारा विद्यालय में कराटे का तथा लाठीकाठी का प्रात्यक्षिक सादर किया जाता था। संभा सर की खास बात यह थी कि तरह-तरह के खेलों का प्रशिक्षण देने के बाद भी वह बदले में बहुत कम रकम आँकते थे और जिनकी आर्थिक स्थिति ठीक नहीं थी उनको मुफ़्त में प्रशिक्षण दिया करते थे। और यहीं वजह थी कि उनके जगह-जगह पर क्लास थे फिर भी वह खुद आर्थिक रूप से स्तब्ध नहीं थे। उन्होने अपनी ज़िंदगी में ऐसे दिन देखे हैं जब उन्हें एक निवाले की रोटी के लिए और एक बूंद पानी के लिए न जाने क्या-क्या कष्ट उठाने पड़ते थे। इसलिए वह आर्थिक मामलों में संवेदनशीलता से पेश आते थे। मगर पैसों से बढ़कर अगर उनको कोई चीज मिलती थी तो वह था बच्चों का प्यार। ब्राम्हणी हो, वांबोरी हो, सोनई हो, राहुरी हो या विद्यापीठ; हर जगह उन्हें उनके विद्यार्थियों से प्यार और सम्मान मिला। वह सारी जगहें जहा वह अपनी विद्यार्थी दशा में क्लास लेते थे वहा पर भी वह अपने विद्यार्थियों के लाड़ले थे। गौर करने की बात यह हैं कि उनके कुछ विद्यार्थी उम्र में उनसे बड़े थे फिर भी वह उनको गुरु का दर्जा देते थे। हम सबको संभा सर से एक अनोखा लगाव हो चुका था। वह हमारी जिंदगी का एक हिस्सा बन चुके थे। संभा सर पुरी आत्मीयता से अपना काम करते थे। इसलिए उनमें और बाकी प्रशिक्षकों में यह अंतर था कि, बाकी लोग जिस मैदान पर प्रशिक्षण देते हैं वह खेल का मैदान हैं और संभा सर जिस मैदान पर प्रशिक्षण देते थे वह ज़िंदगी का मैदान था। उन्होंने अप्रत्यक्ष रुप से हम लोगों पर बहुत ही मौल्यवान संस्कार किए। वह हमारे लिए माता-पिता के बाद सबसे पहले ऐसे शख्स थे जिनपर हम भरोसा रख सकते थे। यहाँ तक कि बच्चे अपनी वैयक्तिक जीवन की समस्याएं भी उनको बताते थे और संभा सर उन्हें हल भी कर देते थे। उनके व्यक्तित्व के इस विशेष को अगर पंक्तिबद्ध करू तो मन कहता हैं कि,

"हम दुनिया की उलझनों को सुलझाते रहें
और खुद की फरियादों को खुद समझाते रहे

अंधेरे में रोशनी भर दी और खिल गई सब कलियां
उजाले की चमक में भी खुद मगर मुरझाते रहे"

वह खुद तो दूसरों की मुश्किलों में उनका आधारस्तम्भ बनते मगर अपनी ज़िंदगी में वह एकदम अकेले थे। उनका मजाकिया मिजाज सबको बहुत हंसाता मगर उनकी अपनी मुस्कुराहट सिर्फ एक मुखौटा थी। वह हमेशा सबको हंसाते रहते, इसलिए सबके मन में उनकी छवी एक खुशमिजाज इंसान की थी मगर उनके मन की तकलीफ से सब बेखबर थे। समुद्र जितना भी गहरा हो, पर कभी न कभी उसके पृष्ठ पे कही न कही उसके तल का प्रतिबिंब दिख ही जाता हैं। मुझे आज भी याद हैं जब संभा सर के मन का वह तल मैंने साफ साफ देखा था। यह तब की बात हैं जब हमारे क्लास शुरु थे। गरमी के दिन थे इसलिए सर स्कूल के बगीचे के आवार में क्लास ले रहे थे। प्रैक्टिस हो जाने के बाद हम कुछ जन सर के साथ कुछ देर वही पेड़ के नीचे बैठे थे। संभा सर अक्सर इस तरह हमारे साथ बैठकर हमसे हमारी पढ़ाई, स्कूल, तबियत, खेल, आदि के बारे में बाते किया करते। उस दिन भी कुछ ऐसी ही बातें चल रही थी जो बातों-बातों में जिंदगी की तरफ़ मुड़ती गई और एक खामोशी के बाद अचानक संभा सर ने हमसे एक सवाल पूछा की, “मान लो तुम अपने रास्ते पर चलते-चलते अंजाने में किसी अंजान जंगल में आ चुके हो और जब तुम्हें इस बात का इल्म हुआ तब बहुत देर हो चुकी हो; घनेरे जंगल में चारों तरफ घना अंधेरा, सूरज की एक किरण तक वहा पहुंच न सकती हो और बाहर जाने का कोई भी रास्ता नहीं हों, बल्कि जितना रस्ता ढूंढने की कोशिश करो उतना भटकते जाओ। कहा से आए हो यह याद नहीं और कहा जाना हैं यह पता नहीं। तब तुम क्या करोगे?” उनके इस सवाल से हम खुद ही सवाल में पड़ गए। मुझे आज भी याद हैं कि यह शब्द कहते वक्त उनकी आंखों की गहराई में भी एक अंधेरा सा छा गया था। उस वक्त मैं कुछ समझ नहीं पाई मगर मेरे पास इस सवाल का एक ही जवाब हैं; कि अगर हर मुमकिन-नामुमकिन कोशिश के बाद भी रास्ता ना मिले तो उस जंगल को ही अपनी उपस्थिति से एक प्रेक्षणीय स्थल में तबदील कर दो जिस पर से दुनिया की नजरे हटे ही ना। संभा सर के साथ भी यही हुआ। उन्होने जब अपने हालात बदलने की नाकाम कोशिशें छोड़कर अपने आप को बदलना चाहा तब उनका यह जंगल एक गुलशन बन गया जो खुद भी महका हैं और अपने इर्द-गिर्द भी सुगंध फैलाता हैं। आज यह गुलशन उस जंगल का ऋणी हैं जिसके वजूद से प्रेरणा लेकर यह आकार में आया हैं। कहते हैं ना कि “जब भगवान आपकी परिस्थिती नहीं बदलना चाहता तब वह आपकी मनस्थिति को बदलना चाहता हैं।” अब ऐसे में अपने हालात बदलने का निरर्थक प्रयास करेंगे तो अपने नसीब को ही कोसते रह जाएंगे। और अगर भगवान की दिशा को समझकर खुदमे सुधार लाएंगे तो बाद में उन्हीं हालातों के शुक्रगुजार रहेंगे जिन्होंने आज हमें बेहाल कर रखा हैं। संभा

सर की ज़िंदगी में पुराने शिकवे तो कायम हैं मगर उस सब के पीछे के मतलब अब नए हैं। इस वजह से कभी जो दर्द उनको सजा लगते थे आज वह इनायत लगते हैं।

हमारी पाठशाला के आगे ही 'सावित्रीबाई फूले इंग्लिश मीडियम' नामक एक विद्यालय हैं। जून 2018 में संभा सर को क्रीडाशिक्षक का पदभार संभालने हेतु इंटरव्यू के लिए बुलाया गया था। तब सर हमारे साथ बॉक्सिंग की प्रतियोगिताओं के लिए ठाणे में थे। इंटरव्यू के लिए कॉल आने पर उनको तुरंत ही निकलना पड़ा था। इंटरव्यू सफलतापूर्वक समाप्त हुआ और उनकी वहा क्रीड़ा शिक्षक के पद पर नियुक्ति हो गई। साल 2018 से 2021 तक वह इस विद्यालय में कार्यरत थे। इन तीन सालों में वह अपने काम से विद्यालय में उल्लेखनीय परिवर्तन ले आए। अब पढ़ाई के साथ खेल के क्षेत्र में भी वहा के बच्चे आगे बढ़ते नजर आ रहे थे। उन्होंने स्कूल में martial arts के साथ एथलेटिक्स, कबड्डी, खो-खो जैसे खेल शुरु किए और स्कूल के छात्रों को अपना भविष्य बनाने का और एक मार्ग उपलब्ध करके दिया। मेरी मानो तो 'खेल सिर्फ भविष्य नहीं बल्कि जिंदगी बनाता है'। इस बात का अनुभव मैंने वैयक्तिक रूप से किया हैं। संभा सर ने एक खिलाड़ी के रूप में अपनी ज़िंदगी भी सवारी और एक प्रशिक्षक के रूप में हम सबकी जिंदगी को भी एक नई राह और एक नई मंजिल दे दी। 'बच्चे सुनीसुनाई समझदारी की बातों से ज्यादा कोई भी चीज कृति देखकर सीखते हैं'; इस बात का ध्यान रखते हुए संभा सर कोई भी अनुशासन बच्चों को सिखाने से पहले खुद उसका पालन करते थे। जैसे कि, हमने हमारे नाखून काटे हैं या नहीं यह देखने से पहले उनके नाखून हमेशा कटे हुए रहते थे। 'कोई भी काम छोटा नहीं होता' यह ज्ञान बच्चों को देने से पहले वह खुद उस बात का उदाहरण बनते। जैसे कि, स्कूल में अध्यापन के कार्य के साथ वह पौधों को पानी दिया करते और स्कूल की सफाई में भी ध्यान देते। उनकी सबसे खास बात जिसका आज वह जिस मुकाम तक हैं वहा तक पहुंचने में बहुत बड़ा योगदान रहा है और निसंदेह आगे भी रहेगा वह यह है कि, वह जो भी काम करते हैं उसे पूरी शिद्दत के साथ करते हैं; ना कि यह सोच कर कि उस काम के बदले में उन्हें क्या और कितना मिलेगा। यह एक आने के एक करोड़ कर देने वाली खूबी उन्हें जीवन में बहुत आगे ले आई है।

हर सफल व्यक्ति के जीवन में कभी ना कभी ऐसा दौर आता ही है जब सारी दुनिया उसे अपना निशाना बनाते हुए उस पर तानों की बौछार कर देती है। वैसे देखा जाए तो यह बात सही भी है क्योंकि पेड़ को अगर अपने आप को हराभरा और रूपवान बनाना

है तो उसे खुद को धूप में से सेकना ही पड़ेगा। ऐसे लोग जो अपने आप में कड़वे शब्दों की एक अप्रकाशित किताब होते हैं, वह किसी के बुरे समय में एक-एक कर कुछ इस तरह अपना प्रकाशन जारी करने पर तुले हुए होते हैं जैसे कि उन्हें इसी का इंतजार था और यही उनका काम है। अपनी बाकी जिंदगी की तरह इस स्कूल में भी संभा सर को ऐसे कलाकारी लहजे वाले बहुत लोग मिले। वहा के मुख्याध्यापक आदरणीय मेहरे सर जो पहले हमारे स्कूल में अंग्रेजी विषय के अध्यापक रह चुके हैं और एक बेहतरीन शिक्षक हैं, उन्हें संभा सर के काम करने का तरीका बहुत भाता था और संभा सर बच्चों के साथ-साथ उनके भी सबसे चहीते अध्यापक थे। यह बात वहा के कुछ दूसरे शिक्षकों को हज़म नहीं होती थी। वह लोग संभा सर को नीचा दिखाने का एक मौका नहीं गवाते थे। जब संभा सर पौधों को पानी देते तब उन्हें आपस में माली कह के उनका मजाक उड़ाते। हमारे स्कूल के भी कुछ मोफट बच्चे 'आप यहा माली का काम करते हैं क्या?' ऐसे सवाल कर उनके मजे लेते थे। जब संभा सर बच्चों को लेझीम सिखाते तब उनके सहकर्मी उनको 'नाचनेवाला' कहकर उनको बेईज्जत करने की कोशिश करते। एक बार तो हद ही हो चुकी। स्कूल में जब एक बार पैरेंट्स मीटिंग थी तब कुछ शिक्षकों ने अपने पहचान के कुछ पैरेंट्स को संभा सर के बारे में गलत जानकारी देकर संभा सर के खिलाफ बोलने को कह दिया। तब एक मोहतरमा मीटिंग शुरु होने से पहले संभा सर से जब मिली तब उनके साथ बहुत अच्छे से पेशा रही थी और उनके काम की तारीफ भी कर रही थी। तब उनको इतना ही पता था कि यह क्रीड़ा शिक्षक हैं। यह वह दिन थे जब संभा सर को स्कूल में आए कुछ ही दिन हुए थे। इसलिए इन्हीं का नाम संभाजी लोंढे हैं इस बात की उन्हें कानोकान खबर नहीं थीं। मीटिंग हॉल के बाहर तो उन्होंने संभा सर से हंसी ख़ुशी बात की लेकिन मीटिंग शुरू होते ही जब मुख्याध्यापक ने पेरेंट्स को अध्यापकों के काम पर अपना मत प्रदर्शित करने को कहा तब उन्होंने संभा सर के बारे में बहुत भला बुरा कहा। उनके काम को लेकर अप्रसन्नता जताई। अपने बारे में ऐसी बातें सुनकर और वह भी उस व्यक्ति से जिसने 2 मिनट पहले ही उनकी तारीफ की थी संभा सर आश्चर्य में पड़ गए। अपनी सफाई पेश करने के लिए कहे जाने पर जब संभा सर खड़े होकर अपनी बात रखने लगे तब उस स्त्री को पता चला कि कुछ देर पहले वह जिनकी तारीफों के पुल बांध रही थी वह वही शख्स हैं जिन्हें अभी-अभी उसने बेइज्जत करने की कोशिश की हैं। बाद में सच पता चला कि, स्कूल के ही किसी शिक्षक ने यह सब करवाया था। स्कूल के यह शिक्षक संभा सर को नीचा दिखाने का प्रयास तो करते मगर संभा सर ठोकर खाकर पर्वत के तले सहारा मांगनेवालों में से नहीं बल्कि उसके शिखर पर नजर रखनेवालों में से हैं

यह बात वह लोग समझ ही नहीं पाए और अपनी ईर्ष्या के कारण खुद ही नीचे गिरते रहे। स्कूल के शिक्षकों का दो संघों में बटवारा हो चुका था। संभा सर के पक्ष में रहनेवाले और संभा सर के लिए मन में ईर्ष्या रखनेवाले। पहले संघ में तो 2-4 जन ही थे; बाकी सभी को संभा सर की लोकप्रियता से दिक्कत थी।

इस स्कूल में सेवा प्रदान करते समय संभा सर को ज़िंदगी के बहुत किमती अनुभव और अपने छात्रों के साथ कुछ ख़ास और यादगार लम्हे मिले। साथ ही साथ विद्यापीठ में उनका जो कराटे क्लास था, वहा के बच्चों के लिए उनके मन में हमेशा से ही एक खास जगह रही हैं।

2017 में संभा सर की शादी हो गई। बाकी शादियों की तरह इस शादी में भी कुछ कम बाधाएं नहीं आई। सर, मेरे पापा और उनके एक और दोस्त सागर सर यह तीनों अक्सर मिला करते थे। एक दिन बातों-बातों में सागर सर ने संभा सर की शादी की बात छेड़ दी। पापा से कहा कि 'लोंढे सर के लिए कोई लड़की ध्यान में हो तो देखिए।' पापा बोले कि, "दो लड़कियां हैं नज़र में, एक करजगांव की और एक पास ही के किसी गांव की थी। पहली वाली के पिता नहीं हैं। दोनों से मिलवाते हैं जो पसंद आए वहा बात आगे बढ़ाएंगे।" संभा सर को अपनी माँ न होने के कारण जिसके पिता नहीं थे उसके साथ एक सरीखे दर्द के कारण जुड़ाव सा लगा तो उन्होंने तुरंत कह दिया कि, "पहली वाली से ही मिलवा दिजिए, शायद हम एक-दूसरे का दर्द समझ पाए और एक-दूसरे को भी समझ पाए।" संभा सर का विचार सही भी था, क्योंकि हर किसी को चाहत होती हैं एक ऐसे साथी की जो उसके दर्द आंखों में ही पढ़ ले। इसलिए किसी भी इंसान से जुड़ने का सबसे आसान तरीका है कि उसके दर्द से जुड़ जाओ। एक सरीखे दर्द के कारण संभा सर को पहली वाली से एक जुड़ाव महसूस हुआ। संभा सर जब उनसे मिले तो दोनोंने एक दूसरे को पसंद कर लिया।

लड़की का नाम सविता था। वह मेरी छोटी मामी की छोटी बहन हैं। उन्हें देख के 'सादगी ही सच्ची सुंदरता हैं', इस बात का अनुभव होता है। जितना सुंदर उनका रूप, उतना ही सादा रहनसहन। और गुणों से भी संपन्न। छोटों को प्यार और बड़ों को सम्मान देनेवाली। इस शादी में कुछ कम बाधाएं नहीं आई, बल्कि शादी के बाद भी यह दिक्कतें खतम नहीं हुई। लड़की के जीजा याने कि मेरे छोटे मामा ने संभा सर के बारे में गलत बाते सुनी थी। संभा सर के गाँव में उनकी जांच करने के बाद कुछ लड़कीवालों को इस शादी से परेशानी हो गई। पापा संभा सर को वैयक्तिक रूप से पहचानते थे इसलिए उन्हें भली

भांति मालूम था कि सर एक अच्छे इंसान हैं। उनके लाख समझाने पर भी कुछ फायदा नहीं हुआ। फिर भी यह रिश्ता ना-ना कहते हुए आखिर में तय हो गया। जिन बातों पे इंसान का बिलकुल भी बस नहीं चलता उन्हें नसीब कहते हैं। यह शादी भी नियति का ही फैसला थी जिसका जरिया मेरे पापा बने।

शादी के दिन मा और दादी की याद ने संभा सर को बहुत रुलाया था।

इस शादी के वक्त कुछ रिश्ते शायद हमेशा के लिए ही खराब हो गए, लेकीन सविताजी को एक सच्चा जीवनसाथी और संभा सर को सुख-दुःख में साथ निभानेवाली जीवनसंगिनी मिली। आज उनका एक 4 साल का प्यारा सा बेटा हैं। उसका नाम युवराज हैं। हम उसे tiger कह के बुलाते हैं। आज संभा सर अपने छोटे से परिवार के साथ खुश हैं और हजारों मुश्किलों के बाद भी यह पति-पत्नी आज भी एक-दुसरे के साथ हैं। अनबन तो हर रिश्ते में होती हैं, मगर फिर भी उसी एक इंसान को अपनी मंजिल समझकर हर हाल में उसका साथ निभाना यह हर कोई नहीं कर पाता।

2020 के शुरुआती दौर में विद्यापीठ का क्लास बहुत अच्छे से चल रहा था। लेकिन इस साल के मार्च महीने से कोरोना के कारण होती महामारी को देख सरकार ने जो देशभर में lockdown लगा दिया उसके बाद वह लगभग दो साल तक जारी रहा। इस lockdown के कारण लोगों का प्रचंड रूप से आर्थिक, शैक्षणिक, जैविक नुकसान हुआ उसका गवाह पूरा विश्व हैं। इस lock down ने दो सालों के लिए पूरी दुनिया का luck down कर दिया था। इस lockdown के चलते एक बार जो विद्यापीठ के क्लास बंद हो गए वह हमेशा के लिए। बीच में परिस्थिति जरा शिथिल होने पर क्लास शुरु भी हुए थे लेकिन कोरोना की दुसरी खौफनाक वेव के बाद क्लास हमेशा के लिए बंद हो गए। मगर तब हममें से किसी यूको भी इस बात की कल्पना नहीं थी क्यूंकि हमे जरा भी अंदाजा नहीं था कि संभा सर की जिंदगी में क्या चल रहा हैं। कोरोना में लोगों का एक-दुसरे के घर आना जाना बंद था, इसलिए संभा सर बहुत दिनों से हमारे घर आए नहीं थे। हाल ही में मार्च 2022 में अपनी जिन्दगी में एक मुकाम तक पहुंचने के बाद जब वह घर आए थे तब सारी बीती बातें जानने का अवसर मिला।

कोरोना का संभा सर की आर्थिक स्थिति पर असर तो हो ही चुका था और उनके घरवालों ने भी उनकी जिन्दगी मुश्किलों से भर दी। स्कूल बंद होने की वजह से पेमेंट की दिक्कतें थी। ऐसे में उनके आर्थिक हालात इतने कमजोर हो चुके थे कि घर का सब धनधान्य खतम हो चुका था और उनके परिवार पर रोजी रोटी के लिए तरसने की नौबत

आ गई थी। ऐसे में मजबूरी में उनको पूरे परिवार के साथ अपनी एक बहन के ससुराल जाना पड़ा। एक बहन को शादी के बाद भाई के घर रहने में झिझक होती हैं तो उस भाई के आत्मसम्मान पे कितनी गहरी चोट आई होगी जिसे आर्थिक मजबूरी और घरवालों के छल के कारण अपनी ही बहन के ससुराल में आसरा लेना पड़ा हो। यह बात संभा सर के मन को बहुत सताती थी कि वह किसी पर बोझ बन चुके हैं। वह दिनभर बाहर ही रहते और रात को सबके सो जाने के बाद घर जाते थे। वह किसी से नजरे नहीं मिला पा रहे थे। किसी भी स्वाभिमानी इंसान को अपना स्वाभिमान जान से भी प्यारा होता हैं। उनके जैसे स्वाभिमानी इंसान पर ऐसी नौबत आना मतलब बेमौत मर जाना हैं।

उनके परिवार पर पहले ही कुछ कम मुसीबते नहीं थी और ऊपर से उनके घरवाले उनकी जान के दुश्मन बन बैठे थे। बचपन में जब संभा सर के घरवालों द्वारा उनका छल होता था तब कहीं ना कहीं वह शायद पूरी दुनिया को कोसते होंगे। क्यूंकि नौ-दस साल की नन्ही उमर में जब दुनियादारी की बिलकुल भी समझ नहीं होती हैं तब बच्चे अपने आस-पास के लोगों में ही पुरी दुनिया देखते हैं और उन्ही लोगों के आधार पर दुनिया का अनुमान लगा लेते हैं। शायद इसीलिए जो बच्चे बचपन में नाजों से पले होते हैं, बड़े होने के बाद लोगों से धोखे खाकर सीखते हैं और ऐसे बच्चे जिनके लिए उनका बचपन ही (मानसिक और भावनिक रूप से) एक धोखा था वह हद से ज्यादा व्यावहारिक बन जाते हैं नहीं तो हद से ज्यादा भावनिक। या तो किसी से ज्यादा घुलमिल नहीं पाते या फिर बचपन से वह जिस प्यार से वंचित रहे थे उसे किसी न किसी से पाने की उम्मीद रखते हैं और फिर वह उम्मीद जब टुट जाती हैं तो वही उनकी सीख होती हैं। संभा सर बड़े होने के बाद हमेशा उस प्यार की तलाश में रहे जो उन्हें बचपन में किसी से नहीं मिला। जब वह अपनी ज़िंदगी में एक-एक दिन की रोजी-रोटी के लिए तक किसी न किसी के मोहताज थे तब उन्हें यूँ लगता था कि अपने बेटे को इस कदर बेहाल देखकर शायद उनके पिता के मन में पितृप्रेम जाग उठे और वह अपने बेटे को सीने से लगाकर उसके दिल के खाली कमरों को रोशन कर दे। मगर संभा सर की यह गलतफहमी बहुत जल्द दूर हो गई जब उनके पिता ने उनके नाम की सुपारी दि। तब उनकी सारी उम्मीदें टुट गई और वही टूटी हुई उम्मीदें उनकी जिंदगी की सबसे बड़ी सीख बनी।

संभा सर को एक दिन उनके घरवालों ने साजिश कर बहुत मारा पीटा। उनके चाचा, चाची और उनके पिता में से किसी ने भी उनको नहीं बक्शा। कुछ लोगों ने उनको कसके पकड़ा और कुछ जन उन्हें बड़ी बेरहमी से पीट रहे थे। संभा सर कितने शक्तिशाली हैं यह

बात उन लोगों को पता थी इसलिए उस एक अकेले और निहत्ते इंसान को मारने के लिए पूरा झुंड तैनात था। संभा सर के कपड़े फट चुके थे, खून निकल रहा था और उनके शरीर की पीड़ा उनके चेहरे पर साफ झलक रही थी। और जो जान लेने पे तुले थे वह उन्हीं की तो रगों का खून था। लेकिन एक बार भी उन लोगों के हाथ नहीं कांपे अपने ही अंश का गला घोटते वक्त। उस वक्त संभा सर के देह पर वह ज़ख्म थे जिन्होंने उनकी सारी उम्मीदें तोड़ दी और मन में माँ की याद थी जिसने उन्हें और भी कमजोर, घायल और बेबस कर दिया। उस समय उनके पास माँ का न होना उन्हें उनकी सबसे बड़ी लाचारी लग रही थी। उस दिन माँ की याद में वह बहुत रोए। भगवान की कृपा से उनकी जान तो बच गई लेकिन उनमें बिलकुल भी जान नहीं बची थी। वह घर आए तो उनके छोटे भाई, उनकी पत्नी और उनका बच्चा उनकी ऐसी हालत देख घबराहट में चौक उठे। उनकी परेशानिया खतम होने का नाम ही नहीं ले रही थी। वह अब जिंदगी से हार चुके थे। एक तरफ दो वक्त के खाने तक के पैसे नही और दूसरी तरफ बाप खुद अपने बेटे को मरवाने की चाले चल रहा था। जब जीने का कुछ मतलब न दिखाई दे तब इंसान को एक ही अंतिम रस्ता दिखता हैं और वह हैं मौत। संभा सर ने खुद भी कभी नहीं सोचा होगा कि जिंदगी उनको इस मोड़ पर लाकर खड़ा कर देगी कि वह हालातों से हारकर अपनी जान देने की सोच लेंगे। एक दिन सविताजी और संभा सर ने बैठ के बहुत सोचा और तय कर लिया कि अब वह इस मौत जैसी जिंदगी से छुटकारा चाहते हैं। उन्होंने आत्महत्या करने की ठान ली। फिर संभा सर के मन में आया कि अगर वह दोनों इस दुनिया में नहीं रहेंगे तो उनके बेटे को भी वही ठोकरें खानी पड़ेगी जो अनाथ होने के कारण उनके नसीब में आई थी। इसलिए उन्होंने तय किया कि पहले उस बच्चे को जहर खिला देंगे और फिर दोनों खुदकुशी कर लेंगे। यह सब जानकर मेरे आंसू नहीं थमे। जिस इंसान ने औरों को जीने का हुनर सिखाया हो, वह खुद जिंदगी से इतनी बुरी तरह से कैसे हार गया यह बात मेरी समझ से बाहर थी। उस वक्त मैं यहीं समझ पाई कि, मजबूरी इंसान की सारी मजबूती छीन लेती हैं।

संभा सर ने जब तीन ज़िन्दगियों का आखिरी अंजाम तय कर लिया और वह अपने विचार पे अमल करने ही जा रहे थे कि उनको अपने फैसले पे और एक बार सोचने का विचार आया और इस पल में मानो उनमें दुबारा से जान आई हो। उनको भावनाओं में बहकर उन लोगों के कारण अपनी सांसे रोक देना गलत लगा जिनके मन में उनके लिए घृणा के सिवा और कुछ नहीं था। तब उनको एहसास हुआ कि वह कितनी बड़ी भूल करने जा रहे थे। वह एकदम से आगाह हो गए और अपनी इस सोच का ही कत्ल कर

डाला जो उन्हें इतना कठोर कदम उठाने के लिए उकसा रही थीं। उनकी आंखों में कुछ इस तरह सच्चाई चमक उठी जैसे कि किसी दिव्यता ने उनकी रूह में जनम लिया हो और आज तक जो उनकी आंखों के सामने था पर उन्हें दिख नही रहा था वह एकदम से दिखा हो! वह अनुभूति कुछ ऐसी थी मानो दुबारा से उनका नए से जन्म हुआ हो! उन्हें एहसास हुआ कि वह आज तक एक भ्रम में जी रहे थे। वह अतीत जो गुजर चुका हैं और वह उम्मीदें जो सिर्फ़ एक सपना है जो आंख खोलो तो टूट जाएगा, यह दोनों भ्रम ही तो हैं। संभा सर के मन में अतीत में अपने साथ हुए अन्याय के कारण जिंदगी से जो खलिश थी वह अंदर ही अंदर उनके मन को खाए जा रही थी और उनके वह तथाकथित अपने जिन्होंने हमेशा उनके साथ किसी निर्जीव वस्तु की तरह व्यवहार किया और उनको प्यार भरे दो लफ्जों के लिए तरसा दिया, उन बेकदर लोगों से वह एक बच्चे के बाप होने के बाद भी खुद मन ही मन में एक बच्चे की तरह भोली आस लगाए बैठे थे कि आज नही तो कल उनके मन में संभा सर के लिए प्यार जगेगा। कोई और नहीं तो कम से कम उनके पिता के हृदय में तो बेटे को इतना लाचार देख पितृप्रेम जाग उठेगा। मगर उनके दिल में प्यार था ही नहीं तो जगता कैसे! यह समझने में उनको सालों लगे। अगर इंसान को किसी से प्यार पाने की उम्मीद रखनी पड़े तो अप्रत्यक्ष रुप से उसे सामनेवाले से दया की उम्मीद होती हैं जिसे वह प्यार का नाम देता हैं। और दया की भीक से भली तो हक की नफ़रत हैं। मगर ज़िंदगी ने उनसे उनका सबसे नायाब हक छीन लिया। मा बाप का प्यार हर बच्चे का हक होता हैं जो संभा सर को कभी मिल ही नहीं पाया। माँ क्या होती हैं यह समझने से पहले ही वह भगवान को प्यारी हो गई और बाप का प्यार महसूस करने का मौका उनके पिता ने उनको कभी दिया ही नहीं। वह चाहते थे मां-बाप से इस जालिम दुनिया की शिकायते करना, उनकी गोद में सिर रखकर रो देना, उनकी आंखों का तारा बनके रहना, उनकी आंखों में अपने लिए प्यार और चेहरे पर गुरूर देखना। मगर कुछ चाहते सिर्फ चाहते ही रह जाती हैं और ज़िंदगी भर के लिए एक कसक बन जाती हैं। तकदीर ने संभा सर को इतना मजबूर कर दिया था कि एक बेटा हक से अपने बाप के गले तक नहीं लगा सकता था और माँ की याद में रोते-रोते ही उसकी धुंधली यादों की चादर ओढ़ के सो जाता था।

संभा सर मानते हैं कि यह माँ का ही आशीर्वाद हैं जो उनके अंदर ऐन वक्त में उस दिव्यता ने जन्म लिया जिसने उनके भ्रम मिटाकर उनको खुदका एक मुख्तलिफ वजूद दिखाया जो उनकी ज़िंदगी के किसी भी इंसान से नही बल्कि सिर्फ उनसे जुड़ा था। और

उन्हें यू लगा जैसे सालों पश्चात वह गहरी नींद से जगे हो और अब तक जो था वह बस एक सपना हो। और वह निकल पड़े अपनी सच्चाई ढूंढने। उन्होंने अपने मन से जीवन त्यागने की सोच का त्याग कर जीवन को पाने की सोच को अपना लिया। खुदको भी संभाला और सविताजी को भी। और शायद मन ही मन में अपने बच्चे से माफी मांग ली जिसकी इजाज़त के बगैर ही, उसने जीना शुरू करने से पहले ही उन्होंने बेहद मजबूरी में सही लेकिन उसकी ज़िन्दगी खत्म करने का विचार किया था। उन्होंने अपनी सारी झूठी उम्मीदों का जो उनके मन की एक कल्पना मात्र थी उनका त्याग कर दिया और सच्चाई में जीना शुरू कर दिया।

लोगों से मिले अनुभव और उन अनुभवों से मिले पाठ सदा के लिए याद कर लिए और हर उस शख्स को अपने दिमाग से बाहर निकाला और उससे रखी उम्मीदों को दिल से बाहर निकाला, जो उनके दुख के पीछे की वजह था। इतना ही नहीं बल्कि कुछ समय के लिए वह पूरी दुनिया से रिश्ता तोड़ अपनी पहचान ढूंढने निकले। और सही भी हैं क्यूंकि कहते हैं ना कि 'कुछ लड़ाईयां अकेले ही लड़नी पड़ती हैं'। उस जंग में आपकी प्रतिद्वंद्वी आप ही की ज़िंदगी हैं और अपने पक्ष के सेनापति भी आप हैं और अपनी सेना भी आप खुद ही हैं। शस्त्र हैं आपका बुलंद हौसला, खुदका वजूद तलाशने की प्यास, अपनी कोशिशों पर अड जाने की ज़िद और सीने में हर मुसीबत को पछाड़कर मंजिल की तरफ बढ़ने की दहकती आग!

सबसे अच्छा बदलाव संभा सर में यह हुआ कि पहले उनका दिल उनकी कमजोरी था लेकिन अब ताकत बन चुका था। अब वह भावनाओं में बह जाना और भावनाओं को बहने देना, दोनों में फर्क समझ चुके थे। उनको उन सारी गलतियों का एहसास हो गया जो उन्होंने भावनाओं का शिकार होकर बार-बार दोहराई थी। और अब वह व्यावहारिकता की महत्ता समझ चुके थे। इसका मतलब यह तो नहीं है कि अब वह भावनात्मक नहीं रहे। वह आज भी उतने ही भावुक हैं लेकिन अब यह फर्क है कि पहले यह भावनाएं उनको ले डूबती थी लेकिन अब उन भावनाओं को जरा भी इजाजत नहीं कि वह दुबारा कभी संभा सर के दिल को और उनकी ज़िंदगी को तबाह कर पाए।

संभा सर ने और सविताजी ने अपनी ज़िन्दगी नए से शुरू की, नई उम्मीदें और नए सपनों के साथ। मगर इस बार वह सारी उम्मीदें और वह सारे सपने सच्चे थे क्यूंकि वो सिर्फ खुद से जुड़े थे किसी और से नहीं। अब उनकी ज़िन्दगी पर सिर्फ उनका बस था। संभा सर अपनी गाड़ी पर कभी काम की खोज में और हर वक़्त खुद की खोज में बस

निकल पड़ते। कई बार मूसलधार बारिश से झगड़ते और कई बार भूके पेट को अपने आंसू पिलाकर सहलाते। बचपन से जो चीखें दबी हुई थी अब और चुप नहीं रह पाई। अब वह दिल के समशान से बाहर निकल जाना चाहती थी, मुक्त होना चाहती थी और इस हवा में खुद को समा देना चाहती थी। अब तक तो वह सिर्फ घुटघुटके रोते आए थे मगर अब एक दिन भी ऐसा नहीं था जब वो आक्रोश कर रोए ना हो, चीखें ना हो, चिल्लाए ना हो। धीरे-धीरे कर सारी चीखें रुखसत हो गई और आंसू दिल की यादों के मोती बन सदा के लिए आंखों के किसी कोने में बस गए जो कभी माँ की याद में माँ के चरणों पर अर्पण हो जाते हैं तो कभी चेहरे को वात्सल्य से छूकर थपकियां दे जाते हैं और कभी किसी याद में आंखों की चमक और होठों की मुस्कुराहट बन वहीं ठहर जाते हैं।

Lockdown में संभा सर और सविताजी खेती का ही काम किया करते। बीच में सब रुक सा गया लेकिन अब फिर सविताजी दुबारा कमर कसकर, खून पसीना एक कर खेती में मेहनत करने लगी और संभा सर साथ ही साथ कोई न कोई काम के लिए यहाँ वहाँ घूमते रहते। ना आर्थिक परेशानियां खत्म हुई थी, ना घरवालों की साजिशे खत्म हुई थी और ना अब तक ज़िंदगी का मकसद दिख रहा था लेकिन इस बार सिर पे एक ऐसा जुनून सवार था जो पहले कभी नहीं था।

कहते हैं, 'जहा चाह हैं वहा राह हैं'। संभा सर की एक दिन एक ऐसे फरिश्ते के साथ मुलाकात हो गई जिनके आशीर्वाद ने संभा सर की बिगड़ी बना दी। वह एक आध्यात्मिक गुरु हैं। उनके शिष्य तथा भक्त उन्हें 'महाराज' कहकर संबोधित करते हैं। अपनी जिदंगी में किसी भी एक सुख के लिए बस तरसते रह जाने की वजह से संभा सर को भगवान में कुछ खास यकीन नहीं था। या यू कह ले कि वह पूरी तरह से नास्तिक थे। मगर महाराज से मुलाकात के बाद वह अध्यात्म में, ईश्वर में यकीन करने लगे। उन्हें एहसास हो गया कि इतनी कठिनाइयों के बाद भी आज वह जिंदा हैं और लड़ रहे हैं यह उसी खुदा की इनायत हैं जिसमें उनको आज तक यकीन नहीं था। महाराज उन कुछ चुनिंदा महापंडित व्यक्तित्वों में से हैं जो किसी भी इंसान के बारे में खुद उस इंसान से अधिक जानते हैं। इंसान का चेहरा देखकर ही उसका इतिहास, उसका भविष्य, उसका वर्तमान जान लेते हैं। इंसान की फितरत और उसकी हसरत, उसकी अच्छाईयां और बुराईया, उसके सुख-दुख, सुख के पीछे का दुख और दुख के पीछे का सुख सब कुछ जान जाते हैं। शायद कुछ लोगों को इस बात पे यकीन न हो, मगर यह सच हैं। सर से महाराज के बारे में सुनने के बाद मैं बहुत सहजता से बिना किसी शक और आश्चर्य के बगैर यकीन रख पाई क्योंकि मैं पहले

से ही बिलकुल ऐसे ही दिव्य व्यक्तित्व के अध्यात्मिक तथा सिद्धिप्राप्त गुरु से मिली हूँ जो हमारे जीवन की हर एक बारिकाई को हेर लेते हैं। यहा तक कि हमारे मन में गूंज रहे शब्द भी वह पकड़ लेते हैं। महाराज ने संभा सर को पहली नजर में ही परख लिया। उनको संभा सर में वह दिखा जो इससे पहले शायद किसी में नहीं दिखा था। वह संभा सर को देखते ही उनको पहचान गए। संभा सर की जिंदगी क्या थी और क्या होनी चाहिए यह महाराज के ध्यान में आ गया। संभा सर नोकरी करने के लिए नहीं, लोगों को नोकरी देने के लिए बने थे। शायद सारे कराटे क्लासेस किसी न किसी वजह से बंद हो जाना, उनका स्कूल छोड़ देना इनके पीछे कुछ तो कारण था जो उस वक्त किसी को मालूम न था। संभा सर की बुद्धिमत्ता की बात करे तो वह दिमाग से बड़े चालाक हैं। एक व्यापारी की जो बुद्धिमत्ता होती हैं वह संभा सर के व्यक्तित्व में साफ़ झलकती थी। खामी सिर्फ यह थी कि उनका भावनाओं में बह जाना जो की अब खत्म हो चुकी थी। महाराज ने संभा सर की क्षमताओं को पहचान लिया और अपने संपर्क से संभा सर को पहले महाराष्ट्र में एक रोड कॉन्ट्रैक्ट का काम दिलवाया, उसके लिए मार्गदर्शन किया और संभा सर उनकी उम्मीदों पर खरे उतरे तो आसाम, ओडिशा जैसे ही अन्य राज्यों में भी काम दिया। संभा सर को अपना काम शुरू करने में दिक्कतें तो बहुत आई लेकिन अब उनको रुक जाना बिलकुल भी मंजूर नहीं था। इंसान के सिर पर जब किसी भी चीज के लिए पागलपन सवार हो जाता हैं तो सब मुमकिन लगने लगता हैं। ज़िंदगी के तूफान महज किसी बवंडर जैसे भाने लगते हैं। धीरे-धीरे संभा सर का काम बढ़ता गया। लगभग एक साल में ही उनकी इतनी तरक्की हो गई जितनी उनके खानदान में किसी ने नहीं कि। यह सब अचानक तो हुआ नहीं। उसके पीछे रातदिन की कड़ी मेहनत थी, महाराज का और उनकी स्वर्गवासी माँ तथा दादा-दादी का आशीर्वाद था और उनके शुभचिंतकों की दुआए और सबसे महत्वपूर्ण, भगवान की कृपा थी जिसके कारण वह इतने कम समय में इस मुकाम तक पहुंच पाए।

एक समय तक रोड कॉन्ट्रैक्ट का काम करने के बाद उन्होंने स्मार्टमीटर जो एक ऐसा विद्युत उपकरण हैं जिसके माध्यम से विद्युत् प्रवाह और उससे जुड़े अन्य भौतिक प्रमाणों का मापन किया जाता हैं, उससे संबंधित business शुरू किया और उसे विकसित किया। स्मार्टमीटर के काम से संबंधित अन्य अनुभवी संघटनाओं को इस रेस में पीछे छोड़ महाराष्ट्र में ही नहीं बल्कि भारत के अन्य राज्यों में भी अपना नाम बनाया। कभी जेब में एक पैसा तक नहीं होता था और आज उनको करोड़ों के काम मिलते हैं। आज उन्होंने अपने दम पर अपने गाँव माक्षा में एक से अधिक जमीनें खरीदी हैं। अपने नए घर का काम भी शुरू करा दिया हैं। आज वह जब चाहे तब अपनी मनचाही गाड़ी खरीद

सकते हैं। यशदा जो उनकी दादी का नाम था, इस नाम से राहुरी में उनका office हैं। और काम इतने मिल रहे हैं कि और जगह भी office शुरू करने पड़ रहे हैं। साथ ही अब जल्द ही उनकी कंपनी प्राइवेट लिमिटेड होने जा रही हैं।

आज वह भारतभर में कामों के सिलसिले में घूमते हैं, फिर भी उन्होंने अपना कार्यालय राहुरी में शुरू किया इसके पीछे वजह यह है कि, राहुरी उनकी जन्मभूमि और कर्मभूमि है और वह इस भूमि के सदा के लिए ऋणी हैं इसलिए उन्होंने इसी जगह को फिर एक बार अपना स्टार्टिंग पॉइंट बनाना चाहा। आज उनकी परिस्थितियां तो बदल गई लेकिन वह नहीं बदले। आज भी वह उतने ही दरिया दिल हैं जितने की पहले थे। आज भी वह जिन्हें जरूरत है उनकी सच्चे मन से बिना किसी दिखावे के मदद करते हैं। उनके कठिन हालातों में जिन्होंने उनका साथ छोड़ दिया वह जब आज उनसे मदद मांगते हैं तो संभा सर उन्हें भी मना नहीं करते। जिन बच्चों को सुविधाए उपलब्ध नहीं हैं उनकी शिक्षा और खेल में उन्नति के लिए संभा सर अपनी विविध योजनाओं पर काम कर रहे हैं जो जल्द ही साकार होंगी। उनके पास जब कुछ नहीं था तब भी वह दूसरों को देने के बारे में सोचते थे और आज भी जब उनके पास सब कुछ है तब भी वह दूसरों की मदद करने के बारे में सोचते हैं। उनका मानना हैं कि यही वह गुण हैं जिसने उनको धन-दौलत के रुप में भी संपन्न बनाया। जिसकी अपना हिस्सा दूसरे के साथ बाटने की मंशा न हो उसे धनसंपत्ति हासिल हो न हो, लेकिन जो दिल से सब को अपना समझता हैं और खुशियों के अपने हिस्से को लोगों के साथ बाटना चाहता हैं तो भगवान उसे सब कुछ देते हैं। क्योंकी देनेवालों के हाथों में देंगे तभी सब तक पहुंच पाएगा।

संभा सर को सब कुछ मिलता गया और अभी भी मिल रहा हैं लेकिन उन्होंने देना कभी कम नहीं किया। यहाँ तक पहुंचने में उनको जितने भी कष्ट उठाने पड़े और आज भी उठाने पड़ रहे हैं उन सबके फल अब एकसाथ मिलने लगे हैं। आज उन्हें उन सारी कठिनाइयों के मतलब समझ में आते हैं जो एक वक्त पहले उनको सजा लगती थी। अतीत की ऐसी कोई बात नहीं जिनसे उनको सबक न मिला हो। इससे पहले वह जो भी काम करते थे उसका भी प्रत्यक्ष अप्रत्यक्ष रूप से उनके काम में लाभ होता ही हैं। जैसे कि, खेल और राजनीति के क्षेत्र में अनुभव होने के कारण उनके नेतृत्व गुण बहुत अच्छे से विकसित हो चुके हैं। और आज भी वह इन क्षेत्रों में कार्यरत हैं। बात करे उनके लेखक होने की तो 'मुक्ता' नामक कादंबरी पर वह काम से थोड़ी राहत मिलते ही काम शुरू कर देंगे। इससे पहले उनके एक उत्तम कवि होने का प्रमाण देनेवाला 'जीवनरहस्य' नामक

काव्यसंग्रह 2014 में मातृभाषा मराठी में प्रकाशित हो चुका है। उनकी कविताओं के सीधे सरल शब्द किसी के भी दिल को छू जाए ऐसे हैं। वह कविताए उनके जीवन के सारे रंगों से रूबरू कराती हैं। आज वह सारे रंग नए से चमक उठे हैं और उनके व्यक्तित्व को और भी आकर्षक बना गए। जैसे कि, दिवाली में घर की दीवारें फिर एक दफा रंगों में रंग जाए और घर महल बन जाए।

आज खेती में भी अच्छी उन्नति हो चुकी हैं और business तो जोरोशोरो से शुरू हैं। आखिर में इन दो पति-पत्नी का सब्र रंग लाया। मगर यह सब इतना आसान नहीं था। जिंदगी आप जो चाहते हैं वह आपको जरूर देती हैं लेकिन बदले में आपसे अपना सब कुछ मांग लेती हैं। जितनी बड़ी आपकी मांगे होगी उतनी ही बड़ी जिंदगी की मांगे होगी। ज्यादातर लोग पाना तो सब कुछ चाहते हैं लेकिन बिना उचित दाम अदा किए। जिंदगी कोई सरकार तो हैं नहीं जिसके सामने आप 'हमारी मांगे पूरी करो' का नारा लगाए और उम्मीद रखे की आपकी ख्वाहिशें पूरी होंगी। ज़िंदगी तो वह समुद्र हैं जिसके तल को आपका जन्म हुआ हैं और धीरे-धीरे हर मुसीबत का सामना करते हुए आपको इसकी उच्चतम सतह तक का सफर तय करना हैं। तब जमी भी आपकी और यह आसमान भी आपका, जब आप इस समुद्र पे राज करोगे। मुसीबतें तो सबकी लगभग एक जैसी ही होती हैं, बस सबका उनकी ओर नजरिया अलग-अलग होने के कारण सबको परिणाम भी अलग-अलग ही मिलते हैं। संभा सर ने भी जब अपना नजरिया बदला तो मुसीबतें एक अवसर बन गई।

इंसान इस एक जीवन में दो बार जन्म लेता है। पहला माँ की कोख से और दूसरा जिंदगी की कोख से। माँ की कोख में आपका शरीर रुप धारण करता है और जिंदगी की कोख में आपका वजूद रुप धारण करता है। माँ की कोख में उसकी हथेलियों की थपथपाहट का एहसास हमको सहलाता हैं, तो जिंदगी की कोख में मीठी यादों का कारवा मन को बहलाता हैं। माँ खुद आपके लिए दर्द सहकर आपको कोख में पालेगी और जिंदगी की कोख में तभी पल पाओगे जब उसके दर्द सह पाओगे। माँ अपनी जान खतरे में डालकर आपको जन्म देती हैं और जिंदगी पहले आपको जीते जी मार देती हैं फिर जनम देती हैं। माँ जब जन्म देती हैं तब नाल काटनी पड़ती हैं और जब जिंदगी जन्म देती हैं तब हर वह डोर काटनी पड़ती हैं जो आगे बढ़ने से रोके, फिर चाहे वह कोई व्यक्ति हो या घटना। माँ से जोड़नेवाली नाल कट जाए तो वात्सल्य की निशानी के रुप में आधा हिस्सा माँ के पास और बाकी आधा बच्चे के पास रह जाता हैं। जब जिंदगी की अनचाही

हर एक डोर कट जाए तब कुछ लोग और घटनाए जो दर्द देते हैं वह पीछे छूट जाते हैं और उनसे मिले सबक हमारे पास रह जाते हैं। पहले जन्म के बाद सभी की आयु समान याने की शून्य होती हैं मगर दूसरे जन्म के वक्त आपकी आयु आपके अनुभवों और समझ से तय होती हैं। पहले जनम के बाद हम सालों तक दूसरों के अस्तित्व की छाया तले जीते हैं और दूसरे जनम के बाद हम जिंदगीभर के लिए खुद के अस्तित्व का ताज पहनकर शान से जीते हैं। और सबसे खास और महत्वपूर्ण बात यह हैं कि पहला जन्म आप की इच्छा के अनुसार नहीं होता लेकिन दूसरा जन्म लेना हैं कि नहीं यह सिर्फ और सिर्फ आप ही पे निर्भर करता हैं। यही कहानी हैं संभा सर की और यही कहानी हैं हम सब की।

समापन..।

संभा सर के जीवन में हर तरह की मुश्किलें थी। उनकी आर्थिक मुश्किलें उनकी काबिलियत ने हल कर दी। उनकी मानसिक मुश्किलें उनके अंदर जागृत हुई दिव्यता ने मिटा दी। लेकिन उनके भावनिक विश्व में वह आज भी एकदम विरान हैं। उन्हें वह प्यार किसी से नहीं मिल पाया जो उन्हें सुकून दे सके। वह आज भी अंदर से तो अकेले ही हैं। जिसने भी कहा है सच कहा हैं कि, "जो लोग हमेशा दूसरों को खुश देखना चाहते हैं वह खुद अंत तक अकेले ही रह जाते हैं।" भगवान आपको कुछ देता हैं तो उसकी कीमत भी लेता है। और जितना ज्यादा देगा उतनी ज्यादा कीमत लेगा। भगवान के दरबार का भी यही उसूल हैं जो जिंदगी के बाज़ार का हैं। संभा सर को सौगात में हर तरह का हुनर मिला मगर बदले में भगवान ने उनका 'वह सुकून' रख लिया जो तब मिलता हैं जब कोई आपसे बेमतलब प्यार करे, आपके शब्दों को समझ ले और खामोशी को सुनले। जब आपको भावनिक आधार की जरूरत हो तो आप उनपर विश्वास रख सके और उनपे हक भी जता सके। जैसे कि, एक मा होती हैं। भगवान ने संभा सर से उनका यह सुकून छीना जरूर है लेकिन अपने ही तो पास रखा हैं। तो शायद भगवान की ही शरण में जाकर, उसी से प्रेम कर उनको अपना वह सुकून मिल जाए !

संभा सर का बचपन एक सौगात कम और आघात ज्यादा था। बढ़ती उम्र के साथ बढ़ती मुश्किलें थी। अपने हालातों के कारण न जाने अपनी कितनी ख्वाहिशों को उन्हें भुलाना पड़ा। आज उनके हालात तो बेहतर हो गए लेकिन वह सारी छोटी बड़ी ख्वाहिशें कबकी मर चुकी हैं। उनसे बात करते वक्त यह महसूस होता हैं कि उनके मन में किसी भी चीज का मोह अब बिल्कुल भी बचा नहीं हैं और वह किसी बड़े उद्देश्य के लिए जी रहे हैं।

संभा सर की कहानी हमे सबसे महत्वपूर्ण बात यह सिखाती हैं कि कभी भी सपने देखना ना छोड़े। हमेशा दिमाग में एक vision लेकर चले। छोटी उम्र से ही वह अपने भविष्य के बारे में ऐसी बातें सोचते जिनकी एक बड़े से बड़ा आदमी कल्पना तक नहीं कर सकता। यहाँ पर हम ये याद कर सकते हैं कि 'आप जो सोच सकते हो, आप वह बन सकते हो।' बस अपने आप पर विश्वास रखें। और अपने जीवन के उद्देश्य में स्वार्थ नहीं परमार्थ रखे!

संभा सर के जीवन के कई सारे पहलू हैं और हर एक पहलू पे अलग से किताब लिखी जाए इतनी गहरी उसकी मार्मिकता और महत्ता हैं। मुझ जैसी सामान्य लेखिका का उनके असामान्य और तेजोमयी व्यक्तित्व को अपनी कलम के जरिए आप सबसे रूबरू कराने का और अपने शब्दों में उनको लिखकर इन शब्दों की शोभा बढ़ाने का यह एक छोटा सा प्रयास! हाला की यह उनकी ज़िंदगी में घटित हुए किस्सों का एक चतुर्थांश भाग भी नहीं पर उनके जीवन में सबसे बड़ा बदलाव लानेवाली कहानी पर मैंने अपनी ओर से प्रकाश डालने की कोशिश की हैं। वहम मे जीना मन को भाता तो हैं पर उस पर से पर्दा हट जाए तो दिल टूट जाता हैं। अहम वह हैं जो महत्वपूर्ण हैं। याने की सच। ऐसा वहम जो सुख चैन से जीने के लिए अहम हैं उसी को 'सच' कहते हैं। क्योंकी मरने के बाद तो यह सच्चाई भी एक वहम बनके रह जाएगी। अपने शब्दों में कहूँ तो संभा सर की यह कहानी मूलतः उनके दूसरे जन्म की कहानी हैं जो जिंदगी की कोख से हुआ जिसका संदर्भ उनके पहले जन्म के संघर्षों से जुड़ा है जो मा की कोख से हुआ था। दूसरे जन्म ने उन्हें वह सच्चाई दिखा दी जिससे वह कुछ तो अंजान थे और कुछ तो मुँह फेर रहे थे। इसलिए यह कहानी सही मायने में 'वहम से अहम तक का सफर' हैं।

सवार हैं सिर पे जो जुनून-ए-मंजिल
शीश झुकाती पर्वत सी मुश्किल
अकाल का खौफ समुंदर को ना दिखाओ
कह दू कि.. नहीं बुजदिल यह दिल...!

www.ingramcontent.com/pod-product-compliance
Lightning Source LLC
LaVergne TN
LVHW041705060526
838201LV00043B/591
* 9 7 8 8 1 9 6 3 7 5 2 4 9 *